Liebe, Leid und Hass

Zum Buch:

Brügge erlebte unter den großen Burgunder Herzögen Philipp und Karl eine kulturelle und wirtschaftliche Blütezeit.

Die Brügger Gesellschaft sonnte sich in diesem Glanz, und die Kaufmannschaft buhlte um die damit verbundenen Profitmöglichkeiten. Mit an vorderster Stelle standen die beiden Kaufmannsfamilien Cornelis van der Weyden und Johann de Worde.

Cornelis van der Weyden hatte das Glück für sich gepachtet, bis seine Frau Mareike ihr Leben für das Überleben zweier Knaben im Kindbett ließ.

Die Zwillinge Jan und Pieter wuchsen danach ungeliebt mit einem Vater auf, der nun nur noch dem Gott Mammon frönte.

Mit höchst unterschiedlichen Charakteren sorgten Vater und Söhne für dramatische Turbulenzen.

Volker Himmelseher

Liebe, Leid und Hass

Ein Familiendrama aus der Hansestadt Brügge

der Renaissance-Zeit

Bibliografische Information der Deutschen Nationalbibliothek
Die Deutsche Nationalbibliothek verzeichnet diese Publikation
in der Deutschen Nationalbibliografie; detaillierte bibliografische
Daten sind im Internet über http://dnb.d-nb.de abrufbar.

© 2015 Volker Himmelseher
Umschlagbild: © laguna35 Fotolia.com
Umschlagdesign, Satz, Herstellung und Verlag:
BoD - Books on Demand
ISBN 978-3-7392-9561-9

Windmühlenland
Satte Wiesen und Strand
Schafsherden und gescheckte Rinder
Schreiende Möwen, blonde Kinder
Wolkenberge als einzige Gipfel
Jeder Baum mit windschiefem Wipfel
Reißt der Westwind die Wolken entzwei
Wird der Blick bis zum Horizont frei
Oh Flandernland bleib' so erhalten
Mit all deinen Naturgewalten!

1

Man schrieb das Jahr 1438. Der Westwind pfiff wie fast immer über das platte Land. Alles war grün und eben, soweit das Auge reichte. Aus dem Frühnebel tauchten die Türme und Giebel von Brügge auf, ein stolzes Bild aus gemauertem Stein. Über der Stadt spielten Wolken wie Schafe. Sie waren weiß, grau und schwarz. Der mächtige Belfried weckte mit seinen siebenundvierzig Glocken den neuen Tag. Von seinen Zinnen überblickten die Turmwachen die Stadt und ihre Umgebung. Durch eine Steinmauer geschützt lag Brügge in einer Ebene, in der sich im Morgenlicht die Felder ausbreiteten, wie zum trocknen ausgelegte Tücher. Windmühlen drehten gemächlich ihre Kreise. Im Stadtinneren glänzten ordentlich gepflasterte Straßen mit grauschwarzem Kopfstein. Venedig ähnlich, durchzogen viele Kanäle und Brücken das Zentrum. Mit den Schlägen der Turmglocken erwachten die Bürger aus ihrer Nachtruhe.

Die reiche Flandernstadt blickte auf harte Jahre zurück, hatte sie doch beim Kampf um ihre Selbstständigkeit den Kürzeren gezogen. Während sich England einem Frieden mit Frankreich verweigerte, hatte der Burgunderherzog Philipp der Gute einen einseitigen Frieden mit Frankreich geschlossen. Der Gute hatte sich auch um England bemüht. Er hatte für die englische Delegation ein pompöses Bankett gegeben, von dem man noch lange sprach. Doch seine Bemühungen blieben vergebens. Auch Frankreich wurde kein echter Freund. Zu hart waren die Bedingungen des Vertrages, den Philipp dem französischen König aufzwang. Karl VII. musste für die Ermordung von Philipps Vater Johann ohne Furcht büßen und gewaltige Sühneleistungen erbringen. Auxerre, das Auxerrois, Bar-sur-Seine, Luxeuile, die Sommestädte, das Ponthieu und Boulogne-sur-Mer trat er wohl oder übel an den Burgunder ab. Der Friedensschluss rief in England Empörung hervor. Dort hatte man gemeinsam mit Philipp Frankreich ein für alle Mal in die Knie zwingen wollen. Nun hatte der Herzog auch noch England zum Feind! Dessen König Heinrich VI. schäumte vor Wut, und das britannische Volk zeigte lauthals auf der Straße seinen Unmut. Flämische Schiffe wurden auf dem Meer aufgebracht und schon bald verwüsteten Engländer die Ufer des Zwin. Philipp musste von Brügge, wie von allen anderen flämischen Städten, Gefolgschaft gegen die marodierenden Briten einfordern. In der satten Stadt sah man jedoch keinen Sinn darin, England, seinen wichtigsten Wolllieferanten, zu bekämpfen. Man wünschte sich stattdessen weitere Verhandlungen mit der britischen Insel. Doch der Herzog zeigte sich entschlossen und unnachgiebig. Er erschien mit einem Heer von 3000 Mann vor den Toren der Stadt, um ihr gewaltsam seinen Willen aufzuzwingen. Der Herzog unterschätzte den Mut der Brügger Stadtmilizen. Die kämpften verbissen. Viele Soldaten Philipps kamen ums Leben, darunter auch sein Freund, der Ratsherr, Kapitän und Ritter vom goldenen Vlies Jehan de Villiers. Das war für den Herzog ein herber Verlust. Brügge triumphierte fürs erste! Auf dem großen Markt wurden in der Trunkenheit des Sieges zweiundzwanzig gefangen genommene Angreifer zur Schau gestellt und hingerichtet. Philipp blieb nur ein schmählicher Abzug. Der Triumph der Stadt währte jedoch nicht lange. Dem Herzog gelang es mit frischen Truppen, die Stadt von der Außenwelt zu isolieren. Der Zugang zum Zwin und dem Hafen der Stadt in Sluis wurden blockiert und damit der wichtigste Lebensnerv getroffen. Philipp dachte nach der erlittenen Schmach nur noch an blutige Rache. Er wollte Brügge ein für allemal zerstören. Hungersnot und eine Pestepidemie erleichterten ihm, die aufmüpfige Stadt in die Knie zu zwingen. Brügge blieb nur die bedingungslose Kapitulation. Der Herzogin, der Geistlichkeit und den mächtigen Händlervereinigungen war es zu verdanken, dass doch noch eine halbwegs unblutige Lösung gefunden wurde: Privilegien wurden gestrichen, und hohe Bußgelder für den Ungehorsam festgelegt. Als sichtbares Zeichen für Brügges Unterwerfung wurde am Rande des großen Marktes ein weiteres Steuerhäuschen errichtet. Dort musste von nun an ein neuer Zwangszoll auf Getreide erhoben werden. Tagelang zogen burgundische Landsknechte durch die Stadt und nahmen sich alles, was ihnen wertvoll erschien. Ihre Taschen waren bald mit geraubten Gütern bis zum Platzen gefüllt. Die Soldaten marodierten meist betrunken und quälten die Einwohner mit ihrer Willkür bis aufs Blut. Der Hass der stolzen Bürger auf sie brodelte, wenn auch aus Todesangst nur im Verborgenen. Die Stadt hatte zum Glück Reserven. Trotz der drastischen Strafen stand keiner der Bewohner wirklich vor dem Nichts. Ende April erhängten die Sieger die zehn Rädelsführer des Widerstandes auf dem Marktplatz. Ihre Köpfe wurden aufgespießt und zur Abschreckung an den Stadttoren genagelt. Nach dieser Strafaktion kehrte endlich wieder Ruhe ein. Die gebeutelte Bevölkerung hoffte nun inbrünstig auf ein Ende des Schreckens und auf Frieden …

Die kopfsteingepflasterten, engen Straßen waren noch menschenleer. Die Welt der reichen Pfeffersäcke und Adeligen sowie der fast vierzigtausend sonstigen Bürger erwachte nur langsam. Einige wenige Bedienstete eilten schon durch den nasskalten Morgen, um am Vorabend erteilte Befehle der Herrschaft auszuführen. Die Wachen auf den Stadttürmen sehnten den Wachwechsel herbei und freuten sich auf ihre warmen Kammern zuhause. Sie wollten die Köpfe der Hingerichteten endlich nicht mehr sehen müssen.

Der Tuchhändler Cornelis van der Weyden war ebenfalls schon aufgestanden. Er wohnte, wie viele reiche Kaufleute, in der Wollestraat, die direkt auf den Marktplatz zulief. Sein stattlicher Haushalt zählte immerhin 17 Münder. Der dreißigjährige Mann stand in seinem Schlafgemach und kleidete sich an. Der Raum war mit dunklem Holz getäfelt und seine Decke bunt bemalt. In der Ecke zur Straßenfront stand ein großes, gepolstertes Bett. In der Mitte befand sich ein mächtiger Tisch mit gedrechselten Beinen. Seine Platte war mit kunstvollen italienischen Intarsien verziert. Silberne Teller, getriebene Becher, daneben prächtige Pokale aus Kölner Schlangenglas mit eingelegten Opalen waren auf Wandborden ausgestellt und ließen den Wohlstand des Hauses erahnen. Cornelis musterte sich mit kritischem Blick im mannshohen Spiegel. Über einem Wams aus blau schimmernder Taftseide trug er einen auf der rechten Schulter leicht drapierten dunkleren Samtumhang gleicher Farbe. Seine kräftigen Beine steckten in dunkelgrauen Strümpfen. Die Füße zierte feines Schuhwerk mit großen Silberschnallen. Auf seinem Haupt trug er eine schräg sitzende nachtblaue Tellermütze mit großem Smaragd.

Heute musste alles sitzen und von gleichem Aussehen sein, wie das letzte Mal. Meister Jan van Eyck hatte sich für den Morgen angesagt. Cornelis wollte ihm für ein Portrait in Positur sitzen. Mit einem Ölbild gedachte er, eine alte Familientradition fortzusetzen. Cornelis gut geschnittenes männliches Gesicht zeigte Zufriedenheit mit dem, was er sah. Der Künstler konnte kommen!

Der Kaufmann hatte schweren Herzens entschieden, an diesem Morgen nicht zu frühstücken. Er wollte heute um keinen Preis sein kostbares Gewand mit Bratentunke besudeln, was ihm sonst leider allzu oft passierte. Er besah sich noch einmal im Spiegel und gab sich mit seinem Aussehen zufrieden. Nun machte er sich auf den Weg, die Stiege hinab in das Turmzimmer, wo das begonnene Porträt auf einer hölzernen Staffelei stand und auf seine Vollendung wartete. Cornelis musterte es kritisch und empfand große Ähnlichkeit. Es zeigte ihn als gestandenen Kaufmann. Seine blitzenden blauen Augen gefielen ihm. Durch das vergitterte Rundfenster fiel fahle Helligkeit auf die Leinwand und betonte eindrucksvoll Licht und Schatten im Bild. Doch musste Meister Jan die kleinen geplatzten Äderchen in seinem Angesicht wirklich so getreulich zeigen? Cornelis mochte das gar nicht. Er wusste zwar, wie sehr der Künstler auf Genauigkeit Wert legte, aber wegen dieser unschönen Hautunreinheiten wollte er ihn heute zur Rede stellen! Er warf einen weiteren Blick auf das Gemälde und war schon wieder halb versöhnt. Die Eycksche Detailgenauigkeit war eben einfach bewundernswert. Wer konnte die Oberfläche eines Gewebes, das Haar, die Kleidung, die geäderte Marmorplatte an der Wand oder auch den Lichteinfall durch das Fenster so kunstvoll darstellen wie Meister Jan? Cornelis wollte die Äderchen in der Haut nur behutsam ansprechen, um den Künstler nur ja nicht zu vergrätzen. Er wusste, wie viele Bürger ungeduldig darauf warteten, von ihm ebenfalls porträtiert zu werden.

Die Tür zum Zimmer öffnete sich, und Maria führte den Maler herein. Er trug einen hohen schwarzen Hut, tief in die Stirn gezogen. Seine Züge waren männlich hart, doch das beginnende Altern sorgte schon für einige weiche Rundungen. Van Eycks Augen blickten hell und wässerig um sich. Sie hatten das strahlende Blau der jungen Jahre verloren. Der Künstler zählte mittlerweile achtundvierzig Lenze, war also im fortgeschrittenen Alter. Mit seiner gediegenen Kleidung zeigte er stolz den Erfolg seines Schaffens. Sein Überwurf war aus schwerem, schwarzem Tuch, in das die Stoffwirker mit dicken Goldfäden Eichenblätter eingewoben hatten. Halsausschnitt und Armlöcher waren mit rötlichem Pelz verbrämt. Auf dem Ringfinger seiner kräftigen Rechten trug der Maler einen großen gelbgoldenen Ring. Jan war erst 1433 nach Brügge gezogen, hatte hier seine Frau Margarete geheiratet und ein Haus im Hof- und Botschaftsviertel der Stadt erworben. Anno 1435 wurde sein Glücksjahr. Er vollendete im Auftrage von Jodocus Vyds in der Genter Kathedrale den Altar seines berühmten Bruders Hubrecht und steigerte damit seinen eigenen Ruhm enorm. Schon bald wurde es in der Stadt gute Sitte, sich von ihm malen zu lassen. Der Künstler war in der Folgezeit sehr rührig: Für den Kanzler Nicolas Rolin schuf er eine Anbetungsszene der Muttergottes. Für die Stadt entwarf er sechs vergoldete Statuen als Zierde für die Fassade des Rathauses. Er tat sich mit ausgefallenen Entwürfen höfischer Kleidung hervor, die am prunksüchtigen, burgundischen Hof gerne nachgefragt wurden. Er traf dabei aufs trefflichste den Geschmack der Mächtigen. Schmuck für Zeremonien, Festlichkeiten und Turniere gehörten zu seinem Repertoire genauso wie Vorlagen für die bekannten Brügger Wandteppiche.

Van Eyck genoss als einer der wenigen Brügger Bürger die besondere Huld des Herzogs. Er übernahm für ihn mit seiner Kunst sogar diplomatische Aufgaben am spanischen Hof.

Dort malte er ein Bild der spanischen Prinzessin Isabella und brachte es mit nach Flandern. Philipp war von dem Portrait so angetan, dass er sich entschloss, um Isabellas Hand anzuhalten. Sein Werben wurde von Erfolg gekrönt. So verdankte er dem Künstler sein drittes Weib! Der Fürst übernahm als Zeichen seiner Dankbarkeit dafür die Patenschaft für beide Kinder des Malers. Meister Jan war ein gemachter Mann!

Die Männer grüßten sich mit freundlichem Handschlag vor der Staffelei. Am frühen Morgen war es mit der Beredsamkeit des Künstlers noch nicht weit her. Aber Cornelis gelang es doch, ihn mit einigen präzisen Fragen aus der Reserve zu locken: »Wird nun endlich Frieden und Vergebung einkehren, was hörtet Ihr am Hof?« »Nun ja, Philipp scheint seine Strafaktion wirklich abschließen zu wollen. Der Palast ist schon bis auf wenige Soldaten verwaist. Der Herzog hat mit seinem Gefolge die ungeliebte Stadt wieder verlassen und ist bereits auf dem Weg nach Gent. Er glaubt, ihm drohe keine Gefahr mehr von Brügge. Ganz in schwarz gewandet zog er ab.« »Wohl nicht aus Trauer um unser Leid, wohl eher um seine Juwelen besser zur Geltung zu bringen!«, erwiderte der Kaufmann bitter. »Musste sein Auszug aus Brügge mit einem solchen Blutzoll einhergehen?«, schob er einen sarkastischen Einwurf nach. »Brügges Bürger haben größere Schritte gewagt, als ihre kurzen Beine zuließen. Der Herzog musste nach meiner Überzeugung ein so deutliches Zeichen setzen.«

»Zeichen, wie aufgespießte Köpfe an den Toren, schüren nur neue Lust auf Rache. Das musste nach meiner Überzeugung wirklich nicht sein«, widersprach der Kaufmann. »Philipp sah wohl keinen Ausweg. Er soll gesagt haben: »Ich habe noch keinen Adler gesehen, der sich in eine Taube verwandelte. Die Anführer mussten weg«, suchte van Eyck nochmals nach einer Entschuldigung für die Grausamkeit des Regenten. Cornelis seufzte tief, voll Trauer, bewunderte aber im Stillen die scharfe Analyse des Künstlers. »Mal sehen was der sausende Webstuhl der Zeit bringen wird«, fuhr er fort. »Wir müssen nun alle fleißig in die Hände spucken, arbeiten, arbeiten, schon um die hohen Strafzölle zu zahlen, die uns der Herzog auferlegt hat«, seufzte er erneut. »Ja, ja die Zeit«, stöhnte nun auch Meister Jan. »Sie saust vorbei und macht uns müde. Ich fühle es in den Knochen. Todesahnung lässt mich immer öfter zur Grabstätte meines Bruders nach Gent reisen. An seinem Grabe halte ich Zwiesprache mit ihm. Die Inschrift seiner Grabstatt hat es mir angetan. Sie enthält so viel Weisheit:

Erblickt in mir, die ihr auf mich tretet, euer Spiegelbild.
Ich war wie ihr, jetzt bin ich drunter.
Begraben und tot wie es dem Auge scheint.
Mir halfen weder Verstand, Kunst noch Medizin.
Kunst, Ehre, Weisheit, Reichtum, Macht helfen nichts,
wenn der Tod kommt.
Van Eyck wurde ich genannt, jetzt Speise der Würmer,
ehemals bekannt als Maler hoch geehrt.

Ja, Ja das Greisenalter, das alle zu erreichen wünschen, klagen alle an, wenn sie es erreicht haben«, schloss er.

»Mit der Vergänglichkeit habt Ihr Recht, doch Ihr seid noch ein rüstiger Mann«, erwiderte ihm Cornelis aufmunternd.

Ohne die Reaktion des Meisters abzuwarten, fuhr er fort: »Gefahren drohen auch in jungen Jahren. Ihr wisst, mein Weib ist schwanger. Marguérite, die tüchtige Begine und Hebamme, die uns zur Seite steht, schürt fast täglich meine Ängste über Mareikes Zustand. Meine Frau erwartet Zwillinge und einer davon liegt verquer. Gerade gestern hatte Mareike wieder einen Schwächeanfall. Wir mussten den Arzt holen. Nachdem er sie untersucht hatte, erklärte er einen sofortigen Aderlass für nötig. Er band ihren Arm ab, bis dass eine Ader hervortrat, schnitt sie an und ließ das Blut nur so fließen. Der Armen schwanden die Kräfte und sie verlor die Besinnung. Doch der Doktor meinte zum Trost, der Schlaf würde ihr die Kräfte wiedergeben. Nun sorge ich mich um genügend Ruhe im Haus.« »Das tut mir leid«, antwortete Jan mitfühlend. »Hoffentlich ändert sich die Position des Ungeborenen noch zum Guten. Dann war unsere Entscheidung wohl weise, es zunächst bei Skizzen bewenden und Frau Mareike in ihrem Zustand nicht weiter Positur sitzen zu lassen«, fuhr er fort. Cornelis nickte. Der Kaufmann hatte sich inzwischen zu Recht gesetzt und van Eyck verfeinerte sein Werk, während sie so miteinander plauderten. Über die tiefschürfenden Probleme, die sie diskutierten, vergaß Cornelis ganz, seine Kritik an den kleinen Äderchen im Gesicht zum Ausdruck zu bringen. Nach zwei ausgefüllten Stunden gingen sie auseinander. Cornelis hatte es eilig, in sein Kontor zu kommen. Die Arbeit wurde nicht weniger, wenn man sie nicht anpackte!

2

Mareike fühlte sich heute besser. Sie hatte lang genug im Bett gelegen und nun einen triftigen Grund, wieder aufzustehen: Cornelis' Geburtstag stand bevor! Als echtes Glückskind war er 40 Tage nach Ostern, an Christi Himmelfahrt, geboren. Sein Geburtstag fiel auch in diesem Jahr auf den hohen Tag. An ihm beging die Stadt alljährlich ihren höchsten Feiertag.

Dietrich, Graf von Flandern, hatte vor vielen Jahrzehnten einige Tropfen des Blutes Christi von einem Kreuzzug mitgebracht und der Stadt geschenkt. Die Reliquie wurde seither in wöchentlichen Gottesdiensten zum Gegenstand der Verehrung. Zu ihrer besonderen Lobpreisung beging man an Himmelfahrt die Heiligblutprozession. Cornelis brauchte sich dieses Mal an seinem Wiegenfest um Gäste nicht zu sorgen. Durch die Aufrufe der städtischen Herolde, die im Auftrag der Obrigkeit das gesamte Land durchquerten und das Kirchenfest ankündigten, würde der Zulauf in Brügge, und damit auch zu seiner Feier, besonders groß.

Mareike wollte es sich, trotz aller Ermahnungen ihrer Hebamme, nicht nehmen lassen, die wichtigsten Einkäufe für das Fest selbst zu erledigen. Ihre Einkaufsliste für den Markt hatte sie schon auf dem Krankenlager geschrieben. Die Festtafel sollte sich unter erlesenen Köstlichkeiten nur so biegen: An Fleisch wollte sie einen ganzen Deichochsen auftischen, Wildschwein, Hirsch, Hase und Lamm. An Geflügel waren Fasane, Rebhühner, Krammetsvögel, Gänse und gemästete Kapaunen vorgesehen. Bei Fisch dachte sie an Forellen, Lachs, Hecht, Karpfen, Butt, Aal, Wels, Austern und Muscheln. Eier, Schmalz, Brot und Butter, Marzipan und Konfekt, Gewürze und Süßwein und vieles mehr war vonnöten. An alles hatte sie gedacht.

In dieser von Mauern umfangenen Stadt führten alle Wege zum Markt. Dort richteten die Gilden und Zünfte über ihre Mitglieder. Der Stadtrat tagte im Belfried, der alles überragte. Nicht nur zur vollen Stunde war die Luft vom Klang der Glocken erfüllt. Vom Haus der van der Weydens in der Wollestraat war es nur ein Katzensprung bis zum Markt. Der lockte die Schwangere mit seinen vielen appetitlichen Gerüchen, und die Vorfreude auf die Käufe trieb sie zur Eile an. Zwischen den Ständen herrschten Leben und Lärm. Da wurde gefeilscht und lamentiert.

Herrliches Gemüse, abgehangenes Fleisch und frischer Fisch schauten Mareike einladend an. Frisches Brot türmte sich auf den Tischen. Köstlich riechende Bierfässer rumpelten über das Pflaster in die nahen Gasthöfe.

Viele Kaufmannsfrauen waren wie Mareike unterwegs. Mit ihren zweihornigen weißen Hauben, den mächtigen Hinterteilen und den großen Brüsten sahen sie wie die stämmigen Kühe auf den Polderwiesen aus. Ich kann mich da bestens einreihen, dachte die werdende Mutter selbstkritisch und sah auf ihren Bauch, der sich bedrohlich vor ihr wölbte.

Mareike brauchte fast den ganzen Vormittag, um ihre Bestellungen zu tätigen. Als endlich alles erledigt war, quälte sie sich schwerfällig und müde nachhause zurück. Nun merkte sie die Anstrengung aber wirklich! Den Nachmittag wollte sie sich pflegen und ein bisschen ruhen.

Schließlich kam der Festtag heran. Die Bediensteten hatten seit Tagen Vorbereitung für Cornelis' Geburtstagsmahl getroffen. Deshalb durften sie sich nun größtenteils den Herzenswunsch erfüllen, der denkwürdigen Prozession beizuwohnen.

Das Geburtstagskind und seine schöne Frau brachen, von vielen Freunden und Verwandten umringt, noch vor ihnen zur Festlichkeit auf. Die ganze Stadt war auf den Beinen. Um den großen Markt standen bereits die Gilden mit ihren Waffen mehrreihig vor den schmucken Häusern. Die Weber beherrschten die Straße zum Eiermarkt hin. Die Fleischhauergilde wartete an der Steenstraat.

Cornelis hatte auf der großen Tribüne am Fuße des Belfrieds Sitzplätze gekauft. Dort, in erhöhter Position, sah man den Zug besonders gut. Der

Kaufmann hielt Maria, seine kleine Nichte aus Gent, an der Hand gefasst und erklärte ihr leutselig den Belfried:»Der Turm ist schon sehr alt. Er wurde vor fast zweihundert Jahren erbaut. Dreihundertsechsundsechzig Stufen führen hinauf zur Schatzkammer, wo ein Großteil unseres städtischen Reichtums aufbewahrt wird. Im Turm hängen siebenundvierzig Glocken, die mehrmals am Tag mit einem Glockenspiel aufspielen. Von oben hat man einen herrlichen Ausblick auf die Stadt und noch weit darüber hinaus.«

»Kannst du das Glockenspiel für mich läuten lassen, Onkel? Gehst du mit mir auf den Turm?« Cornelis lachte, aber musste der Kleinen einen Korb geben. Der heilige Umzug begann nämlich pünktlich. Es blieb keine Zeit mehr für eine solche Exkursion.»Auf der Erde lebt es sich sicherer als auf dem hohen Turm«, tröstete er die Kleine.

Die Prozession nahm an der Heiligblutkapelle ihren Anfang. Die Kapelle lag an der Südecke des Burgplatzes. Sie bestand eigentlich aus zwei übereinanderliegenden Gotteshäusern. Die unten liegende St. Blasius Kapelle war schon Mitte des 12. Jahrhunderts erbaut worden. Die darüberliegende gotische Basilika beherbergte sonst die berühmte Reliquie, um die sich an diesem Tag alles drehte.

Der Zug kam in dichten Reihen auf den Marktplatz zu. Über 2000 Menschenkinder gingen in ihm mit. Unter den Klängen der Musiker und Chöre näherten sie sich der Tribüne, auf der Cornelis mit seiner Familie saß.

Zünfte und Gilden, Schützen, Ratsherren und natürlich auch die Geistlichkeit nahmen mit Prunk, Pracht und Stolz am Umzug teil.

Im ersten Abschnitt stellten die Teilnehmer farbenprächtige Mysterienspiele zur Schau. Sie zeigten mit Adam und Eva die Schöpfungsgeschichte. Es folgten die Vertreibung der beiden aus dem Paradies und der Brudermord Kains an Abel. Die Geschichte Abrahams, und wie sein Lieblingssohn Joseph von seinen Brüdern verkauft wurde, zog ebenfalls in beeindruckenden Bildern vorbei. Die kleine Maria konnte sich daran nicht sattsehen und stieß immer wieder helle Schreie des Entzückens und Staunens aus. Auch die Erwachsenen waren von der festlichen Stimmung gefangen. Die Propheten des Alten Testaments erinnerten zum Abschluss des ersten Teiles mit beschwörenden Worten an Gottes Gebote.

Im zweiten Abschnitt des Zuges zeigten die Gläubigen den Lebensweg Jesus': Seine Geburt im ärmlichen Stall von Bethlehem, die Anbetung der Könige und seine vielen vollbrachten Wunder. Besonders das Bild, in dem er die Kinder segnete, berührte die Herzen der Zuschauer. Schließlich folgte Jesus Leidensweg. Ein Wehklagen kam auf, als der Heiland unter der Last des Kreuzes immer wieder stürzte.

Pompös war die Szene, in der ein Reitersmann als Graf Dietrich mit der Reliquie einritt. Angeführt von Herolden, Fahnenschwenkern und Musikanten zeigte er sich mit seinem Gefolge. Die Prozession näherte sich damit ihrem Höhepunkt. Profane Darstellung mit Riesen, dem Pferd Biaart und den vier Heemskindern leiteten ganz zum Schluss auf die Freuden des Jahrmarktes über, der für die nächsten Tagen Vergnügen bieten sollte. Man sah einen rot-grün gewandeten Narren auf einer fetten Sau reiten. Auf dem Kopf trug er eine gleichfarbige Kappe mit zwei Eselsohren. Sein Kamerad führte ein Pferd am Schweif und lief ziemlich hilflos hinter ihm her im Vertrauen darauf, dass es freiwillig dem Zug der anderen folge. Ein dritter Narr hielt immer wieder sein Ohr an den Hintern seines Esels und zählte mit seinen Fingern dessen vermeintliche Fürze.

Herzog Philipps Lieblingsgestalten, der Riese Hans und die Zwergin Madame d'or, waren, trotz seiner Abwesenheit, natürlich auch dabei. Das Volk johlte vor Vergnügen und kam richtig auf seine Kosten.

Es wurde schon langsam dunkel, als der Geistliche vor der Burg noch einmal die knienden Menschen mit der Reliquie segnete. Einige der Hochwohlgeborenen zog es nun in die Kirche, um der neuen Komposition des berühmten Brügger Musikers Obrecht zu lauschen. »O preciosissime sanguis« hatte er sie zu Ehren des Heiligen Blutes genannt.

Viele der Gläubigen hatte die Prozession schon so bewegt, dass sie beschlossen, auf eine ausgiebige Wallfahrt zu gehen. Die Pilgermuschel aus Santiago di Compostela heim zu bringen, wurde für viele von ihnen zum Ziel.

Erschöpft, hungrig und durstig kehrten Cornelis und die Seinen ins prächtige Haus des Kaufmanns zurück. Alle freuten sich auf die köstlichen Überraschungen. Sie lechzten nach Speis' und Trank sowie nach guten Gesprächen, Scherzen und unbeschwerter Freude.

Mareike fühlte sich sehr müde. Die Ungeborenen in ihrem Leib tobten besonders kräftig und bereiteten ihr Schmerzen. Das wäre eine Überraschung, wenn ich Cornelis die Kinder noch zum Geburtstag schenken könnte!, dachte sie nicht ganz ohne Selbstzweck. Eine baldige Geburt wäre für sie eine Erlösung. Ein bisschen Angst beschlich sie bei dem Gedanken aber schon, denn die Gefahren der Geburt waren ihr bewusst.

Die Wehen setzten wirklich an der Festtafel ein. Mareikes Leib durchfuhren Stiche und trafen sie wie glühende Nadelspitzen. Die Schwangere wurde schneeweiß, Schweiß trat auf ihre Stirn, und sie sackte stöhnend in ihrem Stuhl zusammen.

Als Cornelis die Leiden seiner Gemahlin neben sich gerade erst wahrnahm, setzten die Wehen schon wieder ein. Dieses Mal stieß Mareike spitze, kleine Schreie aus und rief Hilfe heischend seinen Namen. Sämtliches Reden, Lachen und Scherzen verstummte. Cornelis stand wie gelähmt vor seinem leidenden Weib und wusste nicht, was er tun sollte. Als Erste reagierte Marguérite, die Begine. Sie eilte von ihrem Platz am unteren Ende der Tafel herbei und griff der stöhnenden Frau unter die Arme. »Es ist so weit«, wandte sie sich an den Kaufherrn. »Mareike kann nicht hier im Haus gebären«, sagte sie bestimmt. »Das ist viel zu gefährlich und könnte sie das Leben kosten. Wir müssen sie sofort ins Jans-Spital bringen. Sie braucht bei der Niederkunft ärztliche Hilfe.«

Das Spital, im 12. Jahrhundert erbaut, war das größte und renommierteste Krankenhaus Brügges. Es hatte mehrere Krankensäle und sogar eine eigene Apotheke. Seine Ärzte galten als die besten der Stadt, genau richtig für die schwangere Kaufmannsfrau.

Cornelis erwachte aus der Erstarrung und befolgte Marguérites Befehle. Er beauftragte den Hausknecht, ein Pferd zu satteln, und befahl ihm, als Melder vorauszureiten. Zwei weiteren Bediensteten trug er auf, die große Kutsche anzuspannen und mit weichen Decken auszulegen. Als alles nach seinem Willen geschehen war, half er selbst, Mareike in das Gefährt zu tragen. Die Arme ließ den schwierigen Transport willenlos mit sich geschehen. Sie stöhnte nur noch leise. Schweißtropfen standen auf ihrer Stirn. Cornelis saß an ihrer Seite und versuchte ihre Hand zu halten, was ihm jedoch nicht gelang, denn die Gebärende schlug vor Schmerzen immer wieder mit den Händen um sich. Es sah sogar danach aus, als versuche sie, nach ihm zu schlagen. Bald näherte sich die Kutsche im gemäßigten Tempo dem Siechenhaus. Dem Kaufmann ging alles viel zu langsam. Doch die Begine machte ihm klar, dass er mit seinem Weib in ihrem Zustand nicht unbedacht über das Kopfsteinpflaster rasen dürfe. Zähneknirschend und völlig verzweifelt fügte er sich wohl oder übel in diese Zwänge.

Vor dem Spital wurden sie bereits erwartet. Zwei kräftige Schwestern betteten Mareike auf eine Trage um und brachten sie im Eiltempo in einen der Krankensäle. Cornelis verboten sie resolut, ihnen zu folgen. »Geht in die Kapelle und betet für Euer Weib«, rief ihm eine der Frauen zu, bevor sie flink mit der wertvollen Last um die Ecke verschwand. Cornelis folgte ihrem Rat. Seine Frau konnte seine Gebete sicher gebrauchen! Er ging durch das Portal der Kapelle. Es enthielt im Giebel ein Tympanum mit dem Tod und der Krönung der Muttergottes. Ist das Bild des Todes ein schlechtes Omen? Oder ist es ein gutes Omen, dass die Kapelle nach meinem Namenspatron Corneliuskapelle heißt?, dachte er verunsichert. Im friedlichen Licht der Kerzen und mit dem Duft von Weihrauch umweht kehrte wieder etwas Ruhe in ihm ein. Er kniete sich auf die harten Holzbohlen der Kirchenbank und sandte einen Schwall flehentlicher Bitten gen Himmel.

Die beiden Schwestern hatten Mareike auf einen reinlichen Krankentisch gebettet. Da die Schwangere nicht ruhig zu halten war, banden sie ihre Arme an den Tischseiten fest und drückten ihre Beine flach auf die Tischplatte. Neben dem Tisch häuften sie weiße Tücher auf. In einem Kessel dampfte bald abgekochtes Wasser. Allerlei medizinisches Gerät lag bereit. Nach der Meldung des reitenden Boten hatte man sich sorgfältig auf eine schwere Geburt eingestellt.

Marguérite war den Schwestern in den Krankenraum gefolgt und versuchte, die Schwangere mit ihrer Stimme zu beruhigen. Dabei schob sie deren Röcke empor und entblößte ihren Unterleib. Nach einigen Augenblicken kam der Medikus ins Zimmer gestürmt. Mareikes bloßer Leib wand sich unter Krämpfen. Der Arzt tastete die bedrohlich gewölbte Bauchkugel mit seinen Händen ab und wiegte bedenklich den Kopf hin und her. »Das kann nur mit Gottes Hilfe gelingen«, sagte er leise. Mareike reagierte unter dem Druck seiner Hände unbeherrscht und begann laut und anhaltend zu schreien. Die eine der beiden Schwestern wusste sich keinen anderen Rat, als ihr ein Beißholz zwischen die Lippen zu schieben. Es wurde ruhig im Zimmer, doch immer stärker werdende Wehen erschütterten den Körper der Armen. Mit beruhigender Stimme forderte Marguérite ihren Schützling auf, mit der Atmung den Pressvorgang zu unterstützen. Die gequälte Schwangere hörte nicht auf sie.

Der Arzt fettete gründlich seine Hände ein. Dann führte er sie vorsichtig in den halbgeöffneten Muttermund und versuchte eines der Ungeborenen zu erspüren. Nach einem Moment sagte er mit leichter Hoffnung in der Stimme: »Ich fühle ein behaartes Köpfchen. Das Kind liegt gut und ist für die Geburt bereit.« Er zog seine feingliedrigen Finger wieder zurück. Und wirklich, mit der nächsten Wehe schaute bereits ein kleines Stückchen Schädel aus Mareikes Leib hervor. Alles wird gut, dachte die Begine und ein plötzliches Glücksgefühl durchströmte sie.

Mit einem Schwall blutiger Flüssigkeit rutschte der erste Säugling in die Welt. Es war ein Knabe, und er brauchte nicht einmal den üblichen Klaps auf den Po, um den ersten Schrei auszustoßen. Marguérite nahm ihn an sich und versorgte ihn.

Wer nun dachte, die Mutter sei erlöst, hatte weit gefehlt. Das zweite kleine Wesen in ihrem Leib war dem ersten nachgerückt und hatte sich quer vor den Muttermund gelegt. Das ging für Mareike nicht ohne Schmerzen einher. In einem Moment der Unachtsamkeit der Schwestern spuckte diese das Beißholz aus und begann wieder laut zu schreien. Alle im Raum litten mit ihr. Die Hände des Arztes suchten noch einmal den

Weg in das Innere des Mutterleibes, aber dort stießen sie auf eine unüberwindliche Barriere.

Die Wehen hielten ununterbrochen an und drückten den Embryo in Querlage immer fester gegen den Muttermund, ohne dass er dort einen Ausgang fand. Es war schon viel Zeit verstrichen und noch immer zeichnete sich keine Änderung zum Guten ab. Mareike durchlitt Höllenqualen. Lange zögerte der Arzt, die notwendige Entscheidung zu treffen. Doch dann sagte er leise: »Wenn ich ihr den Leib nicht aufschneide, sind Mutter und Kind verloren. So könnte wenigstens das Kind gerettet werden.«

Marguérite traten Tränen in die Augen. Sie wusste, dass der Doktor recht hatte. Sie widersprach seiner Diagnose nicht und ließ ihn gewähren, obwohl sein Vorhaben einem Todesurteil für Mareike gleichkam.

Bald war alles für den Eingriff vorbereitet. Mit einem kräftigen Schnitt öffnete der Arzt die Bauchdecke. Durch den Innendruck klappten die Bauchlappen weit auseinander, und aus den vielen durchtrennten Adern strömte unaufhaltsam Blut in die Laken. Marguérite gelang es, das Kind herauszuheben. Es lebte! Mareike hatte derweilen das Bewusstsein verloren und lag da wie tot. Dem verzweifelten Doktor gelang es trotz allem Bemühen nicht, die Blutungen zu stillen. So wurde der todesähnliche Schein bald zur Wahrheit: Mareike verblutete im Kindbett.

Die Verzweiflung im Raum war groß. Selbst die leisen Lebenszeichen der beiden Säuglinge brachten keinen Trost. Erst jetzt fanden die drei Frauen und der Arzt Zeit, sich gegenseitig anzuschauen. Sie waren erschöpft und sahen schrecklich aus. Ihre Kittel waren völlig mit Blut besudelt.

Marguérite fiel als Erste ein, dass der arme Cornelis in der Kapelle betend auf Nachricht wartete. Wer sollte ihm die Hiobsbotschaft überbringen? Sie und der Arzt machten sich schweren Herzens gemeinsam auf den Weg. Sie trafen den Kaufmann im Gebet versunken an. Immer wieder flüsterte er: »God sta mij bij«, und wollte damit eigentlich um Schutz für Mareike beten.

Cornelis wurde der beiden erst gewahr, als der Medikus mit seinem Fuß versehentlich an eine Kirchenbank stieß. Der Kaufmann schaute verstört hoch und wusste für einen Moment gar nicht, wo er sich befand.

Dann erkannte er im Schein der Kerzen als Erste Marguérite. Er sah ihr bekümmertes Gesicht und Angst stieg in ihm auf. »Was ist mit Mareike?«, flüsterte er tonlos. Bevor ihm die Begine antworten konnte, entdeckte er ihren blutigen Kittel im spärlichen Licht. »Was ist ihr geschehen?«, schrie er dieses Mal und sah die Begine an wie ein verwundetes Tier. »Ihr habt zwei gesunde Knaben, doch für das Leben des zweiten musste Euer Weib das ihre lassen. Mareike ist tot«, antwortete ihm Marguérite mit Kummer in der Stimme und legte tröstend ihre Hand auf seine Schulter. Cornelis schüttelte sie ab, sprang auf und rief verzweifelt aus: »Ich will die Knaben nicht, erst recht nicht den zweiten, den Mörder meiner Frau! Ich will Mareike, lebend. Ich will nur meine geliebte Frau!« Dann brach er in Tränen aus. Die beiden Todesboten blieben stumm vor so viel Kummer. Dann sackte die Begine völlig erschöpft zusammen. Ihre Kraft hatte sie endgültig verlassen. Tränen traten auch ihr in die Augen.

Nun war es am Doktor, ihr beizustehen. »Fasst Euch«, sagte er mit weicher Stimme. »Hebamme, Ihr habt die schönste Profession der Welt. Es ist, wie die Tür zum Himmel aufstoßen. Doch manchmal bleibt sie eben geschlossen. Ganz wie Gott es will. Denn der gütige Gott kann auch ein grausamer sein!«

Es dauerte lange, bis sich der Kaufmann und die Begine etwas gefasst hatten. Marguérite gelang es zuerst, und sie hakte ihn unter und führte ihn aus der Kapelle. Zuhause verschwand Cornelis sofort in seiner Kammer. Er wütete darin und schrie die ganze Nacht. Niemand im Haus konnte ein Auge zutun. Das ganze Gesinde litt mit seinem Herrn. Keiner beachtete den tiefen Kummer der Begine.

3

Am nächsten Tag stürzte sich Cornelis in die Vorbereitungen für Mareikes Begräbnis. Diese Arbeiten lenkten ihn für kurze Zeit ab, aber der Kummer blieb. Sooft Marguérite es ihm anbot, er wollte die beiden Neugeborenen nicht sehen.

Der Trauergottesdienst sollte in der Saint-Salvator-Kirche stattfinden. Die Kirche, um 1250 aus rotem Backstein in der berühmten Scheldegotik erbaut, lag an der Steenstraat, nicht allzu weit entfernt vom großen Markt und Cornelis' Haus. Für den Besuch der Freunde und Bekannten wurde im Haus des Kaufmanns ein Trauerraum hergerichtet. Marguérite half bis zum Umfallen bei den Vorbereitungen.

Der gesamte Raum wurde mit schwarzem Tuch ausgeschlagen. In seiner Mitte lag die Tote aufgebahrt, von hunderten weißen Lilien umkränzt. Um sie gereiht, brannten sechzehn mannshohe gelbe Wachskerzen. Ein Kruzifix stand am Kopfende der Bahre.

Cornelis kniete für Stunden davor. Der Sarg war offen. In ihm schlief Mareike ganz friedlich für immer. Die Schmerzen und Leiden der Geburt hatten kundige Hände aus ihrem Antlitz entfernt.

Erst am späten Morgen wurde der Sarg geschlossen und unter großer Anteilnahme der Nachbarn und Freunde in das Gotteshaus gebracht. Als die Trauernden eintraten, stimmte der Chor zart das »Requium aeternam dona eis, Domine« an. Eine ergreifende Totenmesse folgte. Überhaupt nicht tröstlich waren für Cornelis die Worte des Geistlichen, Gott habe Mareikes Name aufgeschrieben im Buch des Lebens, wo er am Tag des jüngsten Gerichtes hell erglänze. Cornelis konnte Gott Mareikes Verlust einfach nicht verzeihen. Schließlich fand Mareike im Kirchgarten ihre letzte Ruhe. Die Worte auf ihrem Grabstein gaben Cornelis' Gefühle nicht wider:

Nun ruhst Du – noch allzu früh – schon in kalter Erde.
Solange Du lebtest, weiltest Du auf der Tugend Höhen.
Mit vielen Tränen, die die Liebe Dir zollt,
gedenke ich Dein auf ewig.
Leb' wohl, mein Herz, Dir braucht vorm dunklen Strome nicht zu bangen.
Auf Himmelsauen wirst Du an Gottes Herzen ruhen!

Cornelis konnte nämlich nicht mehr an Gottes Trost und Schutz glauben.

Nun war er allein. Nachdem er viel Geld für das große Begräbnis ausgegeben hatte, beschloss er, sich ganz von Gott abzuwenden. Der mächtige Mammon sollte ab jetzt sein Gott werden! Der vermeintlich wahre Gott hatte ihn zu sehr enttäuscht.

Die beiden Knaben gediehen unter Marguérites Obhut prächtig. Die Milch der Amme, an deren Brust man sie aufzog, floss reichlich, und die Begine kümmerte sich rührend um ihre Erziehung. Die kirchliche Taufe der beiden war im katholischen Brügge Pflicht, trotz Cornelis' neuer geistiger Ausrichtung. Der Kaufmann wohnte ihr teilnahmslos, fast widerwillig, bei. Der Erstgeborene erhielt den Namen Jan, der zweite wurde Pieter genannt. Cornelis stand starr und reglos am Taufbecken, als der rundliche Dekan den Akt der Taufe feierlich vollzog. Die Paten hatte Cornelis unter Familienangehörigen und Geschäftsfreunden willkürlich ausgewählt. Das Fest nach dem Kirchgang fiel bescheiden aus. Wie prunkvoll wäre es verlaufen, hätte Mareike noch gelebt! Cornelis blieb seinem Vorsatz treu, mit Gott, der ihm so früh das Liebste genommen hatte, künftig zu hadern. Noch am gleichen Abend befasste er sich mit neuen gedanklichen Ränkespielen, die dem Wohle seines neuen Abgottes »Mammon« galten.

Anders als die adeligen Herren wollte er das Geld jedoch nicht aus anderen Leuten Taschen fischen, um Kleinodien, Schmuck und erlesene Kleidung anzuhäufen. Er wollte Reichtümer als Selbstzweck ansammeln. Er wollte sich ablenken und seinen Kummer mit dem goldenen Schimmer der Münzen lindern.

Ich bin ein erfolgreicher Tuchkaufmann. Ich kenne das Geschäft und die Gewinnspannen. Die Leute brauchen Tuch ein ganzes Leben lang, für die tägliche Kleidung bis hin zum Totenhemd, dachte er.

Die Zeiten waren nicht leichter geworden. Mittlerweile stellten auch andere Länder Tuch her, und das sogar billiger. Die konfliktträchtige Beziehung zu England machte sich immer stärker bemerkbar. Die Wolleinfuhr von dort und aus Schottland war auf einen Bruchteil zusammengeschrumpft. Wolle aus Spanien konnte die Ausfälle schwerlich ersetzen. Die Brügger Händler müssen inzwischen hart miteinander und mit anderen konkurrieren, sinnierte er vor sich hin.

Johann de Worde war schon immer sein stärkster Widersacher gewesen. Sie waren schon beim Werben um Mareike Rivalen. Morgen wollte er ihm wieder ein Schnippchen schlagen. Er musste sich dafür mit dem spanischen Kaufmann Tafur im Wirtshaus Ter Beurse treffen. Dort saßen die ausländischen Kaufleute gerne zusammen, verhandelten und parlierten.

Am nächsten Vormittag machte sich Cornelis auf den Weg zu diesem Wirtshaus. Er kam am hölzernen Stadtkran vorbei, dessen großes Tretrad von angetrunkenen Arbeitern apathisch bewegt wurde. Anders konnten die Männer die stumpfsinnige Arbeit nicht ertragen. Cornelis passierte die Stadtwaage, ging die Vlaminkstraat hinauf auf das Gasthaus zu. Den Platz säumten ein Weinhaus, die Loge der Genueser, das Gasthaus selbst und die venezianische Loge. Die florentinische Loge, Haus Hertsberge und die Gewürzhandlung De Grote Veronike lagen auf der anderen Seite.

Das Gasthaus hatte den üblichen Treppengiebel. Eine kleine goldene Kugelspitze zierte dessen Mitte. Dort angekommen, trat Cornelis unter das Vordach der Schänke und öffnete die Tür zum Schankraum. Er schaute sich um. Der Spanier war schon da und winkte ihm freudig zu. Cornelis ging zu ihm hin und wäre gern sofort zur Sache gekommen. Er wusste aber, wie wichtig auch ein kleiner Plausch vorab für ein erfolgreiches Geschäft sein konnte. Der Handel mit der iberischen Halbinsel gewann immer mehr an Bedeutung. Dazu hatte die dritte Heirat von Herzog Philipp und Isabella von Portugal einen gehörigen Teil beigetragen. Des

Herzogs zweite Gemahlin, Bonne von Artois, war 1425, wie seine Mareike, im Kindbett gestorben, erinnerte sich der Kaufmann, und Trauer überschattete sofort wieder sein Herz.

»Ihr lebt in einer glücklichen Welt«, begann der Spanier und hielt Cornelis grüßend die Hand entgegen. »Jeder, der Geld hat und es ausgeben möchte, findet in Brügge alles, was er sucht. Und ihr habt Geld«, fuhr er fort. »Das will ich nicht bestreiten«, antwortete ihm Cornelis geschmeichelt. »Doch ich nutze es nicht für Leichtlebigkeit, ich binde es immer sofort wieder, um es zu mehren! Ora et labora«, fügte er hinzu und wurde sich bewusst, dass er soeben eine christliche Regel zu seiner Maxime erklärt hatte.

Bei dem frommen Spanier kam das allerdings gut an. »Carpe diem«, lachte der trotzdem. »Ich habe Orangen und Zitronen aus Kastilien gesehen, die gerade erst von den Bäumen gepflückt zu sein schienen! Wie kann man so etwas nicht genießen wollen? Es gibt auch Obst und Wein aus Griechenland, Konfekt und Gewürze aus Alexandrien und aus der Levante.«

»Damit kann man auch bis weit in den hohen Norden hin handeln, anstatt es zu verspeisen«, blieb Cornelis bei seinem Credo. »Ja, ja, und Pelze vom Schwarzen Meer kann man dafür eintauschen! Ihr seid mir wahrlich ein Spartaner. Ich bleib dabei, ich kenne keinen Teil der Welt, wo man so viel Gutes und Schönes vorfindet«, schloss der Iberer seine Rede ab. Dann besprachen die beiden Männer konzentriert und mit viel Sachverstand ihre Geschäfte. Als sie zum Ende kamen, war Cornelis sehr zufrieden. Er hatte eine große Ladung schwedischen Kupfers nach Spanien weitervermittelt, die er zuvor von der Hanse aufgekauft hatte. Seine Kommission dafür war beträchtlich. Er wollte sie schnell wieder investieren. Besonders erfreulich war, dass dieser Handel kein Einzelgeschäft bleiben musste. Die Spanier benötigten Massen an Kupfer für ihren Kolonialhandel. Auch über die neueren Entwicklungen im Korkhandel hatte Cornelis sich kundig gemacht. Miguel Tafur hatte ihm für Brügge sogar das Importmonopol in Aussicht gestellt. Eine Beteiligung an seiner Produktionsstätte in Portugal war ebenfalls möglich.

Cornelis wollte alles in Ruhe bedenken, war sich aber schon fast sicher, auf die Vorschläge des Spaniers einzugehen. Zuletzt orderte er eine große Ladung spanischer Wolle, die an seine flämischen Tuchweber weitergehen sollte. Er war äußerst zufrieden mit dem Geschäftsausgang. Nach einem wortreichen Abschied machte er sich auf den Weg nach Hause.

4

Herzog Philipp entwickelte sich immer mehr zu einem mächtigen Regenten. Die Gründung des Ordens vom Goldenen Vlies anno 1430 erwies sich als Segen für ihn. Philipp hatte diesen Orden dem britischen Hosenbandorden nachempfunden. Ihm gehörten inzwischen die bedeutendsten Ritter seiner verschiedenen Länder an. Mit einem gemeinsamen Gelöbnis seiner Getreuen band der Herzog auch deren Regionen aneinander. Er schuf sich auf diese Weise einen verschworenen Kreis von Gefolgsleuten.

Auch mit Brügge suchte Philipp wieder Versöhnung. Schnell wurde das Gerücht zur Gewissheit, dass er die Stadt noch im Jahre 1440 besuchen wolle. Dieses Mal würde er als freundlicher Herrscher kommen und nicht als streitbarer Fürst mit großem Heer. Man erzählte sich sogar, er habe vor, den Prinsenhof, seinen Palast in Brügge, auszubauen, um künftig öfter darin zu residieren. Man sagte, Herzogin Isabella solle die Leitung des Ausbaus übernehmen. Phillips dritte Frau mochte die Stadt, und sie unterstützte sie ja schon bei Philipps Strafaktion.

Pieter Bladelin, Philipps Vertrauter und gleichzeitig Schatzmeister des Ordens zum Goldenen Vlies, kam dem Regentenpaar mit eigenen Bauplänen zuvor und begann vor ihnen mit der Errichtung eines Wohnsitzes in der Stadt. Der Hof Bladelin in der Naaldenstraat wurde eines der prächtigsten Häuser überhaupt.

Bisher hatte Herzog Philipp Gent, der mächtigen Rivalenstadt Brügges, den Vorzug gegeben. Brügges Bürger sahen die neue Entwicklung nun mit gemischten Gefühlen. Ein jeder von ihnen kannte die pompöse Prachtentfaltung von Philipps Hofstaat und seinen Hang zur Verschwendung. Den Herzog in den eigenen Mauern zu haben, würde sicher wieder zu neuen

Abgaben und Steuern führen! Ein Querulant brachte es auf den Punkt: »Er wird aus dem Volk das Gold schlagen wie Moses einst das Wasser mit dem Stab aus dem Felsen!« Viele sahen aber auch Gutes aus Philipps Entscheidung erwachsen: Seine Hofhaltung war schier unersättlich. Alles musste herangeschafft werden, erlesene Möbel, feinste Stoffe, wertvolle Kleidung und Teppiche, Geschmeide und Zierrat aus Silber und Gold, Gemälde, Statuen, selbst Reliquien. Nicht zu vergessen waren Speisen und Getränke. Der Hof verschlang jeden Tag, der ins Land ging, einen Berg davon. Es würde für die Kaufmannschaft viel zu tun geben. Auch die Handwerker kämen durch Aufträge des Hofs in Lohn und Brot. Es empfahl sich also, mit den Wölfen zu heulen!

Cornelis dachte ebenso. Auch sein Rivale Johann de Worde hatte nur noch im Sinn, an dieser Entwicklung zu verdienen! Beide Männer wussten, dass es nun darauf ankam, die besseren Kontakte zum Hofe zu gewinnen, wollte man sich den größten Teil des Kuchens sichern. Cornelis setzte dabei auf Jan van Eyck.

Der Maler genoss immer noch die Huld des Herzogs. De Worde hoffte hingegen auf Anselm Adornes. Der spielte in der Stadtverwaltung eine wichtige Rolle. Viele Bürger hatten ihm nicht verziehen, dass er sich bei der Bestrafung der Stadt durch Philipp auf die Seite des burgundischen Fürsten gestellt hatte. Aus diesem Verhalten bezog er als Günstling Philipps bis heute Vorteile.

Der Einzug des Herzogs in die Stadt wurde ein Schauspiel voll Prunk und Pomp. Ein schier endloser Zug kam durch das Genter Tor nach Brügge herein. Die Bürger hatten alles mit Wimpeln und Fahnen in den Farben des Burgunders geschmückt und gaben sich demütig. Wappenschilde begrüßten den Regenten entlang seines Weges. Der Herzog brachte seinen siebenjährigen Sohn Karl und sein Weib Isabella mit. Karl war ihr drittes gemeinsames Kind. Die zwei vor ihm starben zum Kummer der Eltern bereits im ersten Kindsjahr. Philipp ernannte Karl aus Freude über seine unverhoffte Gesundheit sofort zum Grafen von Charolais und Ritter des Ordens zum Goldenen Vlies. Isabella stillte den Knaben selbst, um ihn, anders als seine Geschwister, dadurch gekräftigt über das erste Lebensjahr hinwegzubringen.

Mutter und Sohn wurden von vier Pagen in einer prächtig geschnitzten Sänfte getragen. Der Herzog ritt vor seinem Stab. Sein edles Ross war gänzlich unter einem Stoffgewand in schwarzer Farbe versteckt. Das Gold beschlagene Zaumzeug und der weiße Federbusch auf dem Haupt hoben sich dagegen wundervoll ab. Die Kleidung des Fürsten war im gleichen Ton gehalten. Seinen Hut zierte, wie sein Pferd, ein weißer Federbusch.

Einige seiner Ordensritter umringten den Herzog. Dann folgte schon ein Zug der Sint-Sebatiaans-Gilde. Sie trugen ihre großen Bogen stolz in den Händen. Trommler und Pfeifer gingen zwischen ihnen und belebten den Festmarsch mit ihrem Getöse. Schließlich folgte der gesamte Hofstaat durch das Tor. Seine prächtigen Gewänder sorgten für Ausrufe des Erstaunens unter den Zuschauern.

Auch Cornelis konnte sich dem Eindruck dieser enormen Prachtentfaltung nicht entziehen. Er verfolgte den Zug aus einem Fenster seines Kontors. Vom Kirchturm schlug es schon zwölf, als immer noch über hundert Gepäckwagen über die Straße rumpelten. Sie waren voll Teppiche, Gemälde und anderer Kostbarkeiten.

Es ist also wirklich wahr, dass der Herzog sich auf länger in der Stadt einrichten will, dachte Cornelis zufrieden. Herolde kündigten mit Sprechtrichtern an, der Herzog und sein Weib würden den nächsten Tag auf dem großen Markt gnädigst ein Defilee der Bewohner abnehmen. Nun wurde dem Letzten klar, warum Handwerker so emsig vor dem Belfried ein Schaugerüst aufgebaut hatten. Es trug zwei prächtige Thronsessel unter einem Baldachin. Cornelis beschloss, hoch zu Ross bei diesem Ereignis dabei zu sein.

Das Wetter war gut. Die Straßen und Gassen quollen vor Menschen über. Von ihrem Hofstaat umgeben, hatte das Fürstenpaar auf den prächtigen Thronsitzen Platz genommen. Philipp trug wiederum ganz feierlich schwarz. Die Puffärmel seines Wamses ließen seine Schultern besonders breit wirken, erst recht, weil die Trikotage seine schmalen Hüften eng umklammerte und damit den Gegensatz von breit und schmal noch stärker betonte. Auf der Brust trug der Herzog die schwere gelbgoldene Kette des Ordens vom Goldenen Vlies.

Die Kette hatte einunddreißig Glieder. Für jeden Ordensritter eins. Am unteren Ende der Kette hing das Vlies. So saß der Herzog als der Wahrer des katholischen Glaubens, Beschützer der Kirche und Erhalter der unbefleckten Würde des Rittertums da. Diese Ziele hatte er dem Orden nämlich vorgegeben, und er selbst repräsentierte sie. Er hatte den Orden der Jungfrau Maria gewidmet und den Apostel Andreas zum Schutzpatron auserkoren.

Der oft leicht zu Wutausbrüchen neigende Regent war heute wohl gelaunt. Seine dicken Augenbrauen lagen ebenmäßig an und waren nicht wie sonst bei Zornausbrüchen Schneckenhörnern ähnlich aufgestellt.

An Philipps Seite stand Castellain, den der Herzog eigens dafür besoldete, dass er alle Ereignisse seiner Regierungszeit für die Nachwelt aufzeichnete. Ein Hofschreiber des französischen Hofes sagte zu Recht: »L'histoire s'est faite bourguinonne.« Im Schutz des burgundischen Hofes wurde Chronisten und Memoirenschreibern immer ein hervorragender Platz eingeräumt. Mit besonderen »Lettres Patentes« ausgestattet und jährlich garantierten sechshundertsiebenundfünfzig Livres versehen, war Castellain fürstlich bedacht dem Herzog bis aufs Mark ergeben. Philipp gewährte ihm im Palast von Valenciennes und nun auch in Brügge kostenfreies Wohnrecht.

Isabella war ebenfalls beeindruckend anzusehen. Sie war so prächtig ausgestattet, wie sie der Maler Petrus Christus kurz darauf auf einem herrlichen Altarbild malen sollte. Ihr zartes Antlitz war von edler Blässe und von einer schneeweißen Haube mit den üblichen, zwei Hörnern eingefasst. Darunter lugte ein goldenes Netz hervor, welches ihr Haar streng am Kopf zusammenhielt. Ihr Gewand, gleichermaßen von schwarzer Farbe, schimmerte in schwerem Brokat. In den Stoff war mit Goldfäden ein üppiges Muster gewirkt. Den zarten Hals und die feinen Hände umrahmten Kragen und Stulpen aus weißem Hermelin.

Endlich ergriff der Herzog das Wort. Er sprach ruhig und getragen und saß dabei ganz entspannt auf seinem Thronsessel. Er schien die ungeteilte Aufmerksamkeit seiner Zuhörer gar nicht zu bemerken. Er bedankte sich bei den Stadtoberen für den würdigen Festrahmen, der natürlich auf ihre Kosten ausgerichtet war, und versprach den Bürgern zukünftig Huld und Gnade. Der mächtige Regent konnte sich aber auch einer schicksalsschweren Drohung nicht enthalten. Sie war gegen alle gerichtet, die dem Glanz des Hauses Burgund entgegenstanden. Er sprach sie ohne jedes Schwanken in der Stimme mit der nötigen Schärfe aus, um alle Zauderer zu überzeugen. Seine Ansprache entbehrte jeder Ironie oder indirekter Formulierung. Die hätte auch überhaupt nicht zu dem Regenten gepasst! Zum Abschluss hob er mit einem feinen Lächeln in seinem männlichen Gesicht einen goldenen Pokal mit kühlem Wein empor und befahl, den Vorbeimarsch zu beginnen.

Anselm Adornes wandte sich an einen seiner Kollegen aus der Stadtverwaltung: »Mir dünkt, es ist schon etliche Zeit her, dass wir einen Herrscher in unserer Stadt beherbergten, der sich so gnädig zeigte.« Zufriedenheit spiegelte sich in seinem Gesicht. Er fühlte seit langem endlich einmal keinen Gewissenskonflikt wegen seiner vorbehaltlosen Einstellung zum Haus Burgund. Das prächtige Bild des Geschehens gab ihm Recht.

Der Zug der Honoratioren war herrlich anzusehen. Zuerst defilierten die Würdenträger der Kirche vorbei. Es folgten die Stadtverwaltung und die heimische Kaufmannschaft. Cornelis und de Worde waren darunter. Die Kaufleute hatten sich alle in roten Samt gekleidet. Die anderen ehrenwerten Bürger trugen glänzende schwarze Seidengewänder. Dann kamen Mitglieder der Zünfte und Gilden. Diese Verrückten versuchen doch wirklich mit ihren Gewändern den höfischen Prunk nachzuäffen, dachte Cornelis verächtlich. Auch die ausländischen Kaufleute erwiesen dem Herzog die Ehre. Hundertsechsunddreißig Hanseaten ritten zu Pferd vorbei. Achtundvierzig stolze Kastilianer und jeweils vierzig Venezianer und Mailänder, sechsunddreißig Genuesen, zweiundzwanzig Florentiner und zwölf Lucceser. Sie waren ebenfalls vom Feinsten gekleidet. Eine kleinere Anzahl stolzer Katalanen, Portugiesen und sogar Engländer, die es trotz der kriegerischen Wirren in der Stadt gehalten hatte, schlossen den Zug ab. Meister van Eyck hatte sich zu Cornelis gesellt. Der Kaufmann registrierte zufrieden, dass der Herzog den Künstler erkannte und ihm huldvoll zuwinkte. Ich setze wohl auf die richtige Karte, dachte er für sich.

Geschäftlich kam Cornelis bald wirklich gut voran.

Er übertrumpfte wieder einmal seinen Rivalen de Worde. Sein Kontakt über van Eyck zahlte sich als der bessere aus. Den Künstler plagte so manches körperliche Leiden. Der Herzog erwies dem kränkelnden Meister die besondere Gnade, ihn von seinem eigenen Hofarzt behandeln zu lassen. Der Spanier Gondisalvus de Vargis war Arzt und Berater Philipps. Durch ihn erfuhr Cornelis viele Neuigkeiten vom Hof. Er konnte sogar über den Arzt, auch im Sinne von Cornelis, Einfluss auf herzogliche Entscheidungen und Beschlüsse nehmen. Ärztliche Vertraute standen den Mächtigen eben doch näher als Verbündete in der Stadtverwaltung!

Da der Herzog bei jedem Empfang und Fest die Räumlichkeiten im Palast mit neuem Tuch auskleiden ließ, rissen bald die Tuchbestellungen über Cornelis nicht ab. Er konnte den Wünschen des Fürsten kaum nachkommen. Entgegen seiner ersten Befürchtung wurde auch von der Hofkasse prompt gezahlt. Als der Kaufmann erkannte, in welchem Umfang es den Herrscher auch nach prächtigen Wandteppichen gelüstete, arbeitete er sich schnell in dieses spezielle Gewerbe ein.

Bei der Herstellung von Teppichen griff ein Beziehungsgeflecht zwischen Malern, Entwerfern und den eigentlichen Webern ineinander, welches ein erfolgreicher Händler sehr wohl kennen musste. Cornelis machte sich auch in der besonderen Webtechnik der Gobelins kundig: Der Stoff entstand durch ein Zusammenspiel der straff gespannten Kettfäden und dem Schuss. Anders als beim Weben wurde nie die ganze Breite verarbeitet. Nur gleiche Farbflecken wurden mosaikartig gefertigt. Die Einschüsse wurden so fest zusammengepresst, bis die Kettfäden völlig unter ihnen verschwanden und das Ganze nur noch unsichtbar stützten.

Bald verkaufte der rührige Händler an Philipp einen ersten Teppich.

Er hatte die Geschichte des Heiligen Sakramentes als Motiv. Cornelis erzielte den beachtlichen Preis von dreihundertsiebzehn Pfund. Kurz darauf vermittelte er dem Herzog weitere Wandteppiche für zwei Zimmer, die Philipp seiner Nichte Maria von Kleve anlässlich ihrer Heirat mit dem Herzog von Orleans schenken wollte. Cornelis ließ sie im nordfranzösischen Arras fertigen. Diese Stadt war für ihre Teppichherstellung genauso berühmt wie Brügge oder Brüssel. Bald nahm Cornelis in Brügge für einige Hersteller von dort eine exklusive Maklerstellung ein.

Nochmals gelang es ihm, eine sechsteilige Wandteppichfolge mit Szenen aus dem Leben Marias für einen Preis von dreihundertfünfundvierzig Pfund an Philipp zu veräußern.

Einen prächtigen Wandteppich mit dem Abbild von Gideon, dem Schutzherrn des Goldenen Vlieses, durfte er ebenfalls in Auftrag geben. Philipp sollte ihn später fast auf all seinen Reisen mit sich führen. Cornelis beschloss, künftig auch italienische Händler zu beliefern, denn was der Herzog orderte, kam in Mode, und wenn die venezianische Galeere von Sluis aus wieder in Richtung Italien in See stach, hatte sie an Bord genügend Platz für solche Schätze.

5

Cornelis' Söhne Jan und Pieter waren inzwischen zwei Jahre alt. Sie konnten schon mit tapsigen Schritten laufen.

Marguérite, die quirlige Begine, übte mit ihnen voll Eifer und Freude. Wenn sie Cornelis' Augenmerk auf die Erfolge lenkte, erweckte sie kein Interesse oder gar Freude. Der Kaufmann ermahnte sie stattdessen rüde, ja darauf aufzupassen, dass die beiden Unholde nicht irgendetwas im Haus zerstörten oder befleckten. Wenn Cornelis wieder einmal besonders schlechte Laune trieb, kam es sogar vor, dass er dem kleinen Pieter von seinem Sessel aus ein Bein stellte, wenn der voll Lebenslust an ihm vorbeistapfte.

Der Kaufmann lachte dann schadenfroh, wenn der Knabe hinfiel und darüber weinte. Er war und blieb für Cornelis der Mörder seiner Mutter.

Meister Jans Todesahnung bestätigte sich im Juli 1441.

In einer lauen Sommernacht schloss der große Künstler seine Augen für immer. Für den 9. des Monats wurden eine Totenmesse und sein Begräbnis angesetzt. Der Trauergottesdienst und die Beisetzung fanden in Saint Donatian gegenüber dem Rathaus statt. Alles, was in Brügge Rang und Namen hatte, gab dem Toten die letzte Ehre.

Cornelis war natürlich anwesend. Er nahm in einer der geschnitzten Kirchenbänke Platz, die für die Noblen der Stadt reserviert waren. Er war des Kirchgangs völlig entwöhnt. Das Licht, das sich in den bunten Glasfenstern brach, irritierte ihn. Der leichte Weihrauchduft im Kirchenschiff reizte seine Lungen. Dem Gesang der Gläubigen folgte er ohne innere Anteilnahme und blieb selbst stumm. Die Skizzen, die der Künstler von Mareike gemacht hatte, fielen ihm plötzlich wieder ein. Nun war es zu spät für ein Eycksches Portrait anhand dieser Vorlagen. Meister Jan war nicht mehr! Cornelis konnte seine verstorbene Liebe nicht mehr mit Jans Hilfe in einem Ölbild verewigen lassen.

Marguérite hatte er angeboten, ihn bei dem Trauergang zu begleiten. Er wusste, wie sehr sie den Maler und seine Bilder verehrte, aber die Begine war pflichtbewusst bei den Knaben geblieben.

Die beiden waren mächtig ins Kraut geschossen und brauchten strenge Beaufsichtigung. Während Cornelis im Gotteshaus sein Unbehagen wachsen fühlte, ging die emsige Frau draußen in der Sonne mit den Kindern spazieren. Sie zog sie in einem kleinen Wagen hinter sich her. Die Zwillinge glichen sich wie ein Ei dem anderen. Marguérite wusste aber, wie höchst unterschiedlich sie in ihren Charakteren waren. Das zeigte sich auch auf dieser kleinen Exkursion. Während Jan den Leuten Gesichter schnitt und dauernd böse knötterte, blieb Pieter still und besonnen und schaute sich nur mit wachen Augen um.

Als die Totenglocke von Saint Donatian anschlug, verharrte die Begine für einige Augenblicke und erflehte von Gott für den verblichenen Künstler ein Requiescat in pace.

Die Pest und der Krieg hatten viele Witwen mit sich gebracht. Es war für sie nicht einfach, sich allein oder gar mit Kindern durchs Leben zu schlagen. Viele von ihnen hielten nach einem neuen Mann Ausschau. Vermögend sollte er sein und erst an zweiter Stelle gut und stark. Cornelis war für viele von ihnen ein Wunschkandidat. Er war erfolgreich, eine stattliche Person und entsprach in allem ihren geheimsten Träumen und Wünschen. Eine dralle schwarzhaarige Edelfrau aus Dudzeele gehörte zu den Interessentinnen. Ihren Mann hatten die Engländer auf hoher See ersäuft. Nun war sie Schlossherrin, Gebieterin über viel Land. Sie sah Cornelis des Öfteren auf Empfängen und Festen und zeigte ihm dort deutlich ihre Gefühle. Eine Heirat mit ihr hätte über Nacht das Vermögen des Tuchhändlers zwar verdoppelt, aber er brachte ihr keine vergleichbare Sympathie entgegen.

Dann gab es noch eine Färberfrau. Ihren Mann hatte die Pest hinweggerafft. Mit ihren giftgrünen Augen und dem gekräuselten roten Haar war sie Cornelis bei Geschäften mehrfach positiv aufgefallen. Sie war stets eine korrekte Geschäftspartnerin gewesen. Mit heißem Temperament machte sie keinen Hehl daraus, dass ihm auch ihr Interesse galt. Doch auch bei ihr fühlte Cornelis nicht mehr als höchstens den Drang, zwei Vermögen zu einem größeren zusammenzurechnen.

Die dritte war flämisch blond. Sie hatte strahlend blaue Augen und war eine wundervolle Schönheit. Doch sie machte einen großen Fehler im Umgang mit dem einsamen Kaufmann. Sie versuchte, sich ihm über seine Kinder zu nähern. Die beiden Knaben galten ihm jedoch nichts. Den Zweitgeborenen verabscheute er sogar immer noch.

Wenn Cornelis des Abends allein zuhause seine Situation bedachte, musste er sich eingestehen, dass er überhaupt keine Liebe zu anderen Menschen mehr in sich fühlte.

Er setzte sich im Winkel seines Zimmers an seinen Schreibtisch und rechnete bis zum frühen Morgen Zahlenkolonnen auf. Nur diese Arbeit gewährte ihm Vergnügen. Es war für ihn ein Spaß, wieder einmal mit kühlem Verstand und ohne Herz über andere gesiegt zu haben. Seine toten Augen bewiesen dabei, dass ihm selbst dieses Tun keine echte Freude bereitete. Sie blickten abwesend mit starren Pupillen ins Leere. Müde stand der Kaufmann dann auf, trat ans Fenster und suchte in der dunklen Nacht vergebens nach dem wirklichen Sinn des Lebens.

Seine Söhne waren inzwischen sieben Jahre alt geworden und schossen, trotz fehlender väterlicher Zuwendung, in Marguérites Obhut wie junge Bäume in die Höhe. Sie glichen einander bis in die kleinste Kleinigkeit, doch im Charakter blieben sie verschieden. Das zeigte sich im täglichen Leben: Jan spielte nicht gern mit anderen Kindern. Viel lieber zankte und hänselte er sie. Weinen kam für ihn nicht in Frage. Wenn ihn etwas den Tränen nahebrachte, sann er sofort auf Rache. Er zerbrach dann ein Fenster, schnitt einen Getreidesack auf oder schüttete Ruß aus dem Küchenkamin in den Mehltrog.

Ganz anders war Pieter. Der fühlte sich wohl im Kreis von anderen

Menschen. Sie konnten auch ruhig älter sein als er. Streit und Unglück merkte man ihm sofort an. Schnell standen ihm dann Tränen in den Augen, und er war um Schlichtung bemüht. Ließ sich ein Streit einmal gar nicht vermeiden, so war er wenigstens auf schnelle Versöhnung bedacht. Blinde Zerstörungswut oder hinterlistige Rache waren ihm fremd.

Eins hatten die beiden grundverschiedenen Knaben jedoch gemeinsam: Sie wünschten sich beim abendlichen Zubettgehen, Marguérite möge ihnen eine Geschichte erzählen. Und wenn die Begine sie dann fragte, was sie hören wollten, wurde sie mit lautem Gebrüll wie von jungen Stieren auf die Spur gesetzt. Dann erzählte sie die Geschichte von dem schwarzen Stier, der zur Mondsichel hinaufbrüllte, weil er sie für eins seiner Hörner hielt.

Höchst unterschiedlich interpretierten die beiden Knaben diese kleine Fabel: Das Horn hat ihm sicher ein Dieb gestohlen, mutmaßte Jan. Der arme Stier braucht ja auch zwei Hörner, sonst steht sein Kopf unter dem ungleichen Gewicht ganz schief, dachte Pieter mitfühlend.

Graf Karl war inzwischen bereits doppelt so alt wie die Söhne Cornelis'. Sein Vater hatte ihn mittlerweile zum Zunftmeister der Voetburg-Gilde von Brügge ernannt und drängte ihn, die flämische Mundart zu erlernen. Karl blieb ein verschlossenes, eigenwilliges Kind. Er hatte blaue Augen, ein ausgebildetes, vorspringendes Kinn und dunkle Gesichtsfarbe. Seine Neigung zum Argwohn hatte er von seiner Mutter geerbt. Sie war die einzige, die über den eigensinnigen Jüngling etwas Macht hatte und ihn führen konnte. Sire d'Auxy und Jean de Rosimboz lehrten Karl den Umgang mit Waffen und darin zeichnete er sich bald aus. Aber er blieb trotz der ihm aufgezwungenen Disziplin impulsiv, störrisch und eigensinnig.

Auch Cornelis' Söhne bekamen Unterricht. Doch der Kaufmann sparte bei der Wahl des Hauslehrers am Lohn. Der Lehrer war zwar willig, aber von bescheidener Qualität. Pieter dankte ihm trotzdem sein Bemühen mit viel Fleiß. Jan hingegen ließ keine Möglichkeit aus, ihn zu necken und den Unterricht zu stören. Aus den Übungsstunden merkte er sich nur Unnützes. »Scientia inflat«, Wissen bläht auf, war einer der törichten Sätze, die er sich allzu gerne zu Eigen gemacht hatte und, wo immer es passte, zum Besten gab.

Schlechte Eigenschaften traten immer deutlicher hervor: Eines Tages war Jan wieder einmal durch die Stadt gestreunt. Er war den ganzen Vormittag draußen gewesen, hatte den Markt unsicher gemacht und einer Obstverkäuferin einen Apfel abgeschwatzt. Die Frau mit dem dicken, runden Bauerngesicht kannte er von seinen Streifzügen gut. Ihre kleine Gabe setzte sie geschäftstüchtig ein, indem sie ihre Äpfel als so vorzüglich anpries, dass sie selbst kleine Bengel wie Fliegen anlockten. Mit einigen Jungen hatte sich Jan dann noch gebalgt. Dann zog ihn der Hunger nach Hause zurück. Er wusste, dass sein Bruder Pieter die ganze Zeit in seiner Stube geblieben war, um Lesen und Schreiben zu üben. Jan hatte kein schlechtes Gewissen, nicht ebenso fleißig gewesen zu sein. Er wollte schließlich ein richtiger Mann werden und kein Stubenhocker!

Er erreichte das Portal seines Vaterhauses. Dessen Fassade strahlte Solidität und Reichtum aus. Das war Jan noch nie so aufgefallen. Reichtum und Sorglosigkeit waren für ihn irgendwie selbstverständlich. Ungeduldig schlug er mit dem Türklopfer an die Eingangstür. Innen näherten sich schlurfende Schritte. Die Magd öffnete, und Jan stürmte grußlos an ihr vorbei. Schon im halbdunklen Flur stieg Ärger in ihm auf. Es roch schrecklich nach Fisch. Er hasste Fisch. Es hatte an der Nordseeküste zwar Fische zuhauf, aber es gab genauso viele feiste Rinder auf den grünen Deichwiesen. Da bevorzugte er doch deren Fleisch!

Der Knabe wusste, was auf ihn zukam. Die schreckliche Marguérite würde in wieder zwingen, glitschigen Fisch zu essen. Er sah voraus, was sie zu ihm sagen würde: »Was Gott der Herr uns auf der Tafel beschert, müssen wir ehren!« Er wurde schon jetzt darüber wütend, denn ihm war klar, er würde wieder den Kürzeren ziehen und ihr gehorchen müssen. Einen Versuch, dagegenzuhalten, war es jedoch wert. Er ging nicht in Richtung Speisezimmer, sondern schlich sich die Stiege hoch in seine Kammer. Sein Hunger konnte gar nicht groß genug sein, um Fisch freiwillig zu essen. Für kurze Zeit sah es so aus, als wären seine Ausflüchte von Erfolg gekrönt. Doch dann polterte es draußen auf der Holztreppe. Seine Zimmertür schwang auf und Marguérite stand wie ein Zerberus im Türrahmen. »Der junge Herr weiß genau, wann bei uns Essenszeit ist! Beeil dich und komm zu Tisch!«

Wenn Blicke töten könnten! Jan sah die Begine so grimmig an, als wollte er sie mit seinen Blicken durchbohren.

Die Frau ließ sich nicht rühren, packte ihn resolut am Arm und zog ihn mit hinunter. Jans Vater war an diesem Tag zur Mittagszeit im Kontor geblieben. Pieter saß gehorsam auf seinem Platz und wartete bereits. Marguérite stieß Jan vor seinen Schemel und setzte sich selbst an den Kopf des Tisches. Mit ruhiger Stimme sprach Pieter das Tischgebet. Jan hatte nur einen Blick voller Verachtung für ihn. Barbara, die dicke Köchin, trug auf. Marguérite ließ nicht zu, dass Jan den Fisch verweigerte. Wie alle dienstbaren Geister des Hauses, mochte Barbara von den Zwillingen ebenfalls nur Pieter gut leiden. Jan war bei ihr, wie bei allen anderen, unbeliebt. Immer dachte er sich garstige Streiche aus und quälte die Bediensteten, wo er nur konnte. »Der hat eben nichts von dem lieben Wesen seiner Mutter geerbt«, hatte Barbara schon so manches Mal zu den anderen gesagt und nur Zustimmung erheischt.

Voll Schadenfreude tat sie dem Jungen ein besonders großes Stück Fisch auf und eilte danach schnellstens wieder in die Küche, um mit ihren Tellern, Näpfen und Pfannen gehörig Lärm zu machen, damit ihr Jans Gemaule erspart blieb. Sie wollte in ihrem Reich seine Bestrafung genießen und sich nicht von ihm in Harnisch bringen lassen. Sie würde mit Nichtbeachten zeigen, wie wenig sie sein Trara scherte, schwor sie sich. Die Freude, sich über sein schlechtes Benehmen aufzuregen, wollte sie dem vermaledeiten Kerl nicht gönnen.

Ihr Plan war Jan nur zu klar. Zornentbrannt dachte er: Irgendwie muss ich mich an den Weibern rächen! Für Barbara hatte er direkt eine wirksame Strafe parat. In einem passenden Augenblick wollte er Vaters Lieblingsgericht auf dem Herd mit dem wertvollen Salz so richtig verderben. Vaters Tadel würde auf dem Fuß folgen, und die dicke Köchin wäre untröstlich darüber. In der Vorfreude auf diesen Streich huschte ein böses Lächeln über sein Gesicht. Zunächst ließ er es sich aber nicht nehmen, sein Essen möglichst langsam zu verzehren. Die beiden anderen am Tisch sollten ruhig auf ihn warten müssen genauso wie Barbara in der Küche. Marguérite durchschaute sein Spiel und erkannte die böse Absicht dahinter. Sie blieb aber geduldig und wartete, bis Jan den letzten Bissen hinuntergewürgt hatte. Zur Strafe für seine Zicken zwang sie ihn, dann noch das Dankgebet zu sprechen. Er tat es widerwillig und ohne Glauben, dann presste er voll Wut seine Lippen zusammen, bis sie weiß wurden. Das Geschehnis ließ in ihm den Willen anwachsen, sich etwas besonders Böses für die Begine einfallen zu lassen.

Am Abend in ihrem Zimmer wurde Marguérite nochmals von den Sorgen um Jan eingeholt. Sie hatte es sich in ihrer Schlafkammer gemütlich gemacht und las in einem Erbauungsbuch: »Güte ist wie eine Lampe voll wertvollem Öl. Das Öl leuchtet den anderen mit gutem Beispiel voraus und salbt die, welche im Herzen verwundet sind.« Sie musste sofort an Pieter denken. Der Junge war wirklich die Güte selbst. Man musste ihn einfach lieb haben. Warum konnte das bei Jan nicht ebenso sein? Wie ganz anders war der von seiner Wesensart her.

Schon der nächste Absatz ihres Buches rief sie zur Nachsicht gegen ihn auf, denn er beschrieb ganz trefflich Jans charakterliche Probleme:

Voll sanfter Nachsicht sei zu allen,
die hitzig sind und jählings fallen
in Zorn und Groll, Gemurr und Schelten
und sich versöhnen wollen selten.
Die dünkelhaft auf niemand hören
und voller Trotz gleich Rache schwören,
die lieblos sind und barsch und neidig
und schlimm und roh und stets unleidig.
Ihr Leben wird durch Streit vergällt
und keiner liebt sie auf der Welt.

Mit einem Gebet auf den Lippen, das auch das Wohl von Jan mit einschloss, schlief sie ein.

6

Jan brauchte nur drei Tage, um einen gehässigen Plan gegen Marguérite zu schmieden. Einmal in der Woche hielt die Begine Badetag. Jan wusste genau, wie sie dabei vorging. Die Frau würde sich vorne im Waschraum auskleiden und ihre Kleider auf den Schemel legen. Dann würde sie an den Herd hinter der Eckwand gehen und einen Zuber heißen Wassers holen. Diesen Moment wollte Jan nutzen, um Marguérites Kleider zu stibitzen. Der Badetag, den Jan aussuchte, zeigte sich als besonders geeignet. Sein Vater war wieder im Kontor geblieben, und die Bediensteten hatten für den Abend Ausgang. Sein Bruder Pieter war in die Kirche gegangen. Es würde also keine Zeugen geben!

Als die Begine die Tür der Badestube hinter sich geschlossen hatte, schlich Jan vorsichtig heran. Er lauschte für einen Moment davor. Als er sich sicher war, dass die Frau sich schon ausgekleidet hatte, und ihre Schritte hörte, wie sie in die Zimmerecke tappte, öffnete er die Türe langsam und geräuschlos. Mit grimmigem Lächeln registrierte er, dass Marguérites Kleider wirklich auf dem Schemel lagen. Die Begine war hinter der Ecke verschwunden, um heißes Wasser zu holen. Jan eilte zum Schemel und griff sich die Kleidungsstücke. Rasch nahm er auch das Handtuch, das vor der Wanne lag. Die Begine sollte sich später mit nichts bedecken können!

Alles bedurfte nur eines kurzen Augenblicks, dann hatte er den Raum schon wieder verlassen. Die Kleider und das Tuch legte er auf die große Truhe am Ende des langen Flures. Nun hieß es: warten! Zunächst zündete er an der Wand die Öllampe an. Er wollte schließlich alles genauestens sehen können!

Marguérite genoss derweilen das Bad in wohliger Wärme. Sie schrubbte sich sorgsam ab und wollte gar nicht mehr aus dem warmen Wasser heraussteigen. Als es doch Zeit dafür wurde, streckte sie einen Arm über den Wannenrand und fühlte nach dem Handtuch, das dort auf dem Boden liegen sollte. Erstaunt stellte sie fest, dass es nicht da war. Ein Blick hinaus ergab Gewissheit. Dabei bemerkte sie auch das Fehlen ihrer Kleidung. Irritiert schaute sie sich um, doch alles, was sie suchte, blieb verschwunden. Langsam dämmerte ihr, dass sich da wohl jemand einen bösen Scherz mit ihr erlaubt hatte. Sofort dachte sie an Jan. Was sollte sie tun? Zunächst rief sie laut um Hilfe, aber ihr Rufen blieb ungehört. Da fiel ihr ein, dass alle Hausbewohner unterwegs waren. Nur Jan nicht, dachte sie grimmig. Nun rief sie speziell nach ihm. Der feixte schadenfroh vor der Tür, gab aber keinen Mucks von sich. So verging mehr als eine halbe Stunde. Marguérite überlegte, was sie als Nächstes tun könne. Bald begann sie fürchterlich zu frieren. Ihr wurde klar, dass ihr wohl nichts anderes übrig blieb, als entblößt zurück in ihr Zimmer zu eilen. Zitternd vor Kälte und Wut ging sie zur Tür, öffnete sie und rannte hinaus. Was dann geschah, machte sie fassungslos. Mit so viel Frechheit des Knaben hatte sie nicht gerechnet!

Jan stand vor ihr und betrachtete sie grinsend in ihrer Nacktheit. Nackt, wie Gott sie geschaffen hatte, stand sie im Lichte der Öllampe und war hilfloses Ziel seines Spottes.

Ihre Hände gingen automatisch vor Scham und Brüste. Tränen der Empörung stiegen in ihr auf, und im Vorbeilaufen rief sie mit schriller Stimme:»Warte, du Kerl, das wird ein Nachspiel haben!« Ihr Herz pochte wild. Sie versuchte, ihre Aufregung zu dämpfen. Doch es gelang ihr nicht. Die erlittene Schmach war zu groß. Als sie ihre Kammer erreichte und die Tür hinter sich zugeworfen hatte, flossen ihr Tränen wie Sturzbäche die Wangen hinab.

An diesem Abend fasste sie nicht mehr den Mut, den Knaben aufzusuchen, um ihn zu bestrafen. Sie wollte eine Nacht darüber schlafen und nachdenken, wie dieser böse Scherz zu vergelten war. In der Nacht reifte ihre Entscheidung, Cornelis in Kenntnis zu setzen. Nach ihrer festen Überzeugung war der Vater aufgerufen, den Knaben für diese Schandtat aufs Härteste zu bestrafen.

Direkt am nächsten Morgen schleppte sie Jan in das Speisezimmer, wo Cornelis noch sein Frühstück einnahm. Der Kaufmann ließ es sich gerade genüsslich schmecken. Er war für seine Verhältnisse recht gut gelaunt. Als Marguérite ihn mit der Übeltat konfrontierte, verschwand seine gute Laune jedoch wie im Fluge. Er befragte seinen Sohn, und Jan leugnete die Tat. »Das kann doch jeder andere gemacht haben, bevor er das Haus verließ«, wehrte er sich. Marguérite stockte vor so viel Frechheit der Atem.

»Als ich in die Badekammer ging, war keiner außer dir mehr im Haus«, erwiderte sie dem Flegel erbost. »Seid ihr Euch da ganz sicher?«, versuchte Cornelis zu vermitteln. Ein hämisches Grinsen huschte dabei über sein Gesicht. Marguérites fühlte, dass der Händler Freude daran empfand, sie ein bisschen zu quälen. »Ganz sicher, ich habe doch gesehen, wie er dastand. Er wollte mich richtiggehend Spießruten laufen lassen!«, antwortete sie dem Kaufmann entrüstet. »Dass ich da stand, will ich ja nicht abstreiten. Aber das ist wohl auch nicht verboten«, antwortete Jan mit schiefem Lächeln. Marguérites Gesicht lief rot an. Ihr fehlten die Worte. Die hatte aber Cornelis: »Der Kleine will früh ein Mann werden. Er interessiert sich jetzt schon für die weibliche Schönheit!« Ein rollendes Lachen begleitete seinen derben Scherz. Da sah Cornelis Pieter im Türrahmen erscheinen. Der Junge war hinzugetreten und hatte still zugehört. Cornelis wandte sich ihm zu und sagte giftig: »Dem wäre das nicht passiert, der hätte seine Nase eher hinter Büchern versteckt!« Leiser murmelte er in seinen Bart: »Der Kerl ist an einem Unglückstag geboren. Der Kerl ist und bleibt selbst ein Unglück!« Wieder folgte ein hässliches Lachen. Marguérite erkannte verzweifelt, dass sie auf verlorenem Posten stand. Ihre Beschwerde bei Cornelis war für sie zum Pyrrhussieg geworden! Sie drehte sich auf dem Absatz um und verließ völlig aufgewühlt den Raum. Pieter folgte ihr stumm und beschämt. Er hatte die letzten Worte seines Vaters sehr wohl verstanden. Womit habe ich nur diesen unbändigen Hass verdient?, fragte er sich verzweifelt.

Cornelis, wieder für sich allein, ging nachdenklich im Zimmer auf und ab. Er bedachte seine Worte nochmals und fand sie rechtens. Für ihn gehörten Pieter und Mareikes Tod zusammen wie die Milch und die Kuh. Er konnte dem Knaben einfach nicht gut sein!

Die Begine legte Jan am Abend als Strafe zwanzig Paternoster auf und kam sich dabei fast lächerlich vor. Sie war sich nicht einmal sicher, dass er die beten würde.

Herzog Philipps prächtige Hofhaltung führte dazu, dass viele Maler, Musiker und Komponisten nach Brügge kamen. Der Herzog förderte mit seinen Festen einen regen Austausch von Sängern, Kopisten, Komponisten und Musikern. Das Karmeliterkloster wurde zu einer der wichtigsten Begegnungsstätten zwischen den Künstlern und den Reichen und Mächtigen der Stadt. Der Herzog setzte auch in der Förderung der Musik Zeichen. Seine Großzügigkeit gegenüber Sängern, Schriftstellern und Verseschmieden schlug sich in den Rechnungsbüchern des Hofes merklich nieder. Isabella galt als besonders spendable Schirmherrin für solche Veranstaltungen. Die Kosten für ihren Haushalt allein beliefen sich dafür auf jährlich vierzigtausend Pfund!

An einem Samstagabend im März 1449 sollte im Remter des Klosters, wo sonst die Vertreter der Hanse tagten, ein großer Singabend stattfinden. Dort musste man sich zeigen, wenn man zur gehobenen Gesellschaft dazugehören wollte. Dort ergaben sich die besten Möglichkeiten, Kontakte zu knüpfen oder zu festigen, Absprachen zu treffen und Pläne zu schmieden.

Cornelis als einsamer Hagestolz fühlte sich nicht wohl in seiner Haut, wenn er an diesen Abend dachte. Aber auch er musste wohl oder übel zu dieser Soiree. Gondisalvus de Vargis, Philipps Berater, würde mit großer Sicherheit da sein, der liebte die Musik. Miguel Tafur hatte Cornelis dort noch niemals verfehlt. Wenn nicht jemand aus der herzoglichen Familie anwesend war, vertrat Pierre Bladelin, der Schatzmeister des Herzogs, die Obrigkeit.

Cornelis hatte bereits um die Mittagszeit sein Kontor verlassen. Er wollte gegen seine sonstige Gewohnheit etwas ruhen, um für den langen Abend gerüstet zu sein. Schon am Morgen hatte er die gediegenen Kleidungsstücke, die er anlässlich der Vorführung tragen wollte, aus dem

Schrank geholt und das Hausmädchen aufgefordert, sie sorgsam zu richten. Der Kaufmann speiste gut und reichlich und zog sich danach in seine Schlafkammer zurück. Er schlief fast zwei Stunden lang tief und fest. Als er aufwachte, fühlte er sich wohl und frisch. Die Mittagsruhe hatte ihm gutgetan.

Bis zum Beginn des Liederabends blieb noch viel Zeit. Er wollte es ruhig angehen lassen, ein leichtes Abendessen zu sich nehmen, sich ankleiden und dann mit der Kutsche am Kloster vorfahren. Seine üble Laune war etwas verflogen. Er musste sich eingestehen, dass der heutige Müßiggang ihm durchaus gefallen hatte. Als er zur Abfahrt bereit war, hörte er, wie Marguérite im Wohnraum auf seine beiden Söhne einredete. Die saßen mit der Begine beim Abendbrot. Cornelis hatte es wieder einmal vorgezogen, allein zu speisen, und zeigte auch jetzt keine Lust, bei den Knaben vorbeizuschauen, bevor er wegfuhr.

Als er vor dem Eingang des Klosters ankam, war dort alles hell erleuchtet. Er hatte scheinbar die Hauptankunftszeit getroffen. Denn mit seiner Kutsche fuhr eine größere Zahl anderer Wagen vor. Er registrierte zufrieden, dass seine Kutsche nicht die schlechteste war. Seine Stimmung verdüsterte sich erst, als er sah, dass Johann de Worde mit seiner Frau Katharina ebenfalls prächtig vorfuhr. Die beiden hatten sich mächtig in Schale geworfen. Doch wie plump diese Frau war, rund und feist wie eine Deichkuh, amüsierte sich Cornelis. Seine Schadenfreude währte nur kurz. De Worde hatte im Gegensatz zu ihm wenigstens ein Weib. Wenn er ihn so ansah, wirkte er dabei durchaus zufrieden. Auch de Worde hatte, wie sein Weib, mit den Jahren zugelegt, und eigentlich passten die beiden Eheleute recht gut zueinander. Was waren das für Zeiten, als wir beide noch jung und schlank um Mareike geworben haben, erinnerte sich Cornelis. Er war Sieger geblieben und hatte Mareike als seine Braut nach Hause geführt. Doch das Glück war nur kurz gewesen. Nun musste er sich ernsthaft fragen, wer von ihnen beiden denn wirklich das bessere Los gezogen hatte. Die Antwort fand Cornelis schnell: Mit Johann wollte er trotz allem nicht tauschen! »Gott zum Gruße«, sagte er spöttisch, als er an dem Paar vorbeiging. »Diese Worte klingen für Euch viel zu christlich«, erwiderte Johann schnippisch. »Zeigt ruhig Euer wahres Gesicht: Begehrlichkeit ist die Wurzel allen Übels. Ihr wollt mich vernichten!«, fuhr er fort. »Das will ich nicht allein. Das wollen auch andere«, konterte Cornelis kalt und ging schnell an dem Paar vorbei. Aus dem Augenwinkel sah er noch, dass ein junges Mädchen mit großen Augen ihrem harten Streitgespräch gelauscht hatte. Trotz ihres langen hellblauen Samtkleides erahnte man die hochbeinige, etwas staksige Figur eines jungen Fohlens. Ihre schneeweiße Haut, das fein geschnittene Gesicht und die hellblonden, glänzenden Haare versprachen schon jetzt, dass sie einmal eine Schönheit würde. Es war Anna, die Tochter de Worde, die ihre Eltern das erste Mal zu einem solchen Abend begleiten durfte.

Vor dem Remter hatten sich schon viele Besucher versammelt. Cornelis grüßte nach hier und nach dort und fand viele höfliche Worte. Die dralle schwarzhaarige Edelfrau aus Dudzeele lief ihm über den Weg. Sie hatte inzwischen ein anderes Opfer als Ehemann gefunden. An der Hand eines älteren Galans flanierte sie auf und ab und hatte für Cornelis nur noch einen hochmütigen Blick über.

Dann sah Cornelis in kurzer Entfernung Sir William Caxton allein stehen und ging auf ihn zu. »Erlaubt mir auf ein Wort, Sir William. Es wäre mir eine Ehre, Euch für einen gemütlichen Abend in meinem bescheidenen Haus begrüßen zu dürfen. Ich habe vor, meine Handelsbeziehung zu Eurem Heimatland England auszubauen, und erbitte mir dafür Eure hohe Expertise.« Cornelis benutzte für seine Anrede mühsam die englische Sprache. Sir William antwortete ihm in der ihm angeborenen englischen Höflichkeit fließend auf Flämisch: »Warum nicht, Mijnheer Cornelis. Die Verbesserung der Beziehung unserer beiden Länder ist mir eine Herzensangelegenheit. Habt Ihr schon eine Terminvorstellung?«

Die beiden Männer verabredeten sich ohne weitere Umschweife auf Montagabend. Weitere Gespräche verhinderte die Glocke, die die Zuhörer auf ihre Plätze rief. Der Vortrag begann. Eine zierliche Sängerin trat als Erste auf. Sie trug ein vertontes Akrostichon auf Herzog Philipp vor, bei dem die Verszeilen jeder Strophe mit dem jeweiligen Buchstaben des herzoglichen Namens begannen, und das sogar in der richtigen Reihenfolge.

Der Hofschreiber Castellain hatte das Œuvre selbst verfasst, und das Lied rief wahre Jubelstürme hervor. Die Sympathie des Schreibers galt erkennbar dem Grand Duc. Frankreichs Königen hingegen maß er ein Großteil Unrecht zu. Irgendwie fühlte sich der Schreiberling aber doch zum Ausgleich zwischen Frankreich und Burgund berufen. »Qui Anglois ne suis, mais François, qui Espagnol, ne Italien ne suis, mais François de deux François, l'un roy, l'autre Duc, j'y ai escrit leurs œuvres et contentions«, wusste man von ihm. – Ich bin weder Engländer, Spanier noch Italiener, sondern Franzose. Franzose zweier Franzosen. Einer davon ist König, der andere Grand Duc. Ich habe ihr Werk und ihre Streitigkeiten niedergeschrieben.

Dann trat ein imposanter Tenor auf die Bühne, um die Herzogin Isabella mit starker Stimme zu ehren. Dabei ging es um den Friedensvertrag von Arras. Isabella wurde von ihm als die wahre Friedensstifterin gefeiert:

Par elle horrible guerre cesse,
et paix se remet en besonge,
Vive la très haute ducesse,
Vive la Dame de Bourgogne!

Durch sie wurde der schreckliche Krieg beendet,
und Friede setzte wieder ein.
Es lebe die hohe Regentin,
es lebe die Dame von Burgund!

Auch das Chanson wurde weidlich beklatscht und ermutigte den Tenor zu einem weiteren munteren Vortrag, der aus der Feder von Oliver de la Marche stammte. In diesem Lied wurden die Werte der Ritterschaft beschrieben.

Schön wie Paris, gottesfürchtig wie Äneas, klug wie Odysseus, ein Kämpfer wie Hector, milde nach der Schlacht und von makellosen Manieren sollten Ritter sein!

Am Schluss des Liedes schwang Trauer mit, dass die Fortschritte in der Belagerungskunst und die aufkommende Artillerie dem edlen Rittertum auf das Fürchterlichste Konkurrenz machten, und die profanen Kanonenkugeln den Lanzenstoß zunehmend verdrängten. Die Ehrbegriffe des Rittertums waren offensichtlich dem Tod geweiht!

Nach einer längeren Pause, in der abgebrochene Gespräche wieder aufgegriffen und sich die Beine vertreten wurden, setzte sich die kleine Sängerin wieder in Szene. Als Dame église trat sie vor und beklagte die Eroberung Konstantinopels durch die Türken. Sie rief die Ritterschaft, besonders die Ritter des Goldenen Vlieses auf, hier Abhilfe zu schaffen. Als Dame église, Dame noblesse und Dame labeur besang sie die drei Stände und verkündete zum Schluss ein wenig altklug, dass es wahre Glückseligkeit nur im Himmel gäbe.

Wie es der Ehre gebührte, verherrlichte der Sänger zum Abschluss des Abends den großen Herzog nochmals.

Der gekrönte Löwe, der unbesiegbare Cäsar, die Perle der christlichen Prinzen, der nobelste aller Adeligen und der wahre Spiegel der edlen Ritterschaft wurden in Philipp mit schmetternder Stimme besungen. Spät in der Nacht löste sich die Besucherschar auf und begab sich zufrieden, aber müde nach Hause.

Auch Cornelis hatte der Abend besser gefallen als vorher gedacht, und dass er ein Treffen mit Sir William hatte vereinbaren können, passte ihm gut in sein Kalkül.

7

Bei einer ähnlichen Exkursion lernte Cornelis den Maler Petrus Christus kennen. Christus war 1444 in die Stadt gezogen und hatte sich mit einem prächtigen Portrait der Herzogin in aller Munde gebracht. Inzwischen war Petrus nahezu in die Position des verstorbenen Meister van Eyck aufgerückt. Optische Täuschungen, die präzise Detailwiedergabe und das natürliche Licht machten seine Bilder denen van Eycks ähnlich und den Maler zu einem begehrten Künstler.

Cornelis fasste den Vorsatz, Mijnheer Petrus dafür zu gewinnen, nach van Eycks Skizzen ein Ölbild von Mareike zu malen.

Nach einigem Zögern willigte der Künstler in den Auftrag ein. Schon nach drei Monaten hielt Cornelis das Bild seines Weibes in den Händen und war für kurze Zeit wieder einmal glücklich. Das Portrait zeigte seine Frau wie das blühende Leben. Es fand in seiner Kammer den besten Platz. Er konnte Mareike nun von seinem Bett aus sehen, auf das Bild fielen die ersten Sonnenstrahlen, und das schöne Antlitz wurde von der Kerze erhellt, bis er spät in der Nacht ihre Flamme ausblies.

Die beiden zwölfjährigen Knaben empfanden die zahlreichen abendlichen Abwesenheiten des Vaters sehr unterschiedlich. Allzu gerne wäre Pieter mit dem Vater einmal zu einem solchen Liederabend gegangen. Er verspürte große Liebe für die Musik. Marguérite und der Hauslehrer hatten ihren Teil dazu beigetragen. Die Gesänge während der Gottesdienste und kirchlichen Übungen, an denen der Junge teilnahm, taten das ihre hinzu. Cornelis verschwendete jedoch keinen Gedanken darauf, ihn mitzunehmen. Pieter hatte inzwischen resigniert eingesehen, wie sehr sein Vater ihn verabscheute, und wagte deshalb auch nicht, Cornelis vor diesen Abenden zu bitten, mitgehen zu dürfen. Er blieb traurig in seiner Schlafkammer zurück, las Bücher, die ihm Marguérite geliehen hatte, und bereitete sich auf die Unterrichtsstunden des nächsten Tages vor. Zurzeit las er über Herkules. »Er gilt unserem Landesherrn mit seinem Heldentum geradezu als Ahnherr des Geschlechtes«, hatte ihm die Begine den Lesestoff zum Studium anempfohlen.

Ganz anders verhielt sich Jan. Kaum hatte der gestrenge Vater das Haus verlassen, wurde der Knabe unruhig. Ihn zog es hinaus in die Gassen. Er musste nur einen Weg finden, unbemerkt am Zimmer der Begine vorbeizukommen, die ihm sonst den Ausflug verboten hätte. An diesem Abend klappte seine Flucht problemlos. Alle Bediensteten hatten sich bereits müde von der Tagesarbeit in ihre Schlafkammern zurückgezogen. Jan schlich sich leise die Treppe hinunter, entriegelte die große Pforte und verschwand im Halbdunkel der Straße. Auf den Stufen der Hausbrauerei »De Halve Maan« in der Walplein saßen zwei Soldaten und würfelten. Ihre Köpfe waren rot wie Kohleglut.

Die Wärme des Abends, die Aufregung des Spiels und der viele Branntwein hatten ihr Blut in Wallung gebracht. Jan verharrte unauffällig in ihrem Dunstkreis. So viel Leidenschaft faszinierte ihn. Er musste ihnen einfach zuschauen. Endlich sah einer der beiden Männer zu ihm auf.

»Was willst du, Kleiner? Möchtest du etwa mitspielen, dann zeig uns deinen Einsatz!« Jan zögerte kurz. Er hatte nicht viel Geld. Er bekam vom Vater zu Sonn- und Feiertagen nur drei Heller. Aber heute war er besser bestückt. Er hatte dem Vater für den nächtlichen Ausgang drei Silberlinge aus dem Wams gestohlen. Sie waren nun gut für diesen Zweck! Stolz zeigte er sein Geld. Die Augen der Soldaten wurden gierig. Jan durfte sich zu ihnen setzen. »Hol du uns ein frisches Bier«, sagte einer der beiden Männer zu seinem Kameraden und kniepte ihm dabei mit dem Auge zu. »Wir werden inzwischen die Würfelmesse spielen. Es geht um ein Spiel mit dem Teufel um das ewige Seelenheil«, wandte er sich wieder an Jan. Was für ein Name! Jan war sofort Feuer und Flamme und bat den Mann, ihm das Spiel zu erklären. Sein Gegenüber tat das gern. »Es ist ein christliches Spiel«, grinste er schmierig. »Alle Zahlen der Würfelaugen haben eine tiefere Bedeutung. Die 1 entspricht Gott, die 2 der Spaltung der göttlichen Einheit, die 4 den vier Evangelien, die 5 den fünf Wunden Christi, die 6 den sechs Schöpfungstagen. Wir müssen beide jeden dieser Begriffe einmal erwürfeln. Wir spielen jeweils zur gleichen Zeit einen Würfel. Die Augen beider Würfel werden zusammengezählt. Der Spieler mit der höheren Augenzahl gewinnt den sich ergebenden Begriff. Eine drei auf dem Würfel wird übrigens niemals mitgezählt, damit man überhaupt eine 1 würfeln kann! Erwürfelt man einen Begriff zum zweiten Mal, so gereicht das zum Nachteil. Der erste bereits gewonnene Begriff wird nämlich gestrichen. Man hat ihn also noch gar nicht erkämpft und braucht ihn erneut. Sieger der gesamten Runde wird, wer zuerst alle Begriffe für sich erwürfelt hat. Kommt bei einem Wurf zusammen eine sechs heraus, so heißt das ›Hazart‹. Das führt zu einem vorzeitigen Ende des Spiels. Dem Spieler mit der höchsten Augenzahl auf seinem Würfel wird das Ergebnis zugerechnet, und er hat das gesamte Spiel und den Einsatz mit einem Schlag gewonnen.«

Jan verstand die Regeln sofort und drängte den Mann zu beginnen. Die ersten vier Würfe verliefen zu seinen Gunsten. Er hatte schnell vier Begriffe zusammen und fühlte sich schon wie der Sieger. Doch dann kam der erste Rückschlag. Die beiden Würfel zeigten zusammen zum zweiten Mal die 4. Jan verlor die bereits gewonnenen vier Evangelien. Die nächsten beiden Spiele gingen an den Soldaten. So hatten beide nun plötzlich dreimal gewonnen. Jetzt wurde es eng. Das Glück war launisch. Jans Wangen waren inzwischen vor Aufregung gerötet, und seine Hände wurden feucht. Noch einmal hatte er Glück und ging mit einem vierten Erfolg in Front. Doch dann geschah das Entsetzliche: Beide Würfel zusammen ergaben »Hazart« und der Landsknecht hatte die höhere Augenzahl auf seinem Würfel. Er wurde der Sieger der ganzen Runde, ihm gebührte der Einsatz! Jan hatte alles verloren. Ihm wurde kalt ums Herz. Wütend sah er den Soldaten an. »Was willst du nun setzen?«, fragte der den Jungen lauernd. »Ich habe nichts mehr, es sei denn Ihr leiht mir etwas«, antwortete Jan zögernd. »Das könnte dir so passen«, lachte der Spieler höhnisch. »Ich halte keine Bank und du gehörst schon längst ins Bett, scher dich fort.«

In Jan stieg unbändige Wut auf, aber gegen den klobigen Kerl konnte er nichts ausrichten. So trollte er sich und haderte auf dem Rückweg mit seinem Schicksal. Obwohl er sich äußerste Mühe gab, geräuschlos ins Haus zu kommen, lief er Marguérite geradewegs in die Arme. Die Begine hatte Durst gehabt und war die Treppe hinab in die Küche gestiegen, um sich ein Glas warme Milch zu holen. Genau in diesem Moment war Jan zurückgekommen. »Hast du dich etwa wieder herumgetrieben du Bengel?«, fragte sie ihn mit schneidender Stimme. Jan antwortete ihr gar nicht, sondern sprang an ihr vorbei die Treppe hinauf und schloss sich in seiner Schlafkammer ein. Wütend folgte ihm die Begine und pochte an seine Tür. Der Knabe gab keinen Mucks von sich.

»Dieses Mal wird es für dich ein böses Nachspiel haben, du Rumtreiber. Dein Vater wird davon zu hören bekommen, dann gnade dir Gott.« Marguérite hörte nur ein hämisches Lachen aus der verschlossenen Kammer. Jan wusste, dass die Schelte des Vaters nicht allzu schlimm werden würde.

Er dachte sich schon krampfhaft Ausreden aus. Doch dann gingen seine Gedanken wieder zum Spiel zurück. Er hatte Blut geleckt!

Die Strafpredigt beim morgendlichen Frühstück verlief wirklich äußerst glimpflich. Sein Vater verdonnerte ihn, zwei Seiten englische Worte zu lernen, und drohte ihm an, sie nach seiner Rückkehr aus dem Kontor persönlich abzufragen. Jan nahm die Strafe gelassen hin, er wusste, dass sie am Abend längst vergessen sein würde. Marguérite aber wollte er nicht durchgehen lassen, dass sie ihn beim Vater angeschwärzt hatte. Irgendeine saftige Strafe würde ihm schon wieder für sie einfallen!

Als Sir William Montagabend an die Haustüre von Cornelis pochte, war es Pieter, der öffnete. Er erkannte den Engländer sofort und begrüßte ihn mit einer tiefen Verbeugung. Der erwartete Gast war sehr freundlich zu ihm und fragte mit wohltönender Stimme: »Ihr seid bestimmt der Sohn des Hauses?« Pieter nickte bejahend und fügte hinzu: »Sehr wohl, mein Herr, aber ich habe noch einen Zwillingsbruder.« »Kennt Ihr mich?«, fragte ihn der Kaufmann. Pieter lächelte ihn gewinnend an und antwortete: »Aber natürlich, Ihr seid Sir Caxton. Mit Verlaub, Sir, ich beneide Euch um Eure Heimatinsel. Fast alles darüber ist mir unbekannt und weckt seit langem meinen Wissensdurst. Schon Eure fremde Sprache allein …«

In diesem Moment trat Cornelis hinzu und wollte seinen Sohn mit einer Handbewegung wie eine lästige Fliege fortscheuchen. Sir William unterbrach ihn dabei und meinte: »Lerneifer soll man nicht unterbinden, Mijnheer Cornelis. Nur allzu gern wäre ich bereit, die Wissenslücken Eures Sohnes zu schließen. Wenn es Euch recht ist, kann Euer Junge mich gern besuchen. Ich glaube, ich kann ihn einiges lehren.«

Pieter sah seinen Vater ängstlich an. Der zögerte für einen Moment mit der Antwort. Lieber wäre es ihm gewesen, Jan hätte solchen Wissensdurst gezeigt. Bei Pieter ging ihm der Wissensdrang gegen den Strich. Er wollte aber mit Sir William ins Geschäft kommen und durfte ihn deshalb nicht verärgern. So willigte er ein und dankte seinem Gast sogar überschwänglich für das Angebot. Pieter fiel ein Stein vom Herzen. Er nahm gern in Kauf, dass er, wenn sie wieder allein sein würden, einen Wutausbruch des Vaters miterleben müsste. Er hatte mit dem kurzen Gespräch mehr erreicht, als er je zu hoffen gewagt hätte. Deshalb trollte er sich nun schnell mit einem höflichen Gruß. Die beiden Männer saßen bald im Wohnraum zusammen. Cornelis hatte den besten Portwein auffahren lassen, den er aus Portugal bezog. Er hatte gehört, dass die Engländer dieses Getränk neben ihrem Whiskey sehr schätzten, und er wollte seinen Gast mit allen Mitteln wohl gesonnen stimmen. »Ihr kennt mit Sicherheit das leidige Verbot, aus Eurem Heimatland Wolle einzuführen? Dabei benötigen wir sie hier in Flandern doch so sehr für die Tuchproduktion«, kam er recht schnell zu seinem Anliegen.

»Natürlich ist mir das herzogliche Gesetz bekannt und ich weiß, welcher Hemmschuh für unsere Handelsbeziehungen damit verbunden ist.«

»Seht Ihr keine Möglichkeit, mir doch zu einer großen Fuhre Wolle zu verhelfen? Sie wäre für meine Pläne schieres Gold wert«, drängte ihn Cornelis. Sir William ließ sich mit einer Antwort Zeit. Die Richtung des Gespräches behagte ihm gar nicht. Wie sollte er in seinem Gastland über Verbotenes sprechen! Doch schließlich obsiegte seine Höflichkeit, und er antwortete: »Ich habe zwar von Möglichkeiten gehört, wie man diese Gesetze unterlaufen kann. Doch ich bin Gast in diesem Land und möchte bei so etwas nicht behilflich sein. Die Hansekaufleute dürfen Wolle nach Sluis einführen, allerdings nur für die Wiederausfuhr. Nicht immer lässt sich überprüfen, ob sich die Kaufleute wirklich daran halten, oder ob die Abnehmer der Hanse die Wolle doch in Flandern belassen.«

»Dieser Weg ist mir bekannt«, fiel ihm Cornelis enttäuscht über die Antwort ins Wort. »Mein Kontakt zur Hanse ist nicht der beste. Deshalb stellt sich diese Möglichkeit für mich nicht. Meine Weber brauchen die Wolle dringend, und mir liegen feste Bestellungen vor. Der sonstige Markt gibt nicht genug her.«

Sir William fühlte sich mehr und mehr unwohl. Doch Höflichkeit war eine Zier, und so ergänzte er seine Ausführungen widerstrebend: »Natürlich haben meine Landsleute weitere Wege gesucht, die Wolle, die früher nach Flandern ging, an anderer Stelle abzusetzen. Sie liefern heute große Ladungen nach Holland und Brabant. Dort wird dann vieles nur umgeladen und auf kleinen Schuten die Küste entlang doch nach Flandern hineingeschmuggelt. Damit hab ich aber wirklich nichts zu schaffen.«

»Der Weg ist mir neu und er erscheint mir hochinteressant«, antwortete ihm Cornelis hellwach und echt dankbar. »Wärt Ihr so freundlich, mir Namen von Landsleuten zu nennen, die bei so etwas behilflich sein können?«

»Versucht es mit den Kaufleuten John Chester, Thomas Praey und Henry Morley. Sie wohnen in der Engelsestraat. Von mir wisst Ihr diese Namen aber nicht!« Cornelis speicherte die Namen zufrieden in seinem Gedächtnis. Danach merkte er, dass er seinem Gast nichts mehr von Belang aus der Nase kitzeln konnte. So ließ er das Zusammentreffen bald ausklingen.

Ich habe meine Schuldigkeit getan, jetzt kann ich gehen, dachte Sir William erbittert. Er verließ das Haus des Flamen mit unguten Gefühlen. Der Kaufmann behagte ihm nicht, nur der Junge, Pieter, hatte ihm gefallen.

Die Schelte seines Vaters fiel für Pieter recht erträglich aus. Der Junge hatte richtig erkannt, dass es sich sein Vater nicht mit dem Engländer verderben wollte. Nun schien er auch noch mit dem Ergebnis des Gespräches hochzufrieden, und das kam Pieter zugute. Pieters Besuch bei Sir William stand also nichts im Wege. Schon am nächsten Tag machte er sich nach den Übungsstunden auf den Weg zu Sir Caxtons Haus. Engländer und Schotten bildeten in Brügge eine feste Gemeinschaft. Sie lebten in der St. Gillisdorpstraat, der Engelsestraat und an der ingelsche Steeghere, der englischen Treppe.

Pieter freute sich darüber, dass er Sir William zuhause antraf und der bereit war, ihn zu empfangen. Interessiert sah er sich in dem fremden Hause um. Der Haushalt des Engländers schien ihm sehr gediegen. Viele dunkle Möbel aus Mahagoniholz glänzten wohl poliert. Viel Silber stand umher und eine lange Reihe in Öl gemalter Portraits verwies auf eine beachtliche Ahnengalerie. Sir William bat den Knaben in sein Arbeitszimmer.

Nach kurzer Einleitung löste er sein Versprechen ein und ging in medias res. »Wenn Ihr die Beziehung unserer beiden Länder verstehen wollt, mein Junge, müsst Ihr die Grundzüge des Handels verstehen.« Dann erklärte er Pieter erst einmal, welche besonderen Waren Brügge von seinen einzelnen Handelspartnern überhaupt bezog, und von wo aus der Handel mit ihnen betrieben wurde: »Die meiste Ware kommt übers Meer. An den zahlreichen Liegeplätzen des Zwin in Sluis und Muiden gehen Karacken aus Genua, Galeeren aus Venedig und Koggen der Hanse vor Anker. Leichter und Schuten bringen die Güter von dort über den Fluss Lieve bis in die Lagerhallen von Damme oder direkt zu den Verkaufsständen von Brügge. Aus Frankreich bezieht deine Heimatstadt Salz, Leinen, Weißwein, Rotwein, Öl und Papier. Der französische König ist der Lehnsherr eures Herzogs. Aber es herrscht keine echte Freundschaft zwischen Burgund und Frankreich. Immer wieder kommt es zum provokanten Kräftemessen. Das stört den Fluss der Handelsbeziehungen beträchtlich und heißt für uns Kaufleute, mit vielen Risiken zu leben. Mit meinem Heimatland England ist der Handel zurzeit ebenfalls recht problematisch. Seitdem euer Herzog mit Frankreich einseitig Frieden geschlossen hat, muss er seinen Lehnsherrn im Kampf gegen England unterstützen.

Die Handelsbeziehungen zwischen Brügge und England sind seitdem in großen Teilen unterbrochen. Dabei ist unsere Wolle so wichtig für eure Tuchproduktion. Auch Zinn, Blei und Bier kamen bis dahin von uns zu euch. Inzwischen weben wir das Tuch selbst, und sogar viel billiger, als es Flandern unter der Last der herzoglichen Abgaben kann. Außerdem liefern wir nun nach Brabant und Holland. Viele Güter von uns gehen gar nicht mehr nach Brügge.«

Als Pieter merkte, wie offen und freundlich Sir Caxton zu ihm war, sprach auch er frei von der Leber weg. »Meint Ihr, dass sich das Verhältnis zwischen unseren Ländern wieder zum Guten wenden lässt?«, fragte er Sir Caxton besorgt. »Darum bin ich in eurer Stadt. Eine solche Änderung liegt mir am Herzen«, lächelte der Engländer. »Aber Ihr müsst keine Sorge haben, Pieter, Portugal ist mit vielen Lieferungen an unsere Stelle getreten. Auch Schottland liefert Wolle, grobe Tuche, Schafs- und Kaninchenfelle. Und dann gibt es noch die Hanse. Sie bringt euch Nahrungsmittel, die Flandern dringend braucht, besonders Getreide. Sie liefert auch Holz, Wachs, Pech, Harz, Asche, Pottasche, Honig, Häute, Pelze. Vieles davon ist wiederum für eure Tuchproduktionen wichtig. Um die rankt sich in Eurer Geburtsstadt fast alles.«

»Italien ist doch mindestens genauso wichtig für uns, oder?«, ließ Pieter seine bescheidenen Kenntnisse aufblitzen. »Ich weiß, dass jedes Jahr ein Fest gefeiert wird, wenn die Galeeren in Sluis ankommen«, fügte er schnell hinzu.

»Ja, da habt Ihr recht. Diese Schiffe sind wie kleine Dörfer auf dem Wasser. Ihr Ladevolumen beträgt über dreißig Tonnen. Fast vierhundert Menschen leben auf so einem Ungetüm! Galeeren sind im Gegensatz zu anderen Schiffen unabhängig vom Wind. Mit ihren vielen Ruderern können sie immer konstante Geschwindigkeit halten und kommen pünktlich ans Ziel.« »Und was bringen die uns?«, fragte der Junge wissbegierig. Sir William erklärte ihm auch das mit großer Geduld: »Sie versorgen euch mit Kamelott und Grogreinen, einem feinen Stoff aus Ziegenhaar. Das Haar wird zunächst in Galizien zu feinsten Fäden gesponnen. Seide, Silber, Goldfäden, Ochsenhäute, Perlen, Edelsteine und Malvasier kommen auch mit diesen Riesenschiffen, also hauptsächlich Luxusgüter. Von größter Bedeutung für Brügge ist jedoch Alaun. Das ist eins der wichtigsten Arbeitsmittel eurer Tuchfärber. Das weiße Pulver bindet die Farbe an das Tuch und macht es erst farbtreu. Den besten Alaun gibt es südlich von Konstantinopel. Die Kaufleute aus Genua haben darauf vom türkischen Sultan ein Monopol. Sie verdienen sich in ganz Europa eine goldene Nase damit. Genauso werden Galläpfel, Färberröte und Kermesrot von euren Färbern benötigt. Das liefern die Italiener ebenso. Doch für heute lasst uns Schluss machen, sonst raucht Euch noch der Kopf. Kommt in zwei Tagen wieder, dann will ich Euch mit dem Färberhandwerk bekannt machen, wenn Ihr wollt. Außerdem wollen wir dann ein bisschen meine Sprache üben, das wollt Ihr doch?« Pieter nickte eifrig. Er hatte gar nicht gemerkt, wie schnell die Zeit verronnen war, und war nun ein wenig enttäuscht, dass für heute schon Schluss sein sollte. Es war doch alles so spannend gewesen! Schnell überwog jedoch die Vorfreude auf den übernächsten Tag die Enttäuschung des Augenblicks.

Nach zwei Tagen ging Sir William mit Pieter dann wirklich in eine Färberei und zeigte ihm alle Mittel, die für das Tuchfärben notwendig waren. Zerriebenes Waid, Schweinsblasen voll Kreuzdorn, Maulbeeren, Beizen, Appreturen und Harze, um nur einiges zu nennen. Bald ließ Sir Caxton Pieter auch die wenigen Brocken Englisch anwenden, die der bei seinem Erzieher bereits gelernt hatte. In kürzester Zeit machte der Junge mit des Engländers Hilfe immense Fortschritte und kam ihm dabei immer näher. Sir William schloss den jungen Mann in sein Herz und war gewillt, ihm irgendwann und irgendwie eine gute Anstellung in seinem Unternehmen anzubieten. Die beiden ahnten nicht, wie schnell eine Arbeitsstätte für Pieter dringend notwendig werden sollte.

Cornelis nutzte die Informationen Sir Caxtons. Er suchte die Engländer auf, deren Namen ihm Sir William gegeben hatte, und verhandelte mit ihnen über Wolllieferungen. Am Schluss wurde er mit Thomas Praey handelseinig. Praey versprach ihm exklusive Lieferung der benötigten Wolle. Er sagte ihm die Ankunft der Fuhre für die ersten Frühlingsmonate zu.

In denen fanden die Winterstürme über der Nordsee ein Ende, und die kleinen Schuten konnten die Wolle gefahrlos die Küsten längs nach Flandern bringen. Cornelis orderte Wolle im Gegenwert seines ganzen Barvermögens. Er vereinbarte außerdem ein Gegengeschäft mit Alaun. Das brauchten die englischen Tuchproduzenten besonders nötig. Cornelis hatte sich bei der letzten Ankunft der Galeeren damit im Übermaß eingedeckt und konnte nun davon einen Großteil als Kompensationsgeschäft anbieten. Den Gegenwert dieses Geschäftes investierte er wiederum in Wolle. Zufrieden stellte er sich vor, wie er mit dieser enormen Wollmenge Tuch produzieren konnte, so viel wie kein Mitkonkurrent in ganz Brügge. De Worde würde wieder einmal zweiter Sieger sein, lachte sich Cornelis ins Fäustchen.

Jan beschäftigte sich derweilen mit vielen ruchlosen Dingen. Wenn er nicht von Würfelspielen und Karten träumte, dachte er über die ausstehende Strafe für Marguérite nach. Seine schlechte Seele brauchte nicht lange, um wieder etwas Hässliches gegen die Begine auszuhecken.

Eines Abends lag er selbstzufrieden in seinem Bett, der Plan war fertig, und er wusste sogar einen Sündenbock für die Tat. Im flackernden Kerzenlicht hielt er ein grünes Band zwischen seinen beiden Händen. Es war die Kordel, mit der sein Bruder Pieter sein Samtwams immer zuschnürte. Marguérite legte Wert darauf, dass jeder der beiden jungen Männer zur Unterscheidung einen andersfarbigen Gürtel trug. Jans Farbe war gelb. Er hatte das grüne Band aus Pieters Kleidertruhe entwendet. Mit dieser Kordel wollte er am nächsten Abend der Begine auf der Treppenstiege ein Fallseil spannen. Er wusste genau, dass sie nachts gerne in die Küche ging, um sich ein Glas warme Milch zu holen. Sie sollte dabei im Dunkeln stürzen und sich richtig wehtun! Der grüne Gürtel würde den Verdacht dann auf Pieter lenken. Alles war perfekt geplant!

Am nächsten Abend führte Jan seinen bösen Plan durch. Er spannte die Schnur erst über die Stiege, als alle Hausbewohner bereits zum Schlafen in ihre Kammern gegangen waren. Er selbst legte sich danach auch in sein Bett und wartete ungeduldig auf Marguérites Sturz. Nach einer guten Stunde setzte wirklich Getöse ein. Beim Aufschrei, der den Fall begleitete, stutzte Jan. Das war keine Frauenstimme! Das war die Stimme eines Mannes gewesen! Und wirklich, Mijnheer de Bruyne hatte noch spät in der Nacht mit einer wichtigen Sache seinen Vater in dessen Kammer aufgesucht und war beim Weggehen über den Fallstrick hingeschlagen. Jan war verwirrt, er beschloss so lange in seinem Zimmer zu bleiben, bis er andere Hausbewohner im Treppenhaus hörte. Das geschah bald. Die Begine hatte nicht schlafen können. Das gereichte dem Kontorleiter zum Glück, denn sie war schnell zur Stelle. Mit ihren heilkundigen Händen betastete Marguérite den Verletzten und stellte fest, dass Mijnheer Pieter höchst unglücklich mit dem Kehlkopf auf einen Stufenrand gefallen war. Mit einigen kundigen Griffen schob die Begine den Kehlkopf vorsichtig wieder in seine normale Position zurück und verhinderte dadurch, dass der arme Mann erstickte. Mijnheer Pieters schöne sonore Stimme sollte allerdings für immer Schaden nehmen. Sie war künftig von einem hässlichen Krächzen überlagert.

Als Jan schon mehrere erschrockene Stimmen draußen vernahm, entschloss er sich, selbst auch hinauszutreten. Er schauspielerte überzeugend, dass er gerade erst aus tiefem Schlaf erwacht sei. Aus den Augenwinkeln sah er zu seinem Bruder hin. Der lehnte schreckensblass am Geländer. Ihr Vater führte das Kommando. Bald lag de Bruyne auf einem Lager und wurde von helfenden Händen umsorgt. »Wie konnte das geschehen«? fragte Cornelis vorwurfsvoll. Sie gingen zusammen zur Treppe zurück und begutachteten die Unfallstelle. Das grüne Band war immer noch über die Stiege gespannt. »Das war eine böswillige Falle«, kommentierte Cornelis. »Wem gehört dieser grüne Gürtel?« Marguérite fiel schwer auszusprechen, was sie wusste. Doch was wahr war, durfte sie nicht verbergen. »Dieser Gürtel gehört Pieter«, sagte sie mit leiser Stimme. Aller Augen richteten sich auf den Jungen. Pieter erstarrte und dann stammelte er: »Ja, das mag mein Gürtel sein, aber wie er dorthin kommt, vermag ich nicht zu sagen.« »Das ist doch ganz klar«, polterte sein Vater. »Du wolltest dir wohl einen dummen Streich erlauben und nun bist du zu feige, ihn zu verantworten. Ein Dummkopf bist du noch dazu, sonst hättest du nicht deinen eigenen Gürtel dafür genommen!« Alle im Raum waren sich über die Tragweite von Cornelis' Satz im Klaren. Viele Augen guckten vorwurfsvoll zu Pieter hin. Doch der blieb dabei und wiederholte immer wieder: »Ich bin es nicht gewesen, warum sollte ich so etwas tun?« Das Leugnen machte Cornelis noch wütender, als er schon war. Er riss die Kordel von der Stufe ab und schlug mit ihr heftig nach Pieters Kopf. Bevor Pieter seine Arme zum Schutz nach oben gerissen hatte, zogen sich schon mehrere blutige Striemen über seine Wangen. Auch sein rechtes Auge war getroffen. Marguérite stellte sich schützend vor ihn, um Schlimmeres zu verhindern. Cornelis hörte zwar mit den Handgreiflichkeiten auf, aber er traf noch eine tief greifende Entscheidung: »Ich wollte morgen mit euch beiden reden. Es wird langsam Zeit, dass ihr arbeitet und etwas Nützliches tut. Ihr könnt nicht ein Leben lang nur lernen. Soweit es dich betrifft, Pieter, kann ich dich einfach nicht Tag für Tag vor meinen Augen ertragen. Du bist und bleibst für mich das Unglück in Person. Such dir eine Stelle bei jemand anderem. Die Zeiten, in denen du mir auf der Tasche liegst, sind endgültig gezählt. Du, Jan, kommst in mein Kontor. Halte dich morgen nach dem Frühstück bereit. Wir werden gemeinsam ins Lager gehen. Dort wirst du die ersten Wochen arbeiten.« Ohne Widerrede aufkommen zu lassen, drehte er sich auf dem Absatz um und stampfte in seine Schlafkammer zurück. Laut und hörbar fiel die Tür ins Schloss. Zurück blieb erschrockenes Schweigen und ein total aufgelöster Pieter. Er wusste nicht, wie ihm geschah. Er war unschuldig. Warum glaubte ihm niemand? Doch Marguérite glaubte ihm und war von seiner Unschuld überzeugt. Aber ihr braves Hirn konnte nicht krumm genug denken, um den wahren Schuldigen zu erahnen. So ging auch sie, wie alle anderen in tiefer Verzweiflung in ihr Bett zurück. Niemand im Haus wollte glauben, dass Pieter wirklich der Täter war. Aber der Beweis war erdrückend und der Patron hatte Recht gesprochen. Man fügte sich Gott ergeben.

8

Pieter war am Boden zerstört. Warum klebte immer wieder das Unglück an ihm? Er hatte nichts Böses getan und trotzdem verurteilte ihn sein Vater. Er verschanzte sich in seinem Zimmer, nahm keine Nahrung zu sich und wollte sich nur noch vor der ganzen Welt verbergen. Sämtliche Lebensfreude war von ihm gewichen.

Marguérite litt mit ihm. Schließlich hatte sie den jungen Mann großgezogen. Seine Erziehung hatte ihr stets Freude bereitet. Sie war sich sicher, Pieter war vom Grunde seines Herzens her ein guter Mensch. Er konnte diese scheußliche Tat nicht begangen haben! Immer wieder pochte sie an seine Tür und versuchte, mit ihrer Fürsorge zu ihm durchzudringen. Doch Pieter schottete sich auch vor ihr ab und ließ sie nicht an sich heran. Die kleine Begine gab nicht auf. Sie konnte nicht ertragen, dass ihr Schützling so jämmerlich litt, und beschloss, auf sein Schicksal Einfluss zu nehmen. Dafür machte sie sich auf den Weg zu Sir William. Sie kannte dessen Sympathie für Pieter und sah in ihm den besten Verbündeten, um dem Jungen aus seiner verzweifelten Lage zu helfen. Sie wollte Sir William um eine Anstellung für ihn bitten.

Der Engländer empfing sie sehr höflich. Marguérite nahm kein Blatt vor den Mund und schilderte ihm Pieters Lage mit drastischen Worten. Der Kaufmann zeigte sich bestürzt, aber hilfsbereit. Er hatte wie Marguérite keinen Zweifel an Pieters Unschuld und wollte dem jungen Mann nur allzu gerne beispringen. Wie war die Begine erleichtert! Sie dankte dem Kaufmann herzlich für seine Hilfszusage und machte sich mit beschwingtem Schritt auf den Weg nachhause.

Dieses Mal ließ sie sich nicht so einfach von Pieter abweisen. Schließlich hatte sie etwas Greifbares in Händen und drängte ihn deshalb mit wortreichen Erklärungen, ihr endlich die Tür zu öffnen. Pieter gab, wenn auch zögernd, nach. Wie erschreckte sich die Begine, als sie ihn nach so vielen Tagen wiedersah. Blass und abgemagert war er. Marguérite ließ sich aber möglichst wenig von ihrer Erschütterung anmerken. Sie wollte schließlich den jungen Mann überzeugen, dass es für ihn sehr wohl eine lebenswerte Zukunft gab. Sie wollte seine Lust am Leben wieder erwecken. Pieter hörte sich ihre Worte ohne jede Regung an. Je mehr er jedoch erkannte, wie die gute Frau bemüht gewesen war, ihm zu helfen, umso schwerer fiel es ihm, seine Gefühle zurückzuhalten. Es gibt also doch jemanden, der zu mir hält und an mich glaubt, dachte er bei sich. Seine Lippen begannen zu zittern und Tränen traten ihm in die Augen.

Marguérite erkannte seinen labilen Gemütszustand und reagierte sehr feinfühlig darauf. So gelang es ihr zu ihrer großen Erleichterung, seine Zustimmung für ihre Vorschläge zu gewinnen. »Gut, ich werde gerne bei Sir William in Lohn und Brot treten. Ich werde künftig für das Dach über dem Kopf, das mir hier so ablehnend gewährt wird, mit selbst verdienter Münze zahlen. Ich danke Euch, dass Ihr mir einen Weg aufzeigt, der Forderung meines Vaters Rechnung zu tragen. Ich will ihm nicht mehr auf der Tasche liegen. Aber versucht ja nicht, mich wieder an seinen Tisch zu zwingen. Ich möchte auch diesen Wunsch meines Vaters aufs Genaueste erfüllen und ihm meinen Anblick künftig ersparen«, sagte er bitter.

Marguérite stimmte seinen Bedingungen schweren Herzens zu. Sie hatte schon mehr erreicht, als sie zu hoffen gewagt hatte, und wollte das nicht wieder gefährden.

Nach wenigen Tagen der Erholung trat Pieter seine Arbeitsstelle an. Wie nicht anders zu erwarten, zeigte er sich als sehr anstellig und fleißig. Er lernte viel und gewann nach und nach seine Selbstsicherheit zurück.

Auch für Jan begann ein neuer Lebensabschnitt. Sein ungeliebter Lehrer verlor, zu Jans hämischer Freude, dadurch über Nacht seine Anstellung. Für den jungen Mann begann mit der Arbeit im väterlichen Kontor der Ernst des Lebens. Doch er fügte sich in die neue Situation nicht mit gleichem Engagement wie sein Zwillingsbruder. Nur bei den wenigen Malen, an denen ihm sein Vater ein bisschen Aufmerksamkeit schenkte, gab er sich besonders geschäftig. Ansonsten mied er die Arbeit und zeigte keine Neigung, etwas dazuzulernen. Stattdessen kehrte er, wo immer es ging, den Sohn des Geschäftsherrn heraus und war bald bei den Mitarbeitern des Kontors genauso unbeliebt wie beim Gesinde zuhause. Wenn Mijnheer de Bruyne ihn mit seiner krächzenden Stimme tadelte und zur Arbeit anhielt, freute sich Jan insgeheim, ihm schon die Strafe für seine ewigen Zurechtweisungen erteilt zu haben.

Marguérite kam mit ihren Erziehungsbemühungen gar nicht mehr an ihn heran. Jeder Rat von ihr stieß auf Ablehnung. »Erzieh doch unseren Bösewicht«, musste sie sich anhören. »Was für ein Glück, dass du uns Gürtel mit verschiedenen Farben aufgezwungen hast. Jetzt ist endlich bewiesen, wer wirklich der Schlimme von uns beiden ist«, giftete er bei der nächsten Konfrontation.

Bei Marguérite wuchs immer mehr die Gewissheit, Jan könne etwas mit dem hässlichen Unfall von Mijnheer de Bruyne zu tun gehabt haben. Seine spitzen Bemerkungen, die immer wieder darauf zielten, Pieter die Schuld zu geben, bestärkten diesen Verdacht. Trotz allen Bemühens um Aufklärung konnte sie ihm aber nichts nachweisen.

Jan war derweilen besonders bestrebt, Dienste außerhalb des Kontors zu übernehmen. Solche Gänge gaben ihm die Möglichkeit, ohne Aufsicht herumzutrödeln, in den Tavernen für ein Glas einzukehren oder gar ein schnelles Spielchen zu wagen. Er liebte Glückspiele aller Art und war richtig süchtig danach. Wenn nichts anderes vorhanden war, spielte er sogar mit zwei Halmen »den Kürzeren ziehen«. Natürlich wurde auch dabei ein Betrag Geldes gesetzt, wenn er gerade wieder einmal flüssig war. Mit einer Münze warf er »Wappen oder Schrift«. Mit den Fingern spielte er »gerade oder ungerade«. Sein Lieblingsspiel jedoch war das Kartenspiel Tarocchi. Es war ein Vierfarbspiel mit einer Trumpffreihe von zweiundzwanzig Karten. Mit diesen Karten wurde gestochen und so der gesetzte Gewinn eingeheimst. Genauso gerne knobelte er aber auch mit Würfeln »Augen hoch«. Er verfügte inzwischen über mehr Geld als zuvor, und das bot ihm ganz neue Möglichkeiten. Bald war ihm selbst dieser neue Rahmen nicht mehr genug, und er spielte auf Pump. Es gab genügend

Gläubiger, die für Aufgeld dem frischgebackenen »Juniorchef« gern einen Kreditrahmen einräumten. Mit jedem dazukommenden Spielverlust wuchsen seine Schulden.

Wenn Jan mit seinen liederlichen Kumpanen bis spät in die Nacht dem Spiel frönte und dabei bis zum Morgen durchzechte, prahlte er lauthals mit tollen Geschäftsideen, die angeblich den Erfolg des väterlichen Kontors begründeten. Selbstverständlich waren sie alle nur von ihm erdacht! Jan ließ bei seiner Prahlerei auch die Wollbestellung des Vaters in England nicht aus und schwärmte von dem enormen Ertrag, den dieses Geschäft versprach. Das ermunterte zwar seine Gläubiger, ihm noch mehr Kredit einzuräumen, blieb aber auch anderen Ohren nicht verborgen, die solche Neuigkeiten für einen Judaslohn allzu gerne weitertrugen. So stürzte Jan mit seinem unbedachten Geplapper Cornelis im nächsten Frühjahr in eine ernste finanzielle Krise.

Eines Nachts trafen sich die beiden Zwillinge an der Haustür. Jan kam vom Zechen und war schwer angetrunken. Pieter hatte im Kontor seines Dienstherrn gearbeitet. Er öffnete seinem Bruder die Tür, und als dieser an ihm vorbeiwankte, konnte Pieter sich die Bemerkung nicht ersparen: »Fällt dir nichts Besseres ein als nur diese Sauferei?« In einem lichten Moment antwortete ihm Jan: »Bin ich es oder du? Sollen wir wieder einmal die Gürtel tauschen?« Trunken kichernd stampfte er an Pieter vorbei und verschwand in seiner Kammer. Pieter traf dieser Satz wie ein Peitschenhieb. Betrunkene und Kinder sagen die Wahrheit, meinte ein Sprichwort! Jans Worte konnten nichts anderes bedeuten als ein Schuldeingeständnis. Jan hatte schon einmal ihre Gürtel vertauscht! Diese Gewissheit quälte Pieter von da an, er wusste sie aber nicht zu verwerten. Jan schnitt dieses Thema auch nie wieder an.

Im Monat Mai war die Luft bereits lau, die Winterstürme waren schon fast vergessen, als die Schute mit Cornelis' Wolle aus Brabant eintraf. Die Fahrt an der Küste entlang war für die Schmuggler ohne Probleme verlaufen. Nun lag das kleine Schiff mit der wertvollen Fracht in Sluis vor Anker, als wäre dies das Natürlichste der Welt.

Bei Cornelis kam trotzdem keine Freude auf. Entgegen seiner Erwartungen war der Brügger Markt in diesem Frühjahr mit englischer Wolle überschwemmt. Sein Intimfeind Johann de Worde bot sogar Mengen an, die die seinen noch bei Weitem übertrafen. Irgendjemand musste ihm Cornelis' Plan gesteckt haben. Unter den Kaufleuten wurde gemunkelt, Mijnheer Johann habe ein verbotenes Geschäft mit der Hanse betrieben. Beweise blieb die Gerüchteküche jedoch schuldig. Der Preis für Wolle sank ins Bodenlose. Cornelis' Kalkulationen gingen nicht mehr auf. Er stand vor einem enormen Verlustgeschäft. Schließlich hatte er sein ganzes Barvermögen zu überhöhten Preisen in diese Transaktion gesteckt! Das Schlimmste wurde er erst auf den zweiten Blick gewahr. Für das Beizen seiner in Auftrag genommenen Stofflieferungen benötigte er dringend Pottasche. Dieses Mittel intensivierte die Farben und brachte Gold- und Rosttöne hervor. Genau solche Töne musste Cornelis liefern! Pottasche kam über die deutsche Kolonie in Nowgorod aus Finnland, Lettland und Nordrussland nach Brügge. Das weiße Pulver wurde aus der Holzverbrennung gewonnen. Es war ein Produkt, das nur die Hanse liefern konnte. Scheinbar hatte auch hier de Worde mit den deutschen Kaufleuten eine schändliche Absprache getroffen. Cornelis konnte auf dem gesamten Markt keine Pottasche kaufen.

Die Ware, die im Frühjahr mit den Koggen angekommen war, befand sich exklusiv in Mijnheer Johanns Besitz. Cornelis war verzweifelt. Er zog sich in sein Kontor zurück. Seine Gedanken suchten einen Ausweg und drehten sich im Kopf, bis ihm schwindlig wurde. Er durfte seine Wolle nicht verkaufen. Der Preis war zu niedrig. Er musste sie auf Lager halten, bis der Preis wieder anstieg. Damit blieb sein ganzes Geld gebunden. Das benötigte er jedoch ganz dringend, denn schon im nächsten Monat wurden ihm vierzehn Wandteppiche geliefert und standen zur Zahlung an. Er hatte für sie eine Bestellung aus Italien und musste sie zwischenfinanzieren. Erst wenn die Galeeren nach Brügge kamen, sollten sie die Teppiche auf dem Rückweg zu seinen Auftraggebern mitnehmen. Erst dann würde er wieder über Geld verfügen. Das Teppichgeschäft war zwar mit großem Gewinn kalkuliert, doch nun war er nicht in der Lage, die

Einstandspreise zu bezahlen. Wenn ihm nichts einfiel, musste er Bankrott anmelden. Wo war sein Schutzgott »Mammon« geblieben? Es hatte keinen Zweck, zu hadern. Cornelis musste eine Lösung finden. Fieberhaft dachte er Tag und Nacht nach. Endlich zeichneten sich in seinen Gedanken geeignete Schritte ab, die er gehen konnte: Die Wolle musste als allererstes im Großlager von Damme verschwinden, damit von den Behörden keine bohrenden Fragen zu ihrer Herkunft kamen. Dann musste er den dornenreichen Weg zum Kontor der Medici gehen. Er brauchte von ihnen ein Darlehen. Schließlich musste er Johann de Worde das Leben so schwer wie möglich machen, damit der abgehalten wurde, sich neue Schlechtigkeiten gegen ihn auszudenken.

Unvermutet spät befand sich an diesem Tag Jan noch im Kontor. Er klopfte an und trat, ohne eine Antwort abzuwarten, in den Raum seines Vaters. Er fand ihn dort, wie immer in der letzten Zeit, grübelnd. Auf seine Frage hin, was los sei, schilderte ihm Cornelis seine fatale Situation und erklärte ihm seine Schlussfolgerungen. Es tat gut, über seine Sorgen sprechen zu können. Jan war betroffen über das, was er hörte. Sollte der ganze Reichtum, den er sich so oft schon in Gedanken zugerechnet hatte, wirklich verflogen sein? Das durfte nicht passieren! »Diese verfluchten Osterlinge«, sagte er, »überlass die mal mir.« Er sprach das vor sich hin, ohne schon einen konkreten Plan zu haben. Aber der wurde noch in derselben Nacht geboren und war schändlich genug. Er übertraf alles, was sich Jan bisher ausgedacht hatte.

9

Zwei Meilen vor Brügge, auf dem Weg nach Kortrijk lag in einem Wald die Ruine von Neuenhof. Im Krieg von 1296 hatten die Franzosen das Schloss geschleift und die Eigner bestraft, weil sie so großen Widerstand gegen ihre Truppen geleistet hatten. Tiefer Aberglaube hinderte die meisten Menschen nun, diese blutbesudelte Wildnis noch zu betreten. Es ging die Mär um, die Seelen der gefallenen flämischen Ritter hausten jetzt dort in Gestalt von Raben und Krähen. Dieses Getier gab es in der Ruine zuhauf.

Nur lichtscheues Gesindel suchte dort Schutz und Versteck. Hierhin begab sich Jan am nächsten Abend. Er wollte gegen die Hansekaufleute ein Exempel statuieren. »Mit Jan van der Weyden scherzt man nicht. Ich bin härter als mein Vater«, sagte er sich vor. Er musste sich für sein Vorhaben mit diesen windigen Kerlen verbünden, legte aber Wert darauf, von niemandem dabei gesehen zu werden.

Ein Wächter hielt ihn am Rand des Wäldchens auf und bedrohte ihn mit einem langen Speer. Der Mann war dürr und hoch aufgeschossen. Mit seinen mindestens zwanzig Jahren sah er aus, als würde er immer noch wachsen. »Führ mich zu deinem Anführer«, verlangte Jan herrisch und versuchte damit seine Jugend zu überspielen. Die Tonart kannte er bestens von den Landsknechten, mit denen er so oft spielte und zechte.

Der Bandit mit schmalem Geiergesicht forderte ihn auf, vom Pferd zu steigen, und hieß ihn vor sich hergehen. Seine knurrende Stimme wies Jan den Weg. Bald leuchtete ein Feuer durch das Gehölz, und das Lärmen und Lachen der Bande war deutlich zu hören. Kurz darauf erreichte Jan eine Lichtung. Dort lagerte eine Horde von mindestens fünfzehn Verbrechern. Der größte von ihnen erhob sich gemächlich und ging auf die Ankommenden zu. In seinem weiten Umhang sah er gegen die Flammen des

Feuers wie ein aus Stein geschlagenes Standbild aus. Die Verschlagenheit eines Fuchses stand ihm ins Gesicht geschrieben. In seinen zusammengekniffenen Mundwinkeln saßen Kerben der Grausamkeit. Er musterte Jan mit seinen hellwachen Luchsaugen von Kopf bis Fuß und fragte dann barsch mit hochgezogenen Brauen: »Sucht Ihr den Tod oder was treibt Euch hierher?« Jan antwortete ihm ohne Angst in der Stimme: »Nein, man sagte mir, hier fände ich tüchtige Kerle, die für einen guten Batzen Gold ihre Seele verkaufen.« Der Anführer lachte geschmeichelt und nickte.

»Dann habt Ihr also Arbeit für uns?«, fragte er. »Ja, an die zehn Mannsbilder sollt Ihr für mich aus der Welt schaffen.«

»Ist es einfaches Volk oder handelt es sich um hohe Herren?«, fragte der Mörder lauernd. Jan war die Frage nicht recht, doch er blieb ruhig. »Kein einfaches Volk, es sind Osterlinge, Kaufleute aus deutschen Landen. Man nennt sie so, weil sie aus dem Osten kommen.«

»Das wird Euch eine Stange Geldes kosten, zwei Golddukaten für jeden von ihnen!« Die Stimme des Mannes ließ keinen Zweifel aufkommen, dass mit ihm nicht zu handeln war. Seine harten Augen unterstrichen dies. Seine Forderung erschreckte Jan jedoch nicht. Er hatte eher mit mehr gerechnet und willigte deshalb schnell ein. Zu schnell, musste er reuevoll feststellen. »Wenn wir reüssieren, wird natürlich ein Nachschlag fällig, noch einmal zehn Dukaten, einen für jeden«, legte sein Gegenüber nach und stellte sich vor: »Man nennt mich übrigens Claes den Fuchs«, sagte er.

Trotz aufkommenden Ärgers brachte es Jan nicht übers Herz, vor der gesamten Mörderbande zu feilschen. Er trug unter seiner Jacke einen Lederbeutel mit sich, der fünfundzwanzig Goldmünzen enthielt. Er holte das Säckchen hervor und hielt es dem Mann entgegen. »Hier habt ihr fünfundzwanzig Dukaten. Den Rest gibt es, wenn der Auftrag erledigt ist.« Seine Worte kamen genauso bestimmt und fest, wie es die des Verbrechers gewesen waren. Seine Stimme hatte den Stimmbruch schon hinter sich und klang sehr männlich.

Der Anführer gab sich mit dem Angebot zufrieden: »Das erscheint mir fair, doch nun zu den Einzelheiten!«

Jan kam wunschgemäß zur Sache, denn ihn hielt nichts an diesem Ort:

»Die Hanse unterhält in Damme mehrere große Speicher. Ihre sechs Oldermänner und vier Sekretäre treffen dort jeden Donnerstag zusammen und feiern zum Abend hin im Wirtshaus ›Zum trunkenen Seemann‹. Mit diesen Herren habe ich ein Hühnchen zu rupfen. Die sollt Ihr mir vom Halse schaffen.«

»Was sind Oldermänner?«, fragte sein Gegenüber.

»Sechs Oldermänner leiten als Vorstand ›den gemeinen Kaufmann‹ und vertreten die Hanse vor der Brügger Obrigkeit«, erklärte ihm Jan bereitwillig.

»Also wirklich wichtige Herren«, murmelte der Verbrecher nachdenklich in seinen Bart und nickte verstehend. »Wie eilig ist Euch die Sache?«, fragte er sodann.

»Je eher, je lieber sollte die Tat getan sein«, antwortete Jan schnell. »Den nächsten Donnerstag haben wir bereits in drei Tagen«, fügte er hinzu.

»Abgemacht! Das Wirtshaus kenne ich. Je schneller wir die Sache hinter uns bringen, je früher klingt das Gold in unserem Säckel! Am Freitag um die gleiche Zeit bringt Ihr mir den Rest, und wehe …«

Jan schlug in den Vorschlag ein, übergab das Säckchen mit dem Gold und trollte sich mit den Worten: »Dann auf Freitag und viel Erfolg!«

Cornelis dachte, anders als sein Sohn, nicht an erster Stelle an Vergeltung. Er wollte retten, was zu retten war. Sein vermeintlicher Reichtum war dahingeschmolzen. Er suchte den italienischen Kaufmann Giovanni Arnolfini auf, um ihn um Finanzhilfe zu bitten. Schon am frühen Vormittag klopfte er an dessen Tür. Ein dienstbarer Geist führte ihn in das Arbeitszimmer des Italieners. Arnolfini war einer der Ratgeber Herzog Philipps. Er war der Spross einer angesehenen Kaufmannsfamilie aus Lucca und lebte seit Jahren in Brügge und das in gediegenen Verhältnissen. Der Raum, in dem Cornelis nun auf ihn wartete, war prächtig eingerichtet und strahlte Behaglichkeit aus. Ein Ölgemälde über dem seitlichen Wandregal zog den Blick des Händlers magisch an. Es war ihm sofort klar, dass es sich um ein Werk van Eycks handelte. Er trat näher, und die Signatur am rechten unteren Rand des Bildes gab ihm Recht. Ein Schauer von Traurigkeit überkam ihn, als er das Gemälde näher betrachtete. Das Bildnis zeigte alles, was er sich vergebens gewünscht hatte. Er sah Arnolfini, wie er die Hand seiner Frau in seiner Linken hielt und die Rechte zum Zeichen der ewigen Treue zum Schwur erhob. Seine Kleidung, sein pelzbesetzter Umhang und die kostbare Ausgestaltung des Zimmers spiegelten den Reichtum wider, den auch Cornelis bis vor wenigen Tagen für sich sicher geglaubt hatte und nur zu gern mit Mareike geteilt hätte. Die Gemahlin des Hausherrn stand auf dem Bildnis in Schönheit und Würde da, wie es auch Mareike auf dem Portrait aus der Werkstatt von Petrus Christus tat. Am meisten berührte Cornelis ihr gerafftes Gewand, welches über dem Bauch in der Art von Schwangerschaftskleidung gefältelt war. So hatte es auch sein Weib kurz vor der tragischen Niederkunft und ihrem Tod getragen.

Das Regal an der Wand war mit einer Statuette der Heiligen Margareta, der Schutzheiligen bei Geburtsnöten, verziert. Sie glänzte kunstvoll geschnitzt im Licht. Bei den Arnolfinis hatte sie Glück gebracht. Der Kaufmann nannte, wie Cornelis wusste, drei gesunde Kinder sein Eigen!

An der gegenüberliegenden Wand des Empfangsraumes hing ein beeindruckender Wandteppich. Ihn zierte ein klassisches Motiv: Auf einem Kentaur, dem Zwitterwesen zwischen Mensch und Pferd, kämpfte der kleine geflügelte Amor gegen die heftigen Bemühungen der Kreatur, ihn abzuwerfen. Die Liebe schien über die Kraft des Fabelwesens zu obsiegen.

Der Kentaur wird sich unterwerfen müssen, dachte Cornelis und musste bei dem Gedanken an Liebe wieder an Mareike denken.

Ihm blieb nicht viel Zeit, mit seinem Schicksal zu hadern und über Gerechtigkeit und Ungerechtigkeit nachzusinnen. Arnolfini trat in den Raum und empfing ihn mit gemessener Höflichkeit. Er fragte nach seinem Begehren.

»Ihr seid bekannt für Eure weisen Geldgeschäfte«, begann Cornelis mit fester Stimme. »Ich stehe vor einer lukrativen Transaktion und brauche finanzielle Hilfe. Da habe ich an Euch gedacht. Es soll Euer Schaden nicht sein«, fuhr er fort. Arnolfini zog spöttisch die Brauen in die Höhe. »Da müsst Ihr Eure Karten schon etwas mehr aufdecken«, erwiderte er schnell.

Cornelis trommelte erregt mit den Fingern auf die Tischplatte. Seine Rolle als Bittsteller behagte ihm gar nicht. Doch er riss sich zusammen. Schließlich brauchte er die Unterstützung des Italieners so nötig wie der Satan das Höllenfeuer.

Er beschloss, Arnolfini reinen Wein einzuschenken. In kurzen Worten schilderte er seine Situation und brachte die Mutmaßungen vor, warum er in diese Lage gekommen war. Mit blumigen Worten malte er aus, wie leicht und schnell er sich durch das vereinbarte Geschäft mit den Wandteppichen wieder aus der misslichen Lage befreien könne.

Arnolfini gefiel an Cornelis Geschichte, dass der Flame Geschäfte mit seinen italienischen Landsleuten trieb. Er ließ deshalb wohlwollend erkennen, dass er unter gewissen Bedingungen bereit war, zu helfen. Er brauchte nur für sich und seine Bank die notwendigen Sicherheiten. Um die wurde nun hart verhandelt. Nach gut einer Stunde war man sich einig. Cornelis erhielt von Arnolfini den ersehnten Kreditbrief. Der war für die Zahlung des Ankaufpreises der Teppiche bestimmt.

Die Teppiche gingen nach ihrer Auslieferung nicht in das Lager des Flamen, sondern zur Kreditsicherung in das des Italieners. Cornelis musste Arnolfini außerdem den vereinbarten Verkaufspreis an die Händler der italienischen Galeeren nennen. Der Italiener überschlug danach schnell das Geschäft im Kopf und errechnete den Reingewinn. Starr und stur verlangte er davon die Hälfte für sich.

Cornelis versuchte noch zu handeln. Doch zerknirscht musste er erkennen, dass dies vergeblich war. Es gab nichts daran zu rütteln, er brauchte den Kredit dringend. Also gab er nach und schlug ein.

Immerhin konnte er auf diese Weise den Ruin abwenden. Spätestens mit der Ankunft der Galeere würde er über frisches Bargeld für neue Geschäfte verfügen, und die große Partie Wolle war durch diese Transaktion nicht verloren. Er konnte sie verwerten, wenn die Preisentwicklung es später zuließ.

Die beiden Kaufleute besiegelten ihre Abmachung mit einem Glas Roten aus dem Piemont, und Cornelis ging danach mit weniger Sorgen nach Hause zurück.

Der Donnerstag kam schnell herbei. Im Gasthof »Zum trunkenen Seemann« wartete man schon auf die abendlichen Gäste.

Anders als in den anderen drei Hanse-Kontoren – dem Petershof
in Nowgorod, der Tyske Bryggen in Bergen und dem Stalhof in London – lebten die Hansekaufleute in Brügge nicht isoliert. Sie wohnten
mitten unter den Bürgern der Stadt. Anno 1442 hatten sie sogar von den
Stadtoberen am Osterlingenplein, mitten im Zentrum der Stadt, ein Haus
übereignet bekommen. Gerne suchten sie in dessen Nähe die Wirtshäuser
auf. Selbst ihre Versammlungen fanden im Remter des Brügger Karme-
literklosters statt.

An den Donnerstagen aber wünschten sie für sich allein zu sein. Sich
ohne fremde Ohren in der Nähe auszutauschen, Pläne zu schmieden und
Vergangenes kritisch zu besprechen, war dann angesagt.

So war das Gasthaus in Damme auch nur für sie reserviert, als die
zehn Männer eintraten. Alles war gemütlich und einladend vorbereitet.
Bequeme Korbstühle standen um die Tische. Der Kamin loderte, Schankraum und die Kegelbahn waren beleuchtet. Die Wirtsleute begrüßten
sie ehrerbietig. Die Gäste waren die sechs Älterleute der drei Hansevereini-
gungen, der lübeckisch-wendisch-sächsischen, der westfälisch-preußi-
schen und der gotländisch-livländisch-schwedischen. Mit ihnen erschie-
nen, wie immer, drei der achtzehn gewählten Beisitzer und der Sekretär
des Kontors. Der war studiert und von juristischem Sachverstand.

Schnell klapperten Kannen, Humpen, Becher und Gläser auf den Tischen. Der Doppel-Knollaert von Courtrai wurde aufgetischt. Der Wein,
das Keutebier und der Genever flossen in Strömen.

Albert Veckinghusen war an diesem Abend der Wortführer. Seine an
den Rändern leicht geröteten, nervösen, wasserhellen Augen schweiften
ruhelos über die anderen hinweg. Ihm sollte nichts entgehen. Sein Haar
glänzte unter der Hutkrempe schwarz hervor. Beim Lachen zeigte er einen abgebrochenen Schneidezahn. Gerade wandte er sich an Hildebrand
Bisschop und klagte: »Die Zeiten sind schlecht! Die Obrigkeit von Brügge
ist ständig in Geldnot. Sie kann den Hals nicht voll bekommen und verlangt immer höhere Abgaben. Schlechte Münzen sind im Umlauf und der

Verlust beim Geldwechseln ist kaum noch zu kalkulieren. Wir werden uns wieder zur Wehr setzen müssen.«

Bisschop fiel ihm beschwichtigend ins Wort: »Das Ganze hat aber doch auch gute Seiten. Seht doch nicht alles so schwarz. Wir haben noch viele Privilegien, für unseren preußischen Weizen fast ein Monopol. Pelze, Holz, Kupfer und Bernstein aus den Ostländern lassen sich noch immer mit gutem Ertrag unter die Leute bringen. Dreiviertel des flämischen Tuches handelt man mit uns. Was wollt Ihr also Veckinghusen?«

Die anderen Männer kannten dieses unnötige Lamentieren zur Genüge. Sie hatten inzwischen lieber zu ihren Bechern gegriffen und mit dem Würfelspiel begonnen. Veckinhusens Bruder Sievert forderte die Männer auf, ihm zur Kegelbahn zu folgen. Er stand auf, streckte vergeblich seine krummen Beine, ging zur Bahn und warf die erste Kugel. Der gute Wurf wurde mit anerkennendem Jubel gefeiert. Alles sah danach aus, als würde es ein vergnüglicher Abend werden.

Claes der Fuchs hatte seine Kumpane auf das Genaueste instruiert. Sie machten sich erst in der Dunkelheit auf den Weg. Sie kamen einzeln, um keinesfalls aufzufallen. Einige kamen in altersschwachen Kähnen, einige auf Eseln oder zu Fuß. Claes selbst ritt stolz auf seinem grauen Klepper.

Das Frühlingswetter zeigte sich wieder einmal launisch. Das kam ihren finsteren Plänen entgegen. Der Westwind blies garstige Regenschauer übers Land, und so trafen sie auf kaum jemanden. Kam es doch zu einer Begegnung, versteckten sie ihre Köpfe unter den Joppen und gaben sich wortkarg.

In dem kleinen Haag neben dem Wirtshaus sammelten sie sich. In kurzen Abständen trafen alle Strauchdiebe ein. Claes zählte seine Spieß- gesellen durch und war mit dem Ergebnis zufrieden. »Kontrolliert Eure Dolche und Spieße«, befahl er streng. »Keiner benutzt Pulver und Blei. Getöse können wir nicht gebrauchen. Wenn ich es Euch sage, rennt Ihr los. Stürmt das Haus! Es muss alles schnell gehen. Die Überraschung ist unser bester Verbündeter.«

Es gab keinen Widerspruch. Claes schaute sich noch einmal um. Nichts Verdächtiges war zu sehen. Da gab er das Zeichen zum Losschlagen. Schon flog die Wirtshaustür auf. Die Mörderbande drang hinein.

»Seht zu, dass jeder einen der Pfeffersäcke packt«, schrie Claes hinter sich. Er lief natürlich in vorderster Front. Er griff nach einem der schweren Krüge und schlug ihn dem ersten Kaufmann auf dem Schädel entzwei. Dann zog er seinen Dolch und stieß ihn dem zweiten in seinen dicken Hals.

Die Übertölpelung gelang vollends! Keiner der Deutschen konnte mehr seine Waffe ziehen. Schnell waren alle erschlagen, erdolcht oder aufgespießt.

Die Wirtsleute standen zitternd und bebend hinter ihrem Tresen. Sie rührten keine Hand zur Hilfe ihrer Gäste. Sie ergriffen auch nicht die Flucht. Das wurde ihnen zum Verhängnis, denn Claes gab die Devise aus: »Keine Zeugen hinterlassen!« So nahm sich der lange Dürre, der im Lager der Wächter gewesen war, der beiden an, und schon hatte ihr letztes Stündlein geschlagen.

Alles lief mit viel Getöse in wenigen Minuten ab: Klagende Schreie und Kommandorufe füllten den Raum, Stühle und Tische fielen bei dem Gerangel um, und Krüge und Becher zerbarsten auf dem Boden.

Die Bande verschwand so schnell, wie sie gekommen war. Claes belohnte seine Leute für den gelungenen Ablauf der Aktion. Er erlaubte ihnen, Bier, Wein und Schnaps mit sich fortzuschleppen. Sie sollten sich ruhig betrinken. Waren sie erst richtig betrunken, fiel es Claes leichter, einen größeren Teil vom Mörderlohn für sich selbst abzuzweigen.

Cornelis hatte sich schon im Morgengrauen zu Pferd auf den Weg nach Damme gemacht. Er wollte mit seinem Lagermeister sprechen, das Wolllager inspizieren und dem Mann seine neuen Planungen mitteilen.

Der Wind wehte aus dem feindlichen England herüber und trieb die Düfte der Frühlingsblüher gen Osten. Das schlechte Wetter hatte sich verzogen, es war ein lauer Maienmorgen. Die wärmende Frühlingssonne hatte die Blüten des Weißdorns längs des Kanals aufblühen lassen. Es war ein schönes, friedliches Bild. Die Schwalben kreisten dicht über den Wiesen und fingen ihr Frühstück, das vielflügelig zwischen den Blüten summte. Es war die Zeit, die Felder für die Aussaat vorzubereiten.

In dieser Herrgottsfrühe stemmten sich schon überall Männer und Frauen ins Geschirr ihrer Pflüge. In ihrer Armut spannten sie sich selbst wie Ochsen vor, damit die scharfen Holzzähne ihrer Geräte das zähe Erdreich aufrissen und Rillen für die Saatkörner zogen. In ihrer ärmlich bäuerlichen Kleidung wirkten sie wie Vogelscheuchen. Plumpe Filzkappen saßen auf sturen flämischen Rundschädeln. Die kurzen Kittel aus grobem Tuch waren an den Ärmeln aufgekrempelt. Die Füße steckten in ausgebeultem, löcherigem Schuhwerk oder gingen gar nackt.

Nur wenige Augenblicke später erlebte Cornelis ein Kontrastprogramm. Eine Jagdgesellschaft adeliger Damen kam in sein Blickfeld. Die Jungfern saßen auf leichten Pferden. Ihre bis zu den Knöcheln reichenden Reitkleider glänzten in edelstem Tuch. Ihre Hüte trugen bunten Federschmuck. Die Frauen ritten im Damensattel, beide Beine auf einer Seite. Einige von ihnen trugen Jagdvögel mit schwarzen Kapuzen auf ihren Händen. Die kleinen Glöckchen der Tiere tönten mit jedem Pferdeschritt silberhell bis zu Cornelis hin. Zahlreiche Schildknappen in bunten Seidengewändern kümmerten sich um die Damen oder warteten dienstbeflissen auf deren Befehle. Es folgten grünbetuchte Jäger mit Bracken und Windspielen an langen Lederleinen. Auf einer Stange angebunden, trugen sie ebenfalls vielerlei Stoßvögel unter schwarzen Kopfhauben. Habicht, Sperber, Falke und Bussard, alle waren vertreten.

Die Beitz währte bereits länger, wie Cornelis erkannte, denn die Knappen trugen schon reichlich Beute am Gürtel. Cornelis sah von Ferne Enten, Reiher, Schnepfen und Fasane.

Mit ihrem protzigen Auftreten führen die hohen Damen den armen Leuten auf den Feldern schamlos die pompöse Brügger Hofhaltung vor. Dafür pressen sie die letzten Münzen aus den schwieligen, abgearbeiteten Händen ihrer Untertanen, dachte der Kaufmann missmutig. Er lenkte sein Ross vom direkten Weg ab, denn er wollte diesem leichtlebigen Volk nicht zu nahe kommen.

In Damme weckte ein Hahn mit stolzem Krähen gerade seine Hühner und mit ihnen die letzten Bewohner, die noch in den Federn lagen. Cornelis kam an der Vogtei vorbei. Einige Esel weideten seelenruhig vor ihr Disteln ab. Aus der Ferne hörte er eine Glocke schlagen. Die Alarmglocke von Damme, dachte er aufgeschreckt. Da sah er vor dem Wirtshaus »Zum trunkenen Seemann« eine große Menschentraube versammelt. Neugierde ließ ihn auf das Haus zuhalten. Irgendetwas Schlimmes musste geschehen sein. Cornelis trieb sein Pferd mit den Oberschenkeln an. Nur noch wenige Hufschläge trennten ihn vom Wirtshaus und den dort versammelten Menschen. Vor der Tür der Taverne stieg er ab und band sein Pferd an einen Haken an die Wand. Direkt daneben, unter der Ecke des Daches, stand eine zerbeulte Zinkwanne, die Regenwasser auffangen sollte. Zurzeit war sie fast leer. Cornelis' Pferd ging mit dem Kopf zu ihr hin und wollte aus ihr saufen. Schnell bewegte sich der Pferdeschädel jedoch wieder zurück. Die Brühe war abgestanden und trüb. Sie stank dem Gaul viel zu faulig.

Der Kaufmann ging auf den Eingang zu. Die einfachen Leute machten dem noblen Herrn ehrerbietig Platz. Der Schankraum lag im Halbdunkel. Mehrere Stadtpolizisten machten sich dort zu schaffen. Es roch nach abgestandenem Bier, Tabak und Wein. Cornelis erschnupperte aber auch so etwas wie Verwesungsgeruch. Nachdem sich seine Augen an das Zwielicht gewöhnt hatten, schaute er sich aufmerksam um. Dann wandte er sich an einen Hauptmann, der in seiner Nähe stand: »Was ist hier geschehen?«, fragte er. »Mord und Totschlag, werter Herr, zehn Tote«, kam es zurück. Cornelis entging nicht, welche Erschütterung in der Stimme des Polizisten schwang. Nun sah auch er, dass auf dem Boden menschliche Körper lagen, verkrümmt, steif und starr. Es waren eindeutig Tote. So wie sie aussahen, waren viele Pinten Doppelkeute in ihre Kehlen geflossen, bevor sie ihr Schicksal ereilte. Das bezeugten auch der schale Geruch im Schankraum und die vielen leeren Krüge, die heil oder zerborsten herumlagen.

Ein voller Krug war auf der Kegelbahn zersplittert und bedeckte die ebene Holzdecke der Bahn mit einem klebrig schmierigen Film. Im Schankraum hatte zweifellos ein Kampf stattgefunden!

Cornelis besah die Leichen genauer und erschrak. Mein Gott, es waren nach ihrer Kleidung Männer der Hanse! Man hatte sie beim Zechen gemeuchelt. Es waren dieselben Männer, die versucht hatten, sein Geschäft mit dem englischen Tuch scheitern zu lassen. Ein eiskalter Blitz durchfuhr ihn. Hatte nicht Jan gesagt: »Überlasst die mal mir?« Gedanken und Befürchtungen, die in ihm aufkamen, verdrängte er in die letzte Ecke seines Gehirns. Er wollte gar nichts so genau wissen. Was zählte, waren Fakten: Seine Gegner waren erledigt und außer Gefecht! Der Händler hielt sich ein blütenweißes Taschentuch vor die Nase, um den Leichengeruch von sich fernzuhalten. Dann verließ er den Raum so schnell, wie er ihn betreten hatte. Völlig aufgewühlt machte er sich auf den Weg zu seinem Lagerhaus, ohne weiter auf die Gaffer zu achten, die das Wirtshaus immer noch umlagerten. An diesem Tage erledigte er nicht mehr allzu viel. Zu sehr nahm ihn mit, was er gesehen hatte. Sind meine Folgerungen richtig gewesen?, dachte er ängstlich.

Der Massenmord führte zu Unruhe in der Kaufmannschaft. Besonders die Osterlinge protestierten bei den Behörden und verlangten schnellste Aufklärung und Bestrafung. Die Stadtoberen waren bemüht. Aber es gab keine Zeugen und keine verwertbaren Spuren. Nach einigen Wochen schliefen die Untersuchungen ein, und nur noch die Hansekaufleute wetterten gegen den Misserfolg. Die Stadt musste das beschämt ertragen, genauso wie die bald daraus resultierenden Folgen: Die deutschen Kaufleute waren mit der Stadt wegen der Morde an ihren Mitgliedern völlig überquer. Sie sahen auch die zugesagten Privilegien nicht eingehalten und verhängten auf dem nächsten Hansetag eine Handelssperre über Flandern. Sie verlegten ihr Brügger Kontor nach Deventer. Es lag nun viel günstiger an der schiffbaren Ijssel, die in die Zuidersee floss, welche an die Nordsee angrenzte und besser zu befahren war als die Brügger Kanäle.

10

Zu dieser Zeit kamen Cornelis' Wandteppiche aus Arras in Brügge an. Das Geschäft wurde abgewickelt, wie mit dem Italiener verabredet. Alles verlief reibungslos. Nun wartete der Händler ungeduldig auf die Ankunft der venezianischen Galeeren. Er nutzte die Zeit, um Beschuldigungen gegen Johann de Worde auszusprechen. Er erhob Klage gegen ihn, die Zollfreiheit des Hafens genutzt zu haben, um mit Hilfe der Hansekaufleute widerrechtlich Wolleinfuhren zu tätigen. Er verlangte, dass Johann mit Strafzoll belegt würde, und beantragte seinen Ausschluss aus dem Berufsstand. Die Beamten konnten Johann de Worde trotz vieler Indizien keine ungesetzliche Zusammenarbeit mit den Osterlingen nachweisen. Das nunmehr ferne Kontor war für eine Überprüfung durch Brügger Beamte nicht mehr zugängig, auch nicht, als man es später weiter nach Utrecht verlegte. De Worde kam ohne Strafe davon und hatte endlich mal das letzte Lachen auf seiner Seite.

Einige Tage nach dem erfolglosen Abschluss der Überprüfungen traf Cornelis Mijnheer Johann im Wirtshaus Ter Beurse. Der Rivale sah ihn spöttisch an, lachte sarkastisch und sagte zu ihm: »Nun musstet Ihr es ja erleben, unbewiesene Behauptungen beachtet die Obrigkeit nun mal nicht! Ihr habt nur Euch und mir viel Ärger und Mühe bereitet. Euer Ruf ist beschädigt. Ihr geltet nun stadtweit als Querulant.« Nochmals laut lachend drehte er ab und Cornelis schwoll der Kamm vor Wut rot an. Warte nur, bis ich wieder flüssig bin, dachte er grimmig.

Für ihn wurde das Warten auf die venezianischen Schiffe schier unerträglich. Er wollte endlich wieder finanziell ins Reine kommen.

Die ersten Septembertage waren schon verstrichen. Die meisten Menschen in Brügge erwarteten, wie er, sehnlichst die Ankunft der Galeeren.

Zwei an der Zahl würden es sein. Die Bürger freuten sich schon auf das große Fest, welches mit dem Eintreffen der Schiffe verbunden war. Es war gute Sitte, dass der Herzog oder sein Schatzmeister Pierre Bladelin bei der Ankunft ein Festbankett ausrichteten, denn die Schiffe waren für den Herzog von wirtschaftlicher Bedeutung. Er erhielt immerhin ein Handgeld von zweihundert Pfund pro Schiff. Dafür gewährte er den Venezianern im Gegenzug das Privileg, fünfundvierzig Tage nach der Landung ungehindert in der Region Handel zu treiben.

Das jährliche Fest wurde natürlich nur für die Honoratioren gegeben. Aber auch dem einfachen Volk bot man, wie jedes Jahr, Jubel, Trubel, Heiterkeit in allen Straßen und Gassen. Nur für einige wenige Glückliche bedeuteten die Schiffe Rendite und Gewinn. Der Teufel schiss immer wieder auf den gleichen Haufen! Cornelis' Wunschvorstellung war dieses Jahr viel bescheidener. Er musste sich mit Hilfe des Teppichverkaufs sanieren!

Im venezianischen Handelshaus am Beursplein bekam man am frühesten Gewissheit über den Ankunftstag der Schiffe. Als der fest stand, dankten alle italienischen Kaufleute in einem Gottesdienst im Augustinerkloster für den Segen, der über der Ankunft lag, und baten, dass bis zum Schluss alles gut ginge.

Kaum hatte sich die Tatsache der Landung herumgesprochen, machten sich tausende Schaulustige mit Booten, Pferden oder zu Fuß auf den Weg nach Sluis.

Die Kaufleute selbst schlossen sich diesem Trubel nicht an. Sie warteten, stolz bis die Ware auf Lastschiffen zur Waterhall in Brügge gebracht wurde. Erst dort gedachten sie, in Ruhe zu wählen und zu kaufen. Cornelis sah das anders. Er wollte nicht kaufen, sondern verkaufen! Deshalb zog es ihn so schnell als möglich nach Sluis.

Die Schiffe kamen mit aufgeblähten Segeln in Sicht. Erst kurz vor der Landzunge von Sluis wurden sie eingeholt. Danach verließen sich die Kapitäne nur noch auf die Ruderer. Mit gleichmäßig klatschenden Ruderblättern zogen sie schnurgerade ihre Bahnen bis zu den zugewiesenen Liegeplätzen hin. Auf den Schiffen spielte laut Musik. Trommler, Pfeiffer und Trompeter tönten um die Wette. Auf den Flaggen der mächtigen Kolosse prangten die Wappen der Kommodore. Einer der beiden mächtigen Männer zeigte sich sogar an der Reling und hatte dabei ein Seidenäffchen auf der Schulter.

Die Schiffe hatten einen weiten Weg hinter sich. Die Adria hinab über Korfu und Otranto, mit Zwischenstopp auf Sizilien, den Stiefel wieder hinauf bis Neapel, über das westliche Mittelmeer nach Mallorca, zur Küste Nordafrikas, danach zurück nach Spanien und Portugal und wieder hinauf bis in den Ärmelkanal waren sie gesegelt und gerudert.

Sie kamen dieses Mal spät im Jahr und mussten deshalb wohl oder übel über den Winter in Sluis vor Anker bleiben. Da blieb genug Zeit zum Schachern und Feilschen, aber auch für allerlei Dienstleistungen durch die Bevölkerung.

Fast vierhundert Seeleute brauchten Logis, Kost und Vergnügen. Keinen nahm es wunder, dass es bald in den Bordellen unruhig werden würde. Auf beiden Schiffen zusammen wohnten immerhin so viel Menschen wie in einem kleinen Dorf. Jeweils um die hundertachtzig Ruderer, fünfundzwanzig Bewaffnete, meist Bogenschützen, Zimmerleute, Köche, Ärzte und selbst Rechtsgelehrte lebten darauf. Die Kapitäne führten ein strenges Regiment. Nur so ließ sich in der Enge der Kajüten die Disziplin aufrechterhalten.

Brügges Bürger freuten sich auf die Abwechslung in den kalten Monaten. An den Wochenenden würde es von der Stadt her über den Fluss mit geschmückten Booten Ausflugsfahrten geben. Erst am späten Abend und nach gehörigem Alkoholgenuss würde es im flackernden Schein der Fackeln durch das Dammer Tor in die Stadt zurückgehen, nachdem man sich an den Schiffen satt gesehen und vielleicht das ein oder andere schöne Stück erstanden hatte. Irgendwann würden die Bürger genug gesehen haben, dann würde der Trubel wie von selbst wieder nachlassen. In den verbleibenden ruhigen Wintermonaten würden die Matrosen die Schiffe dann ausbessern. Sie würden Müßiggang pflegen und ihre Heuer, oft bis auf den letzten Heller, verhuren. Manche der leichtlebigen Frauen würde sich in der kalten Liegezeit die englische

Krankheit holen. Viele der Matrosen hatten sich nämlich in den Häfen der Welt die Krankheit der Liebe eingefangen, und so war abzusehen, dass spätestens nach neun Monaten eine gehörige Zahl Kinder mit roten Flecken am Leib geboren wurde.

Im Kreis der unternehmungslustigen Schiffsbesatzung fühlte sich Jan besonders wohl. Er liebte ihr Geprahle über köstlich runde Weiberhintern und das Schwärmen über lose Worte aus geilen Frauenmündern. Die Zeit erschien Jan reif, diese sündige Chose selbst einmal auszuprobieren! Er fand immer öfter Ausflüchte für seine Abwesenheit vom Kontor. Selbst bei Wind und Wetter meldete er sich freiwillig für jeden Weg nach Sluis. Er wollte mit den Matrosen zechen, ihren blutrünstigen oder geilen Geschichten lauschen und die Knobelbecher rühren. Bald waren ihm die Bordellhäuser nicht mehr fremd. Für dauerndes Lotterleben mangelte es ihm allerdings an genügend Geld.

Als Cornelis den Hafen von Sluis erreichte, bewegten sich über den Schiffen schon auslegende Kranarme hin und her. Sie schwenkten vom Schiff weg oder zu ihm hin und trugen die Ware ächzend unter der Last auf die Mole. Von dort ging es mit Karren und Kiepen in die wartenden Frachter oder Fuhrwerke.

Cornelis rief dem Melder an Bord sein Begehren zu. Der Mann nickte nur, er wusste, der Brügger Kaufmann wurde erwartet.

Cornelis bewegte sich das Reep hinauf an Bord, als wäre es für ihn eine Alltagsbeschäftigung. Ein Offizier begrüßte ihn schneidig und führte ihn zur Kajüte des Kapitäns.

Der reich bestickte Samtvorhang zur Kabine des Kommodores war geöffnet. Cornelis wurde also wirklich erwartet. Ein flaches Samtbarett, eine Joppe aus nachtblauem Seidenmoiré und glänzende Schnallenschuhe nach neuester Mode wiesen den Kapitän als ein Mitglied der reichsten venezianischen Familien aus. Nur solche Männer wählte der Senat Venedigs als Schiffsführer aus.

Bald saßen die Männer zusammen bei einem guten Roten und etwas Käse in ein Gespräch vertieft. Zunächst sprachen sie über Gott und die

Welt, doch dann kamen sie auf das für Cornelis Wichtigste zu reden, auf das Teppichgeschäft.

Der Flame hatte bewusst darauf gewartet, dass der Kommodore von sich aus darauf zu sprechen kam. »Ich hoffe, die Bildnisse auf den Wandteppichen entsprechen der diesjährigen Mode und dem Geschmack in unserer Heimatstadt«, begann der Italiener. »Die Herrschaften bevorzugen keine christlichen Motive mehr, sondern sie lieben Bilder aus alten Sagen, Jagdmotive und Heldenkämpfe.«

Cornelis war erleichtert. Damit konnte er dienen! »Dieser Geschmack trifft auch die Stimmung am burgundischen Hof«, erwiderte er froh. »Der Herzog liebt die Jagd und auch die alte Geschichte.« In blumigen Worten schilderte er die Abbilder auf den Tapisserien, die er liefern würde. Der Kapitän nickte zufrieden. Man sah ihm die Neugierde an, wie die gewebten Kunstwerke wohl in Wirklichkeit ausschauten. So nahm es nicht wunder, dass man bald schon über die Bedingungen der Auslieferung und Bezahlung sprach. Recht schnell danach nahmen sie Abschied voneinander. Der Herr des Schiffes hatte noch viel zu tun und wollte natürlich durch vermeintliche Zeitnot auch noch seine Wichtigkeit betonen. Letzte Einzelheiten über den Lieferzeitpunkt sollten auf dem Fest im Hause Bladelin geklärt werden, beschlossen sie. Es war ein gutes Gespräch gewesen. Beide Männer waren zufrieden.

In diesem Jahre richtete Mijnheer Bladelin den großen Empfang aus. Er sollte am dritten Tag nach der Ankunft der Schiffe stattfinden. Cornelis freute sich darauf, dort doch noch alles zu einem guten Ende zu bringen. Es war ein beruhigendes Gefühl, sich diesem so wichtigen Geschäft bald gewiss zu sein.

Als er die Eingangspforte zum Hof passiert hatte, wähnte er sich auf dem Innenhof eines italienischen Palazzos. Zierliche Säulengänge in hellem, ockerfarbenem Mauerwerk und zarte Ranken aus Stuck versetzten die Besucher in eine mediterrane Welt. Im Innenhof spielte auch noch ein nach italienischer Mode gekleidetes Trio auf. Lustige Lautenklänge hallten unter den Arkaden wider und verlockten die Gäste, sich im Takt mitzuwiegen. Die bauchigen Körper der Lauten lagen in den Schößen der drei Spielleute. Gespreizte Finger rutschten über die Griffbretter. Daumen und Finger der anderen Hände zupften die fröhlichen Melodien und hauchten dem Innenhof südliches Savoir vivre ein. Pagen in engelsgleichen weißen Seidenhemdchen boten auf silbernen Tabletts Wein und andere Erfrischungen in bunten Kelchen dar. Viele wichtige Leute stolzierten herum, grüßten höflich und parlierten miteinander.

Unter den Arkaden war ein üppiges Buffet aufgebaut. Galeeren in Silber, Glas, Porzellan und sogar aus Brot wiesen als Behältnisse für erlesene Speisen auf den Anlass der Feier hin.

Die beiden Kapitäne waren natürlich Mittelpunkt des Abends. Alle Welt drängte sich um sie. Es dauerte seine Zeit, bis Cornelis sich zu ihnen vorgearbeitet hatte. Lustlos und voller Ungeduld bediente er sich bis dahin an den Speisen und tauschte unkonzentriert Worte mit minder wichtigen Personen.

Plötzlich entdeckte er Sir William. Verärgert runzelte er seine Stirn, als er in dessen Begleitung seinen Sohn Pieter sah. Der englische Gentleman begrüßte Cornelis mit Überschwang. Bald musste der sich anhören, wie gut sich sein Sohn in Sir Williams Diensten machte. Nichts hörte er weniger gerne als das, doch er zeigte gute Miene zum bösen Spiel und schenkte Pieter sogar einen kurzen nickenden Gruß.

Dieses Zusammentreffen verdarb dem Kaufmann seine gute Laune. Er konnte sowieso schon keine Freude an der Schönheit und Ästhetik des Festes finden, bevor alles geregelt war, und nun auch das noch! Warum hörte er nicht wenigstens einmal gleich Positives über Jan sagen! Es war wirklich verflixt.

Als er endlich alles Notwendige mit dem Kapitän geklärt hatte, war ihm die Lust zu feiern längst vergangen. Er verließ sofort das Fest und machte sich griesgrämig auf den Weg nach Hause zurück.

Auf dem Rückweg gingen ihm Sir Williams anerkennende Worte über Pieter durch den Kopf. Über Jans Tüchtigkeit konnte er nichts Vergleichbares sagen! Setzte er vielleicht doch auf das falsche Pferd? War Pieter der bessere der beiden Zwillinge? Schnell gab er diese Gedankenspiele wieder auf. Pieter hatte nun einmal Mareikes Tod verursacht, und das konnte er ihm nicht verzeihen. In ihm konnte nichts Gutes stecken. Tatsache blieb aber auch, dass sich Jan an diesem wichtigen Abend zum wiederholten Male vor seinen Pflichten gedrückt und an der Feier nicht teilgenommen hatte. Wahrscheinlich zechte und spielte er wieder irgendwo. Von dieser Schwäche wurde inzwischen überall geredet.

Schon am nächsten Morgen konnte Cornelis die Wandteppiche ausliefern und mit dem Erlös seine Verpflichtungen gegenüber Arnolfini erfüllen. Noch vor Mittag war er bei seinem Kreditgeber aus der Kreide. Für ihn blieb genug Geld übrig für bescheidene neue Geschäfte. Die mit dem Kapitän vereinbarte Lieferung weiterer Teppiche für das nächste Jahr würde mit ihrem Ertrag seine wirtschaftliche Gesundung weiter voranbringen. Die Welt sah wieder recht rosig aus.

Cornelis hatte sich mit dem Kommodore für die neuen Teppiche auf Motive aus dem Leben von Alexander dem Großen geeinigt. Er hatte den Italiener belehrt, dass Alexander das Vorbild des Prinzen Karl war. Karls Geschmack gehörte die Zukunft. Die Wandteppiche würden in Venedig mit Sicherheit großen Anklang finden.

11

Der hundertjährige Krieg zwischen England und Frankreich endete 1453 mit der Schlacht von Castillon und dem totalen Sieg des französischen König Karls VII. Alle englisch beherrschten Territorien in Frankreich hatte er zurückerobert – außer der Hafenstadt Calais. Der Alpdruck der englischen Bedrohung war endlich überwunden. Nun konnten sich in Flandern die Städte behutsam wieder um nähere Wirtschaftskontakte zur britischen Insel bemühen. Ihr Vasallendienst für Karl war beendet. Das Jahr 1453 brachte aber auch großen Kummer über den allerchristlichsten Herzog von Burgund. Konstantinopel wurde von den Türken eingenommen! Auf der Hagia Sofia wehte fortan das Banner des Propheten. Herzog Philipp tat alles, um den französischen König zu einem Kreuzzug gegen die Ungläubigen zu bewegen, doch Karl verweigerte sich, denn er traute sich nicht fort aus seinem krisengeschüttelten Reich. Philipp selbst wurde ebenfalls bald durch den Aufstand des mächtigen Gent in Anspruch genommen. So blieb der Kreuzzug ein unerfüllter Wunschtraum.

In der Familie van der Weyden sorgte Jan ein weiteres Mal für Aufregungen und tief greifende Veränderungen. Dieses Jahr lagen die Karnevalstage mitten im Februar. Ganz Brügge fieberte den ausgelassenen Festtagen entgegen. Nach ihnen begannen schließlich die Fastentage. Man durfte davor bei dem bunten Verkleiden und den lustigen Umzügen noch ein letztes Mal richtig Spaß haben. In diesen Tagen riefen überall in den Straßen und Gassen Attraktionen zu ungeteiltem Frohsinn auf. Enge Grenzen, in denen sich sonst das gesellschaftliche Leben abspielte, wurden von den Menschen straflos überschritten.

Das Wetter am Karnevalsmontag war dieses Jahr kalt, aber heiter. Die gesamte Stadt hatte sich mit bunten Fahnen herausgeschmückt. Überall auf den großen Plätzen waren Buden aufgebaut und lockten mit Spezereien.

Ein Meer von Wachskerzen erhellte die Nacht und tat alles dazu, diese Verlockungen im Glanze ihres Lichtes gut zu präsentieren.

Zum Schutz vor der Kühle des Abends wärmten sich Budenbesitzer und ihre Gehilfen an knisternden Kohlepfannen. Das lange Herumstehen hinter den Ständen hatte ihre Körper ausgekühlt, auch wenn sie noch so dick eingemummt waren.

Es roch in der Luft nach kandierten Mandeln, Pfefferkuchen, heißem Früchtetee und Bratäpfeln. Auch warme Suppen und Fleisch- und Fischspeisen aller Art waren im Angebot. Man fand beim Flanieren in den bunten Kostümen einfach alles, was das Herz begehrte.

Die Dunkelheit war früh hereingebrochen. Der Umtrieb verlagerte sich mehr und mehr in die Wirtshäuser. Tavernen und Gasthäuser quollen über vor Menschen. Überall spielten Stadtmusikanten mit ihren Trompeten, Trommeln, Rasseln, Pauken, Flöten und Fiedeln die neuesten Lieder auf. Auf dem großen Marktplatz tummelten sich Gaukler. Sie warfen mit Messern, tanzten auf dem Seil, gingen auf den Händen und jonglierten mit Bällen und Tellern.

Anders als Pieter war Jan in diesem Trubel unterwegs. Er trug über dem Kopf eine Löwenmaske mit mächtiger Mähne aus beigen Wollzöpfen. Sein hoch aufgeschossener Körper war in einen gleichfarbigen Umhang gehüllt, an dem kleine silberne Schellen klingelten und nach Aufmerksamkeit riefen. Jan hatte den Nachmittag mit einigen Soldaten im Wirtshaus verbracht und gewürfelt. Er hatte seine letzten Pfennige verspielt und ging nun ziellos durch die Straßen. Auch wenn er kein Geld mehr hatte, der Tag durfte für ihn noch nicht vorbei sein! Er wollte noch etwas erleben, auf jeden Fall das große Karnevalsfeuer und das Feuerwerk um Mitternacht betrachten.

Ein kleines Pergamentröhrchen in seiner Hosentasche stach ihn in den Oberschenkel und erinnerte ihn daran, was er auch noch zu tun gedachte. Mit diesem Pergament hatte es so seine Bewandtnis. Es enthielt für irgendein Weib eine kleine schriftliche Aufforderung zur gemeinsamen Kurzweil. Einer jungen Frau mutig entgegengehalten, versprach es an diesen ausgelassenen Tagen einige schöne Stunden mit der Auserwählten. Solche Liebesnachrichten zu verwenden war nur an Karneval erlaubt und gang und gäbe. Jan hatte vor, das Pergamentröllchen heute zu verwenden. Seine Augen gingen suchend über die Menschenmenge hin. Dann sah er ein junges Weib. Diese Frau schien ihm die Richtige zu sein. Sie ging wie er allein und hüpfte ausgelassen über die Pflastersteine auf ihn zu. Sie hatte ein schwarzes Käppchen mit zwei kleinen spitzen Ohren an den Seiten auf und trug über ihrem Gesichtchen eine zierliche Katzenmaske aus ebenfalls schwarzem Tuch. Die langen Barthaare, die daran angebracht waren, zitterten bei jeder Bewegung. Wenn bei ihren ausgelassenen Sprüngen ihr Umhang auseinanderging, trat eine hübsche Figur zutage. Sie gefiel Jan und reizte ihn mächtig. So wie die Kleine sang und sprang, hatte sie bestimmt gut gezecht, wahrscheinlich den schweren, süßen Malvasierwein!

Jan war wild entschlossen, die Kleine für sich einzufangen. Er trat ihr in den Weg und hielt ihr mit einer possierlichen Verbeugung das Pergamentröllchen entgegen. Die Jungfer lachte hell auf, griff nach dem Papier und zeigte sich seinem Werben nicht abgeneigt. Jan fasste sie um die Taille und drückte sie an sich. Ihr Mund war leicht geöffnet und kleine weiße Zähne blitzten in ihm. Jan roch den Duft süßen Weines. Seine Begierde wuchs. Er gab ihr einen schmatzenden Kuss auf den offenen Mund und kitzelte sie dabei leicht mit seiner Zunge. Dann flüsterte er in ihr rechtes Ohr: »Für heute seid ihr mein, schöne Mieze!«

Die Kleine lachte erneut silberhell und schmiegte sich zum Zeichen ihres Einverständnisses wohlig an ihn. Da wollte der gierige Löwe nicht lange fackeln. »Schönes Kätzchen«, gurrte er, griff nach ihrer Maske und zog sie ihr vom Gesicht. Was für eine Überraschung, es war Barbara, die Magd aus dem eigenen Haushalt! Da schob auch er seine Maske herauf und gab sich zu erkennen. »Barbara«, lachte er. »Komm, lass uns Spaß miteinander haben.« Er griff heftig nach ihrem vollen Busen. »Lass mich«, antwortete sie erschrocken. Doch unter dem Einfluss des vielen Weins währte ihre Gegenwehr nicht allzu lang. »Ich lass dich«, lachte er, packte sie an den Handgelenken und schob sie drängend in eine Toreinfahrt, die von einer Lampe nur spärlich ausgeleuchtet war. Unter dem Torbogen machte er sich wieder an ihren Brüsten zu schaffen und stemmte ihr ein Knie zwischen die Schenkel.

Barbara wand sich unschlüssig unter seinen Händen. Er ließ nicht locker. Bald riss der Stoff ihres Gewandes und ihre Brüste lagen frei. Sie waren weiß und schwer. Sein Atem ging schneller. »Hör auf damit, sonst rufe ich um Hilfe«, protestierte sie noch einmal halbherzig. Jan scherte sich nicht um diese Drohung. Er schob ihren Rock in die Höhe, suchte ihre Öffnung, und als sie sich wiederum unter ihm wand und sogar kratzte, flüsterte er anzüglich: »Meine kleine Wildkatze, du bist mir eine!«

Sein Glied war inzwischen angeschwollen und drängte hart gegen den Hosenlatz. Er ließ es an die Luft. »Der Spatz ist draußen«, sagte er. »Fang ihn!« Dann stieß er zu. Sie schrie leise auf, und er hielt ihr im Reflex die Hand auf den Mund. Bald raste er in ihr wie ein wildes Tier, ganz ohne jede Zärtlichkeit. Er presste sie dabei fest an die Hauswand, um bei seinen Stößen besser Widerstand zu fühlen.

Ihr Atem ging rasch und keuchend. Er zeigte, dass auch ihr Körper sich langsam animalisch erregte. Seine Finger kniffen so fest in ihre Brustwarzen, dass sie aufschrie. Tränen stiegen ihr in die Augen. Ihm gefiel das, und so kam er und ergoss sich in ihr.

Sein Glied war feucht, als er es herauszog. Er wischte es mit einem Taschentuch ab, bevor er es wieder hinter den Latz gleiten ließ. Im Lichte der Torlampe sah er, dass das Taschentuch mit Blut besudelt war. Ich war also der Erste, dachte er triumphierend. Seine Rechte glitt ihre Schenkel entlang bis hin zum lockigen, dicken Pelz ihrer Scham, um das noch einmal zu berühren, was er gerade als Erster besessen hatte. Sein Atem wurde aber schon wieder ruhig und so ließ er schnell von ihr ab.

Willen- und sprachlos hing sie in seinen Armen. »Das war nur die Vorspeise. Für das Hauptgericht weiß ich einen besseren Platz«, sagte er zu ihr und lachte leise. Ihm hatte das schnelle Spielchen gefallen und er dachte an mehr. Mit trunkenem Blick schaute Barbara ihn an und fragte angstvoll: »Magst du mich denn wenigstens ein bisschen?« Das dumme Huhn träumt wohl von Zärtlichkeiten, dachte Jan amüsiert. Laut antwortete er ihr allerdings: »Warum sollte es mich denn sonst noch einmal nach dir verlangen?« Das machte die Törichte fast glücklich.

Er hakte sie unter und zog sie auf die Straße zurück, wo sie beide bald vom Trubel der anderen umfangen wurden. »Lass uns erst einmal an der Janbrücke das Karnevalsfeuer sehen. Das wird dich schnell wieder auf warme Gedanken bringen. Dann führe ich dich an einen gemütlichen Ort«, redete er auf sie ein. Barbara ließ alles mit sich geschehen.

Bald standen sie eng umschlungen unter der Brücke und schauten zu dem alten Lastkahn hinüber, der für das Feuerwerk präpariert worden war. Das Schiff war mit Teerfässern beladen, und einige Männer machten sich daran zu schaffen, sie anzuzünden. Mit großer Geschwindigkeit stieg eine hohe Lohe gen Himmel. Der Teer in den vor Hitze berstenden Fässern stank fürchterlich. Teerbrocken flogen auf und es knallte wie Schüsse in der Glut. Ein sprühender Feuerregen senkte sich auf die Oberfläche des Kanals. Die junge Magd schmiegte sich in Jans Arm und sah dem Schauspiel fasziniert zu. Ihr wurde warm ums Herz.

Jan wurde dieses lange Herumstehen schnell langweilig. Außerdem fühlte er, dass er wieder bereit für sie wurde. Er wollte mit der Kleinen in eine Herberge gehen, die er von den Soldaten kannte, und wo er auf Pump für ein Schäferstündchen mit ihr bleiben konnte. Das Haus war ganz in der Nähe. Barbara folgte schließlich seinem Drängen.

Der schmierige Wirt musterte das Mädchen lüstern und führte das ungleiche Paar die Stiegen hinauf in eine schmutzige Dachkammer, die Jan schon von anderen Techtelmechteln her kannte. Er löste Barbaras Zopf und fuhr mit seinen Fingern grob durch ihre Haarsträhnen. »Ich will dich«, sagte er bestimmt. Sie hatte nur ein kindliches Kichern als Antwort für ihn. Ihr Gesichtchen glühte von der Kälte draußen und dem vielen getrunkenen Wein. Sie ist eingeritten, dachte er in Erinnerung an das erste Mal, ich kann sofort zur Sache kommen. Er packte sie an der Hand und zog sie zum Bett. Sie folgte ihm ohne jede Gegenwehr und legte sich willig in die Kissen. Er rückte neben sie und griff nach ihr. Erst jetzt merkte er, dass sie ein grobes Unterkleid trug. Daran kratzt man sich ja die Haut auf, dachte er angeekelt und riss es ihr vom Leib.

Sie roch leicht ranzig. »Ein wöchentliches Bad, wie Marguérite es nimmt, könnte auch dir nicht schaden, meine Süße«, sagte er spitz. Sie nahm es nicht krumm, sondern lachte sogar. »Ich gehör doch nicht zur Herrschaft«, meinte sie nur. Jan musste grienend an seine Heldentat während Marguerites Badetag denken. Er zerrte an den Bändern von Barbaras Oberteil, bis es zu Boden fiel. »Bitte ruinier es mir nicht, es ist mein bestes«, hörte er sie zaghaft sagen. Da waren die Bänder schon gerissen. Seine Zunge spielte über ihren blanken Körper. Barbara warf nun all ihre Bedenken und Ängste ab und stöhnte vor Verlangen und Lust. Ihre Hüften bäumten sich ihm entgegen. Eigentlich schätzte er eine erfahrene Buhle für das Liebemachen bei weitem mehr. Sie musste ein loses Mundwerk haben, derbe Sprüche machen und mit Zoten nicht sparen. Das regte ihn besonders an. Barbara war völlig unerfahren und ihm nur stumm ergeben, stellte er enttäuscht fest. Er nahm sie deshalb wieder schnell und hart, ohne jegliche Finesse. »Bitte nicht so fest! Ich sterbe! Habt Erbarmen!« Doch ihr Flehen stachelte seine Grausamkeit nur an. So schnell wie er sie nahm, kam er auch zum Ende, nur auf sich selbst bedacht und ohne Zuwendung für sie.

Als sein nasses Glied über ihren Bauch schleifte, als er sich von ihr wegrollte, mochte Barbara gar nicht glauben, dass dies schon alles gewesen war. »Wir müssen uns sputen, sonst wird die Chose zu teuer für mich«, verletzte Jan ihre Gefühle noch mehr. Das Mädchen war mit einem Mal nüchtern. Ihr wurde bewusst, was sie getan hatte. Sie war keine Jungfrau mehr!

»Ach Jan«, sagte sie und begann zu weinen. Der junge Mann blieb zu ihr rücksichtslos. »Mach schon«, herrschte er sie an, »oder willst du halb nackt auf die Straße gehen?« Er hatte zwischenzeitlich seine Kleidung gerichtet und sogar seine Maske wieder aufgesetzt. Er wollte Barbara deutlich machen: »Nun bin ich nicht mehr dein Jan!« Barbara fühlte sich klein und hässlich und tat es ihm mit dem Anziehen traurig nach.

Bald standen sie auf der Straße. Jan verabschiedete sie wie eine Stute mit einem Klaps auf den Po. »Bis morgen, meine Süße, wenn du mir das Frühstück bringst. Ich hoffe, du tust es zärtlicher als bisher.« Er lachte selbstzufrieden und machte sich von dannen.

Barbara eilte unter Tränen nach Hause. Ein bisschen tröstete sie, dass sie niemand so zerlumpt heimkommen sah.

Nachdem sie das erste Mal das Laken geteilt hatten, beanspruchte Jan regelrecht ein Besitzrecht an ihr. Er bediente sich an ihrem drallen Leib selbst in der Fastenzeit, so oft ihm danach war. Barbara hatte nicht die Kraft, sich ihm zu widersetzen, und hoffte insgeheim, dass bei Jan doch ein wenig Liebe mit im Spiel war. Ihre Hoffnung war natürlich ein schlimmer Trugschluss, aber sie hatte ja keinerlei Erfahrung mit Männern. Jan hätte nur gelacht, wenn er von ihren Träumereien gewusst hätte.

Jan hatte sich an diesem Abend früh in seine Kammer zurückgezogen. Die Nacht zuvor war lang gewesen. Er hatte mit seinen Kumpeln gewürfelt, gescherzt und getrunken. An diesem Abend wollte er sich pflegen und wieder zu Kräften kommen. Es war still im Haus. Plötzlich hörte er an seiner Tür ein schüchternes Kratzen. Widerwillig ging er hin und öffnete. Draußen stand Barbara. Sie war ihm gerade in der letzten Zeit öfters zu Willen gewesen. Jan ahnte nichts Gutes. »Was willst du hier? Ich habe dich nicht gerufen«, herrschte er sie an, in der Hoffnung, sie damit abzuschrecken. Das Mädchen wirkte völlig aufgelöst. Dann begann es leise und ängstlich zu sprechen: »Mein Monatsblut bleibt aus. Ich glaube, ich trage Eure Frucht unter dem Gürtel.« Jan zuckte zusammen. Das durfte nicht wahr sein. Dann fasste er sich und zischte sie an: »Verschwinde, du Buhldirne! Ich habe dich bezahlt. Was schert mich dein plumper Leib? Wenn man deine Lasterhaftigkeit entdeckt, wird man dich auf dem Marktplatz auspeitschen.« »Ich erzähle alles Marguérite«, drohte Barbara mit verzweifelter Stimme. Sie merkte, dass sie Jan mit dieser Erwiderung am richtigen Nerv getroffen hatte. Sein Blick wurde verschlagen. Er biss die Zähne zusammen. Er durfte jetzt nicht die Nerven verlieren. Er überlegte einen Moment, dann antwortete er ihr mit Kreide in der Stimme: »Also gut, ich werde mich um dich kümmern. Aber wer sagt, dass du wirklich meine Brut ausbrütest? Du bist eine Schlampe«, versuchte er dann doch noch einmal, die Chose abzuwehren.

»Ich hatte nie einen anderen Liebsten«, erwiderte Barbara entrüstet. Ihre Stimme klang vor Aufregung schrill. Doch schnell fiel sie wieder in Demutshaltung zurück. Die junge Frau begann geräuschvoll zu weinen. In Jan kam Panik auf. Keiner durfte Barbara so hören. Schnell drückte er ihr seine Hand auf die Lippen und flüsterte ihr ins Ohr: »Also gut, ich hatte es doch schon versprochen. Ich werde dir helfen. Ich kenne einen Doktor, der dir den Bankert wegmachen wird. Wir werden morgen Abend zu ihm gehen. Danach wird alles so sein, als wäre nie etwas zwischen uns gewesen. Vertrau mir.« Barbara sah ihn durch einen Tränenflor bekümmert an. Sie wusste nichts zu erwidern. Sie nickte gottergeben, drehte sich um und verschwand still im Dunkeln.

12

Der nächste Tag verging schnell. Zwei junge Menschen im Hause van der Weyden erwarteten den Abend mit unterschiedlichen Gefühlen.

Als die Dunkelheit einsetzte, gab Jan mit seinen Augen Barbara ein Zeichen. Sie verstand ihn sofort. Er verließ das Haus und wartete auf sie bis zur Unkenntlichkeit verhüllt von einem Kapuzenmantel an der nächsten Straßenecke. Bald kam auch sie heraus und schaute sich suchend nach ihm um. Sie war ebenfalls fest eingehüllt in ihren derben Umhang. Jan gab ihr ein Zeichen, und sie kam auf ihn zu. Der Wind pfiff garstig um die Häuser. Es war höchst ungemütlich. Laub wurde vom Fahrweg hochgewirbelt und tanzte in Spiralen durch die Luft. Jan fluchte leise vor sich hin. Es war mehr als ärgerlich, in einer solchen Nacht wegen dieser dummen Kuh vor die Tür zu müssen. Barbara schritt mit gesenktem Haupt hinter ihm her. Ihre Zähne klapperten vor Kälte aufeinander. Sie hielt ihren Umhang fest geschlossen. Es war ihr, als steckte ein Kloß in ihrem Hals. Sie hatte schreckliche Angst. Was wird nun mit mir geschehen?, fragte sie sich. Eine neuerliche Windböe ließ sie erschaudern. Ein Mann huschte an ihnen vorbei. Es war ein Dienstmann aus dem Nebenhaus. Er erkannte sie trotz ihrer Umhänge und grüßte Jan ehrerbietig. Jan ärgerte sich fürchterlich darüber, dass sie gesehen und erkannt worden waren. Barbara musste die ganze Zeit an den ihr bevorstehenden Eingriff denken und bat Jan flehentlich: »Kann ich das Kind nicht doch behalten? Hilf mir nur, aus Brügge zu verschwinden. Dann siehst du mich auch bestimmt nie mehr wieder.« »Es ist alles gesagt«, knurrte Jan sie böse an. Doch das Mädchen blieb stur. Da überkam den jungen Mann wieder einmal die unbändige Wut, die ihn selbst ängstigte, und die er nicht beherrschen konnte. Seine Hände umkrallten in dieser Rage Barbaras Hals. Er schob sie in einen Hauseingang, schüttelte sie und drückte und drückte. Das Mädchen kämpfte gegen die Umklammerung an. Doch plötzlich hörte es auf, sich zu wehren. Barbaras schmächtiger Körper sackte in sich zusammen und verharrte regungslos. Jan hielt inne. Er bückte sich und besah im schwachen Licht einer Ölfunzel ihren leblosen Körper. Eine böse Ahnung kam in ihm auf. Angst lähmte seine Glieder. Bald bestätigte sich seine Befürchtung: Barbara war tot! Sein Herz raste. Er starrte vor sich hin und dachte krampfhaft nach. Die Lösung war einfach: Barbara musste verschwinden! Immer wieder ertranken Menschen in Brügges Grachten. Warum sollte das nicht auch mit ihr geschehen? Er guckte sich um. Niemand war in der Nähe. Nebelschwaden verdeckten die Sicht. Man konnte keine zwei Schritte weit sehen. Nur wenn die Schwaden unter den Stößen des Windes aufrissen, gaben sie einen etwas weiteren Blick frei. Er wartete einen günstigen Augenblick ab, dann packte er die Tote unter den Achseln und schleppte sie in ihrem Umhang über die Straße. Auf der anderen Straßenseite floss das Wasser des Kanals. Schwer atmend erreichte er dieses Ziel. Er richtete sich auf und stieß den Leichnam mit den Fußspitzen unter den eisernen Streben durch, die eigentlich Schutz vor dem kalten Nass bieten sollten. Mit kräftigem Klatschen landete der leblose Leib auf der Wasseroberfläche und trieb trudelnd davon.

Jan wollte schnell weg vom Ort seiner Tat. Er wusste, dass Gruppen von »Hondeslagers« nach Einbruch der Dunkelheit streunende Hunde jagten. Ihre Felle, der Talg und das Fleisch brachten ihnen einen stattlichen Verdienst. Er wollte keinesfalls auf sie treffen. Er brauchte keine Zeugen. Angst hatte er auch vor den Stadtwachen. Sie kontrollierten jeden, der nach der Sperrstunde noch draußen war. Als er aus der dunklen Nacht auf sich zukommendes Bellen hörte, fürchtete er sich auch noch vor den Armenjägern, die mit ihren zum Töten abgerichteten Hunden durch die Gassen patrouillierten. Er sah auf einmal überall Verfolger und fühlte sich gehetzt. Doch Jan hatte Glück, ohne weitere Zusammentreffen kam er nachhause. Dort schliefen schon alle, und sein Kommen wurde von niemandem bemerkt, genauso wenig wie zuvor sein Fortgehen. Trotz seiner Untat schlief er fest bis in den Morgen. Als er erwachte, waren sofort wieder alle Sorgen und Befürchtungen gegenwärtig. Nach kurzem Überlegen verjagte er die Gespenster seiner Furcht. Für ihn war nur sein eigenes Leben und Wohlergehen wichtig. Dafür durfte er vor nichts zurückschrecken. Ein anderes Leben für dieses Ziel zu opfern war mehr als rechtens. Und nur das hatte er getan!

Bei Tagesanbruch fuhren Kadaverboote die Wasserwege ab und sammelten alles tote Getier ein, das im Wasser trieb. Es ergab sich so manch volle Fuhre. An diesem Morgen fischten die Männer auch einen menschlichen Körper heraus. Es war die Leiche einer jungen Frau. Die blutunterlaufenen Stellen an ihrem zarten Hals bewiesen, dass man ihr Gewalt angetan hatte. Noch bevor die Stadtpolizei hinzukam, hatten vorbeieilende Passanten die Tote erkannt. Es war Barbara, die junge Magd aus dem Haus des Kaufmanns Cornelis van der Weyden. Um die Mittagszeit war auf dem Tisch des Medikus ärztlich bestätigt, dass die Tote erdrosselt worden war, bevor sie der Mörder ins Wasser geworfen hatte.

Außerdem trug die Ermordete ein Kind unter dem Herzen. Allerlei Gerüchte nahmen ihren Anfang, und die Stadtpolizei begann mit Untersuchungen. Ein Offizier machte sich auf den Weg, um im Hause van der Weyden erste Befragungen der Bewohner vorzunehmen.

Es klopfte an Jans Zimmertür. Jan fuhr erschreckt in die Höhe und sah sich nervös im Raum um, als suche er ein Versteck, in dem er verschwinden konnte. Dann legte er sich in die Kissen zurück und zog die Decke über den Kopf, als könnte er sich darunter vor allem verbergen. Die Aufregung blieb und er überlegte fieberhaft, aber vergeblich, wie er fliehen könnte. Langsam resignierend beruhigte er sich etwas. Er ging zur Türe und öffnete sie mit finsterem Gesicht. Davor stand Marguérite und sah ihn forschend an. »Es ist etwas Schreckliches geschehen. Unten wartet ein Offizier der Stadtpolizei, um uns alle zu befragen.« »So«, antwortete Jan spitz. »Was soll ich da beitragen, wo ich doch noch bis eben geschlafen habe?« »Müßiggänger sind nicht ausgenommen«, fuhr die Begine ihm streng über den Mund. »Lass dir nicht allzu viel Zeit mit dem Ankleiden. Du wirst erwartet!« Sie drehte sich um und ging zurück nach unten.

Als Jan nach einiger Zeit herunterkam, war bereits die ganze Hausgemeinschaft im Wohnraum versammelt. Sein Vater saß in seinem angestammten Sessel und sah ihn vorwurfsvoll an. »Was lange währt, ist nicht immer gut«, begrüßte er ihn sarkastisch. Der Polizist stand kerzengerade und schnaufte ungnädig, als Jan hinzutrat. »Dann sind wir also endlich vollzählig?«, fragte er und sah dabei zu Cornelis hinüber. Der nickte nur. Mit eindringlicher Stimme fuhr der Gendarm fort: »Heute Morgen wurde eine junge Frau tot aus dem Kanal gefischt.« Er verschwieg zunächst, dass sie erwürgt wurde. »Unsere Nachforschungen haben ergeben, dass es sich um die Jungfer Barbara handelt, eine Magd dieses Hauses. Wer von Euch kann dazu etwas vermelden?« Es war so still im Raum geworden, dass man ein Blatt hätte fallen hören können. Die vorwitzige Maria sah sich kurz um und sagte trocken: »Ja, das kann stimmen, sie ist nicht unter uns.« Mit strengem Blick sah der Offizier über die versammelte Runde. Als keiner sich zu Wort meldete, fuhr er fort: »Die Arme ist nicht etwa ertrunken. Ein Mörder hat sie erdrosselt und danach in den Kanal geworfen!«

Laute Rufe der Bestürzung klangen durch den Raum. Aber immer noch meldete sich niemand zu Wort. Da ließ der Offizier die Katze endlich aus dem Sack: »Ein Dienstmann aus der Nachbarschaft hat die Jungfer letzte Nacht mit dem Sohn des Hauses vor der Tür gesehen.« Zwar schwiegen alle Anwesenden betreten, aber ihre Blicke richteten sich beredt auf Jan. Sie wussten, wie oft Jan Barbara lüstern mit seinen Blicken verfolgt hatte. Es war nicht auszuschließen, dass über die Karnevalstage mehr daraus geworden war. Dem Polizisten blieben die Blicke nicht verborgen und so wandte er sich an den jungen Mann: »Was habt Ihr dazu zu sagen?« Jan zuckte arrogant mit den Achseln. Dann fuhr er wütend auf: »Was wollt Ihr mir da anhängen? Was habe ich mit unserem Gesinde zu schaffen?« Seine Stimme wurde immer wütender, überschlug sich und schließlich hustete er erregt. Bevor der Schutzmann erwidern konnte, meldete sich Cornelis zu Wort: »Was soll die Verdächtigung eines meiner Söhne? Ich habe schließlich zwei davon und sie gleichen sich wie ein Ei dem anderen. Wenn einer nicht infrage kommt, dann ist es Jan. Er war bis tief in die Nacht bei mir im Zimmer. Ich habe ihm dort gründlich den Kopf gewaschen. So bleibt Euch wohl als Ziel nur der andere. Befragt ihn. Bei dem schert es mich auch nicht.« Eisig sah er zu Pieter hinüber. Jan hingegen würdigte er keines Blickes. Pieter fing den Blick seines Vaters erschrocken auf. Dessen Worte fuhren ihm wie ein Stich ins Herz. Er wurde käsebleich und stammelte entsetzt: »Klagt Ihr mich etwa an, Vater?« Cornelis blieb ihm die Antwort schuldig. Marguérites Herz stand kurz vor dem Zerspringen. Sie musste Pieter helfen, der war bestimmt kein Mörder!

Dann hörte sie schon ihre eigene Stimme zu seiner Verteidigung anführen: »Auch Pieter kann es nicht gewesen sein. Er war mit mir auf meinem Zimmer bis weit nach Mitternacht. Wir haben gemeinsam Brevier gelesen, in Vorbereitung auf den heutigen christlichen Festtag. Der Herr ist unser Zeuge.« Pieter sah sie entsetzt an. Ihr warnender Augenaufschlag hieß ihn jedoch schweigen. »Ach, dann liegt mir also ein zukünftiger Heiliger auf der Tasche. Da setzt wohl der Satan der Heiligen Mutter Kirche eine Laus in den Pelz«, spöttelte Cornelis und zeigte mit seiner Stimme Zweifel an der Aussage der Begine.

Den Polizisten verwirrte die doppelte Absicht, den beiden Brüdern ein Alibi zu geben. Er war auch enttäuscht, seinen Vorgesetzten nicht sofort einen Schuldigen präsentieren zu können. Mit müder Bewegung strich er sich über die Stirn. »Ob diese Beweise ausreichen, sollen meine Oberen entscheiden«, ließ er seinen Unmut erkennen, »oder hat noch irgendjemand etwas zu sagen?« Als das nicht der Fall war, verließ er mit kurzem Gruß den Raum. Alle konnten hören, wie er draußen verärgert die Haustüre ins Schloss fallen ließ. Für einen Moment kreisten bei jedem im Raum die Gedanken. Marguérite betrachtete Jan mit prüfendem Blick. Anklage schwang darin mit. Sie hatte eine feine Nase für Jans kriminelle Neigungen und war, trotz fehlender Beweise, überzeugt, dass nur Jan schuldig sein konnte. In jeder Familie gibt es einen Taugenichts, dachte sie verbittert. Wer das in der Familie van der Weyden war, wusste sie genau! Jan verfolgte ihre Regungen stumm und ohne Emotion. Ihn amüsierte am meisten, dass sein bärbeißiger Vater ihm geholfen hatte. Ein dummes Grienen trat in sein Gesicht. Er lässt jegliche Ehrfurcht vor dem vermissen, was Gott der Herr geschaffen hat, dachte die Begine wütend, als sie das sah.

Cornelis war mit dem Ergebnis seiner Intervention zufrieden. Er hatte wohl oder übel sein eigen Fleisch und Blut zu schützen. Einer von der Familie musste schließlich sein Unternehmen übernehmen und fortführen, wenn er in die Jahre kam. In Frage kam da nur Jan. Pieter war für ihn undenkbar. Ganz wohl war ihm bei diesem Gedanken allerdings nicht. Durfte er wirklich so weit gehen, einen möglichen Mörder zu schützen? Mit dieser Frage setzte er sich nicht weiter auseinander, sondern wandte sich zur Ablenkung anderen Dingen zu.

Das eingetretene Schweigen brach als Erstes die alte Köchin: »Man sollte ihm Engelwurz ins Essen tun. Vielleicht bewahrt ihn das künftig vor unzüchtigem Tun«, murmelte sie leise in sich hinein und vermied laut zu sagen, wen und was sie meinte. Alle, die ihr leises Gemurmel verstanden hatten, wussten aber Bescheid.

Pieter ordnete ebenfalls seine Gedanken. Für ihn war klar, dass er nicht der Mörder war. Also kam nur Jan infrage, Beweise hin, Beweise her. Mit einem Mörder wollte er aber nicht unter einem Dach wohnen, unter dem ihm zudem sein Vater keine Liebe entgegenbrachte. Er wollte weg aus diesem Haus. Er wollte sogar möglichst weit weg von Brügge. Er würde Sir William bitten, ihn bei sich aufzunehmen, um ihn bei seiner nächsten Reise mit nach England zu nehmen.

Marguérite ging völlig verzweifelt auf ihre Stube und suchte, was sie immer in solchen Lagen tat, Erbauung in ihren frommen Büchern. Bald fand sie eine Stelle, die ihr weiterhalf und etwas Trost spendete. Paulus schrieb an die Korinther:

Denn welcher Mensch weiß, was drinnen im Menschen ist,
als nur der Menschen Geist, der selber drinnen ist.

So ist es wohl, resümierte sie. Ich konnte Jan wohl wirklich nicht vor diesem Übel bewahren. Nur Gott und er selbst wussten, was in ihm ist. Wir unzulänglichen Menschen können das, was in einem anderen ist, nicht voraussehen oder gar berechnen, dachte sie und erkannte, dass sie keine Schuld an Jans vermuteter Untat traf.

13

Die Kämpfe um die Stadt Gent wurden inzwischen von Philipp hart und erbittert geführt. Schließlich mussten sich auch dort die wehrhaften Bürger dem Burgunderherzog geschlagen geben. Der Streit um Salz- und Getreidesteuern dauerte ganze drei Jahre. Am 23. Juli 1453 kam es endlich zur entscheidenden Schlacht an der Schelde: Die dreißigtausend Mann des Genter Stadtheeres mussten kapitulieren. Herzog Philipp ließ die Ratsherren im Büßerhemd vor die Stadt ziehen und um Gnade bitten. Danach akzeptierte Gent die Burgunderherrschaft dauerhaft.

Am 13. Februar 1457 gab es Nachwuchs im Hause Burgund. Karls Frau, Isabella von Bourbon, gebar ihm in Brüssel mit Maria eine Tochter. Sie sollte sein einziges Kind bleiben. Endlich war die ersehnte Erbin da!

Cornelis' Söhne Jan und Pieter waren mittlerweile mit neunzehn Jahren im besten Mannesalter, aber beide noch ungebunden. Jan führte noch immer sein Lotterleben, allerdings so gut es ging im Verborgenen. Sein Vater wurde immer unsicherer, ob er mit ihm wirklich den richtigen Nachfolger protegierte. Jan war nur selten im Kontor und sein Verhältnis zu Cornelis' Kontorleiter, Mijnheer de Bruyn, stand nicht zum Besten.

Pieter kam seinem Vater, wie der es verlangt hatte, fast nie mehr unter die Augen. Das Haus von Sir William war sein neues Heim geworden. Mit seiner Arbeit dort legte er seiner Familie nur Ehre ein. Marguérite, die treue Seele, hielt als Einzige Kontakt zu ihm und verfolgte seine Entwicklung mit dem Stolz der Ersatzmutter.

Im Jahr 1459 brach eine Schreckenszeit über Arras herein und legte bald die berühmte Teppichfertigung lahm.

Die Dominikaner, die Spürhunde der Inquisition, brachten einen Eremiten mit dem Vorwurf der Ketzerei auf den Scheiterhaufen. Vor seinem grausamen Tod bezichtigte der Einsiedler viele Einheimische der gleichen Sünde. Die Verhaftung der Beschuldigten folgte auf dem Fuße. Unter der Folter gestanden sie. Die Zahl der Untersuchungen wuchs wie ein rollender Schneeball zu einer Lawine an, die schließlich nicht mehr aufzuhalten war. Bald gab es sogar für die Häscher Leitfäden, wie man die Verhöre am besten zu führen habe, um schnelle Geständnisse zu erzielen. Das soziale Leben und die Wirtschaft in Arras brachen völlig zusammen. Nur noch Angst und Willkür herrschten in der gebeutelten Stadt. Kaufleute verloren ihren Kredit oder bekamen keinen neuen. Wurden sie als Ketzer entlarvt, konfiszierte »Santa Ecclesia« ihr gesamtes Habe.

Für Cornelis hatte das schwerwiegende Folgen. Ein besonders ertragreiches Segment seines Imperiums drohte wegzubrechen.

Herzog Philipp sandte seinen hochbetagten Beichtvater als Beobachter in die Stadt. Cornelis gelang es, Jan in dessen Tross als Beobachter unterzubringen. Der Kaufmann wollte Klarheit gewinnen, mit welchen Bedingungen auf Dauer gerechnet werden musste.

Jan folgte dem Befehl seines Vaters mit zwiespältigen Gefühlen. Zum einen war es ihm recht, für eine gewisse Zeit aus Brügge zu verschwinden, denn seine Spielschulden drückten ihn mächtig, und die Schuldner saßen ihm im Nacken. Zum anderen konnte er sich aber nichts Schlimmeres vorstellen, als mit Pfaffen über Land zu ziehen und den demütigen Christenmensch zu spielen.

Dem verdorbenen Mann gelang es auch dieses Mal nicht, die Erwartungen, die sein Vater in ihn setzte, zu erfüllen und die Lage in dessen Sinne zu erkunden. Er blieb nur bis Lille bei der Delegation. Dort hatte er von den Langeweilern genug. Ihn lechzte nach Knobelbecher und Wein. Vom Geld, welches ihm Cornelis für die Reise mitgegeben hatte, war noch reichlich vorhanden. Er setzte sich also von den Reisenden ab und frönte in der Stadt seinen gewohnten Lastern. Doch wie es nun einmal war, beim Spiel blieb der Teufel immer der Sieger. Bald war Jan gänzlich abgebrannt und konnte sich nur noch mit kleinen Diebereien und Betteln über Wasser halten. Ein solches Leben war der verwöhnte Sohn des reichen Brügger

Kaufmanns nicht gewohnt! Schnell wusste er sich keinen anderen Rat mehr: Er musste nach Brügge zurück!

Es war schon spät im Jahr, und das Wetter wurde immer schlechter, als er sich dazu entschloss. Es war kein Vergnügen, mittellos auf den Straßen zu reisen. Trotzdem blieb Jan nichts anderes übrig. Kurz vor den Weihnachtstagen erreichte er seine Heimatstadt. Dort kamen ihm Bedenken, so einfach an die Türe zu pochen. Fieberhaft suchte er nach glaubhaften Ausreden. Er durfte nicht länger zögern, es gab schon Frost in der Nacht. Außerdem wollte er die gnädige Stimmung des Christfestes für seine Rückkehr ins Vaterhaus nutzen. Er klopfte erst am späten Vormittag an die Pforte. Er war sich gewiss, dass der Vater um diese Zeit schon ins Kontor gegangen war, um zu arbeiten. Er behielt recht und traf daheim nur auf Marguérite. Das war ein Segen, an ihr konnte er seine Ausreden bestens erproben!

»Fieber und Husten haben mich in Lille schlimm erwischt«, erzählte er. »Ich musste in der fremden Stadt zurückbleiben. Fast mein ganzes Geld ging für bittere Arznei und Kosten des Doktors drauf. Allein habe ich mich noch halb krank und geschwächt auf den Heimweg gemacht. Auf der Straße wurden mir dann auch noch die letzten Groschen von Strauchdieben entwendet. Ich musste die restlichen Nächte im Freien schlafen und auf das Erbarmen guter Menschen hoffen. Hunger und Durst wurden meine Weggefährten.«

Marguérite ließ ihn nicht weitersprechen. Groß war ihr Mitleid. Sie glaubte ihm jedes Wort. Bei der lieben Frau bedurfte es dazu nicht einmal der gnädigen Stimmung des Weihnachtsfestes. »Verausgabe dich nicht, mein Junge. Ich lass heißes Wasser aufsetzen, damit du dich reinigen kannst. In deiner Kammer findest du frische Kleidung. Ich selbst werde dir in der Küche ein Mahl bereiten. Richte dich ordentlich her, damit dein Vater Freude an dir hat, wenn er heimkommt.«

Jan war mit der Wirkung seiner Geschichte zufrieden. Was wollte er mehr. Hoffentlich gelang es ihm, den Vater gleichermaßen zu überzeugen!

Als Cornelis zurückkam, erwartete ihn sein Sohn frisch gewaschen und gekämmt. Er trug reinliche Kleidung und sah aus, als könne er kein

Wässerchen trüben. Zu seinem Glück übernahm es die brave Begine, dem Vater seine schlimmen Erlebnisse zu erzählen. Marguérite tat es so rührselig, dass es nicht ohne Eindruck auf Cornelis blieb. Manchmal liefen ihr dabei sogar dicke Tränen über die Wangen. Cornelis wurde es beim Zuhören ungemütlich. Sollte er diese vertrackte Geschichte wirklich glauben? Erhebliche Zweifel plagten ihn. Er blickte Jan nur stumm an. An diesem Abend wollte er keine Entscheidung treffen. Stattdessen sagte er bitter: »Egal, was da war, du kommst zu spät für die von dir erwarteten Informationen. Von Kurieren aus Arras weiß ich bereits die ganze Wahrheit. Der Handel mit Wandteppichen ist zusammengebrochen. Uns hat ein böses Schicksal erneut gestraft.« Wohl schon wegen seines eigenen Seelenfriedens ließ er es auch an den nächsten Tagen bei diesen Worten bewenden. Der verlorene Sohn war nach Hause zurückgekehrt. Es wurde kein weiterer Umstand um ihn gemacht.

Zuerst hielt sich Jan ein wenig zurück. Zu viel Glück hatte er bei seiner Aufnahme gehabt. Er wollte es nicht weiter herauszufordern. Doch bald verfiel er in seinen alten Trott. Immer später schlich er sich nachts in seine Kammer, nachdem er Spielsucht, Rausch und Geilheit gefrönt hatte. Marguérite blieb das nicht verborgen. Sie geriet in Zweifel, ob es wirklich richtig gewesen war, so vehement Jans Sache vor Cornelis zu vertreten. Nicht zuletzt zur Beschwichtigung ihres Gewissens, mahnte sie Jan: »Je aufrichtiger der Mensch seine sündigen Taten und Gedanken bekennt, umso leichter werden sie ihm erlassen. So lehrt uns Ignatius von Loyola!« Jan hatte nur ein mitleidiges Lächeln für sie übrig.

Eines Abends als Cornelis mit Jan und de Bruyne zur späten Stunde noch im Kontor zusammensaß, ließ der Patron endlich heraus, über was er schon seit langem gebrütet hatte.

»Ich bin mir sicher, wir werden die Versandung des Zwin nicht aufhalten können. Da nützen die ganzen Arbeiten am Flussbett nichts. Der Seehandel unserer Stadt wird weiter zurückgehen. Antwerpen schiebt sich immer mehr in den Vordergrund. Der Handel mit Tapisserien liegt ebenfalls am Boden. Wir müssen uns nach einer anderen Einnahmequelle umschauen, Pieter. Auf mehreren Beinen steht es sich besser«, argumentierte er. »Hast du schon was im Sinn?«, fragte sein Kontorleiter zurück. »Die neuen großen Heringsschiffe, die jetzt das Meer vor unserer Küste abfischen, interessieren mich. Die Dänen haben den Sund bei Schonen fast leer gefischt und so stehen die Chancen für unseren Nordseehering jetzt gar nicht mehr so schlecht, auch wenn er lange Zeit als minderwertig galt. Zweihundertvierzigtausend Stück Hering fängt so ein Großschiff auf einer Tour!« »Fischereireeder willst du werden? Davon verstehst du doch gar nichts«, antwortete ihm de Bruyne besorgt. »Das braucht man auch nicht. Die Eigner der Schiffe sitzen fast alle an Land. Hast du einen guten Schiffsführer, der sein Geschäft versteht und eine tüchtige Mannschaft anzuheuern weiß, geht alles wie von selbst. Gegen eine stattliche Gewinnbeteiligung reißt sich dein Kapitän für dich den Arsch auf!« »Na gut, dann machen wir uns eben weitere Feinde. Wir haben wohl noch nicht genug davon. Die kleinen Fischer mit ihren Nussschalen murren schon jetzt gegen die mächtige Konkurrenz«, gab der Kontorleiter zu bedenken. »Den Fortschritt kann niemand aufhalten und Erfolg wird einem immer geneidet!« Cornelis hatte für alles ein Gegenargument. De Bruyne versuchte nochmals mit einem weiteren Einwand, den Tatendrang seines Dienstherrn zu stoppen, doch er merkte schon bald, dass dies nicht möglich war. »Ich habe gehört, der Rat von Damme will die Stapelsteuer anheben. Sie wollen ein neues Rathaus bauen. Das wird deine erhofften Gewinne ganz schön schmälern.« »Auch das ist natürlich nicht zu verhindern«, konterte der Tuchhändler trocken de Bruynes erneuten Versuch. »Hohe Abgaben sind wir von Brügge doch gewohnt. Die Stapelgebühr für Bordeauxweine soll es hier ebenfalls treffen, und Wein verschiffen wir schließlich auch. Wenn man vor sich keinen Weg mehr sieht, kommt man rückwärts auch nicht weiter«, führte Cornelis das letzte Wort.

Nach diesem Schlusswort wusste de Bruyne ihm nichts mehr entgegenzusetzen. Der Patron hatte seinen Kopf wieder einmal durchgesetzt! Der getreue Mitarbeiter übernahm es zähneknirschend, sich nach einem passenden Schiff und einem versierten Kapitän umzusehen. Er wurde schnell fündig und das Geschäft lief, wie von Cornelis vorausgesagt, glänzend an.

Das fünfte Embargo der Hanse gegen Brügge hatte derweilen keine Wirkung gezeigt. Als Utrecht, der letzte Standort des Kontors, 1456 an einen Sohn Herzog Philipp III. fiel, entschlossen sich die Osterlinge zur Rückverlegung des Kontors nach Brügge, was 1457 im August auch geschah. Die Hanse-Kaufleute wurden für Cornelis' Heringsgeschäft interessante Partner. Er fand bei ihnen großes Interesse an dem Fisch.

Die deutschen Kaufleute hatten seit jeher die höchsten Gewinne mit Fischhandel erzielt. In Schonen waren sie schon dabei gewesen, bis der Fisch knapp wurde. Dort hatten sie jährlich ab Juli viele Tonnen von Hering in die hansischen Koggen verladen. Hering war in Deutschland eine beliebte Fastenspeise. Gesalzen und in Fässern eingelegt, hielt er sich lange Zeit und war nicht so leicht verderblich wie viele andere Ware. Deshalb besannen sich die Deutschen gern auf die neuen flandrischen Fischangebote. Cornelis wurde bald einer ihrer bedeutendsten Zulieferer.

Was Cornelis besonders zufrieden machte, war, dass er mit seiner Entscheidung für den Heringsfang Johann de Worde wieder einmal eine Nasenspitze voraus gewesen war. Nach kürzester Zeit hatte Cornelis' Kontor eine neue ertragreiche Sparte. Der Niedergang des Teppichhandels war vergessen. Pieter de Bruyne musste sich sogar von seinem Herrn für seine Schwarzseherei verspotten lassen. Schon nach einem Jahr besaß Cornelis, neben einem eigenen Schiff, Parten an fünf weiteren Heringsschiffen.

Dem treuen Verwalter gelang es lediglich, den Patron zu überzeugen, sein Schiff und seine Parten wenigstens zu versichern. »Sein Vermögen muss man absichern, wenn man so viel erreicht hat wie du. Da muss man nicht mehr Vabanque spielen«, meinte er eines Tages ernst. Jan, der die Unterredung vom Nebenraum aus verfolgt hatte, meldete sich von dort zu Wort: »Lasst mich die notwendigen Verhandlungen führen. Die Genueser sind die Besten für Marinepolicen. Lasst mich das machen.«

Cornelis gefiel, dass sein Sohn endlich an seinem Metier Interesse zeigte und sich sogar nach Arbeit drängte. Zufrieden stimmte er zu.

Jan hatte sich jedoch nicht ohne Hintergedanken um diese Aufgabe bemüht. Mit der Versicherungsprämie würde er endlich eine größere Summe Geldes in den Händen haben. Das Bezahlen der Prämie musste aber nicht sofort sein. Mit dem Geld wollte er zunächst einmal einen Teil seiner Spielschulden abdecken, die hartnäckigsten Schuldner ruhigstellen und weiterspielen. Irgendwann würde das Spielglück auch zu ihm kommen. Dann wäre er alle Sorgen los. Er würde alle drückenden Lasten auf einmal abstreifen, wie die Schlange ihre alte Haut!

Nachdem König Karl VII. von Frankreich am 22. Juli 1461 gestorben war, kehrte sein Sohn Ludwig XI. aus Schloss Genappe bei Brüssel, wo ihm Herzog Philipp vor dem eigenen Vater Schutz und Exil geboten hatte, nach Frankreich zurück, um selbst König zu werden. Die Angst vor dem eigenen Vater hatte ein Ende. Die ersten Amtshandlungen des neuen Königs waren höchst ungeschickt. Massenhafte Absetzungen von Beamten, Verärgerung der Geistlichkeit, maßlose Anhebung der Steuerlast, Abschaffung von Privilegien und vieles mehr, ließen sich bald Scharen von Unzufriedenen zusammentun. Herzog Philipp war derweilen schwer erkrankt. Sein Arzt, der Kanoniker Roland Scrivers, wusste sich bald keinen Rat mehr. Der Herzog wurde immer merkwürdiger und schwächer. Als er krankheitsbedingt sein Haupthaar völlig abschneiden musste, verlangte er, dass seine Höflinge es ihm gleichtaten. Er sorgte damit ungewollt für eine ganz neue Mode am Hofe. Sein Hofprediger musste durch einen Spruch der Bibel sogar eine christliche Rechtfertigung für den neuen Haarschnitt liefern. Aus Paulus Briefen an die Korinther zitierte er:

»Lehrt euch nicht die Natur, dass einem Mann eine Unehre ist, so er langes Haar zeiget!«

Mit Gesundbeten versuchte man Philipp zu heilen. Dem heiligen Hadrian als Schutzpatron der Kranken weihte der Hofkaplan die Wachsfigur eines knienden Mannes im Gewicht von immerhin sechzig Pfund. Auch dieser Versuch blieb vergebens. Philipp musste sich mehr und mehr aus der Öffentlichkeit zurückziehen, und sein Sohn Karl trat langsam, aber sicher in die großen Fußstapfen des kranken Vaters.

Bald bewahrheitete sich, was warnende Stimmen schon lange gesagt hatten: »Philipp hat sich mit Ludwig eine giftige Schlange an der Brust großgezogen.« Oder wie es andere ebenfalls richtig auf den Punkt brachten: »Der Herzog von Burgund hat sich einen Fuchs in den Hof geholt, der seine Hühner fressen wird.« Sein Sohn Karl sollte dies nun ausbaden. Er verabscheute König Ludwig von Beginn an, doch er wusste das trefflich zu verbergen. Wer ihn kannte, verstand seine Worte jedoch richtig zu deuten, wenn er sagte: »Ich liebe Frankreich so sehr, dass ich ihm statt einen König sechs wünschte!« Ihm war nämlich daran gelegen, Ludwigs Macht zu verkleinern.

Im gleichen Jahr wurde Sir William Caxton Konsul der englischen Handelsvereinigung von Brügge. Schnell fand er das Vertrauen des Herzogs und wurde, gerade im Hinblick auf England, einer seiner wichtigsten Berater. Bald zeichnete sich ab, dass Sir William das ein und andere Mal im diplomatischen Dienst für den Herzog auf die britische Insel reisen musste. Der ihm schier unentbehrlich gewordene Pieter war stets an seiner Seite. Mit diesen Reisen wurden für den jungen Mann Träume wahr.

1464 nahm Herzog Philipp noch einmal all seine Kräfte zusammen. Er musste seine Nachfolge regeln. Seine Berater und Ärzte hatten ihn dazu behutsam ermuntert. Sir William leistete fast die größte Überzeugungsarbeit von allen und gewann dadurch auch die Huld des nächsten Herzogs, Karl.

Im prächtigen gotischen Sitzungssaal des Brügger Rathauses hielt der alte Herzog eine Sitzung der niederländischen Generalstaaten ab. Dieses Gebäude atmete all seine Macht und Herrlichkeit aus. Es war im gotischen Brügger Stil mit den typischen Spitztürmchen errichtet. Eingerahmte Giebel zierten die übereinanderliegenden Fensterreihen der fast dreißig Meter breiten Front. Von besonderer Schönheit war der große Saal mit der mächtigen Eichendecke, in dem die Abgesandten nun tagten. Er blieb auf sie nicht ohne Eindruck.

Das Gewölbe des Saales bestand aus einer Doppelreihe von sechs hängenden Spitzbögen. Deren Rippen verbanden sich in zwölf runden hölzernen Schlusssteinen. Die Seitenrippen schwangen in sechzehn an der Mauer befestigten Kragsteinen aus. Die waren mit Abbildungen der vier Elemente – Feuer, Wasser, Luft und Erde – geschmückt. »Sie umspannt, wie der Herzog selbst, alles im Weltenrund«, sagte einer der Abgesandten voll Ehrfurcht.

An ihrer Seite leuchteten prächtige Abbildungen der zwölf Monate des Jahres. Sinnbilder der Endlichkeit, sinnierte Sir William. Er kannte schließlich den Versammlungsgrund!

Nun setzte Musik ein. Vom kleinen Balkon aus untermalten die Stadtpfeifer die Eröffnungszeremonien der Sitzung. Vor Beginn der Debatte donnerten Posaunenklänge durch die Halle und forderten Ruhe ein. Philipp hob mit schwacher Stimme an und erklärte, dass Sonne, Mond und die Planeten den Ständen all seiner Untertanen entsprächen. »Der Mond, der Trabant mit dem niedrigsten Stand zur Erde, repräsentiert den Stand der Bauern. Mercurius steht für die Kaufmannschaft und Venus für die Bürger. Dem Mars entsprechen der Adel und die Ritterschaft, dem Jupiter das Fürstentum. Saturn ist dem alten Adel vorbehalten und die Sonne bestrahlt als Kirche alle Stände.« Er holte aus zu einem besonderen Gruße: »So begrüße ich heute die Repräsentanten des Mars, Jupiter und Saturn. Wer sollte sonst mit Gottes Segen über einen würdigen Landesherrn befinden?«

Nach diesem Alpha und Omega sah sich der Herzog prüfend um. Die erwünschte Wirkung trat ein. Der alte Adel, die Ritterschaft und auch die Fürsten applaudierten geschmeichelt. Einem jeden von ihnen war klar, wie wenig es in Wirklichkeit zu befinden gab. Ihr Herr war krank und zu müde zu regieren. Es gab nur einen ehelichen, legitimen Sohn, den kühnen Karl, und nur der konnte nach göttlichem Willen und weltlicher Tradition Philipps Nachfolger werden!

So manche Schmeichelei wurde trotzdem in Rede und Gegenrede hin und her gewechselt. Man zeigte, wie sehr man den gütigen Philipp verehrte. Das ließ den Herzog nicht kalt und nochmals zaudern, den letzten Schritt zu tun und abzudanken. Die Worte der Berater und Ärzte waren für diesmal vergessen. Es sollte noch bis zum April des nächsten Jahres dauern, bevor der Herzog seinem Sohn die Regierungsgeschäfte formell überließ. Zunächst wurde Philipps unehelicher Abkömmling, Anton, der große Bastard, von seinem Vater in seiner Ehre gestärkt: Konstantinopel in Türkenhand lag der Christenwelt nun schon lange schwer im Magen. Sultan Mehmet II., erst zwei Jahre an der Macht, hatte schon im Mai 1453 die christliche Stadt erobert und damit die Vorherrschaft des byzantinischen Reichs in der Region gebrochen. Immer wieder wurde seitdem, besonders am Burgundischen Hof, der Hilferuf der Mutter Kirche vorgetragen, wie ihn Meister Binchois so trefflich verfasste. Denn alle Welt wusste, dass sich Herzog Philipp nichts sehnlicher wünschte als einen Kreuzzug gegen die Ungläubigen:

Mein Herzog im Burgunderland,
Der Gläubigen Bruder, Sohn der Kirche, Du,
Reich mir in der Not die Retterhand,
Grab ins Herz Dir meine Schmach und Schand',
Die Leiden, die mich quälen ohne Ruh!
Der Heiden Scharen wachsen immerzu.
Steh'n triumphierend an der Statt,
wo man einst zu mir gebetet hat.

Und Ritter vom Goldenen Vlies entflammt
Euch für den Dienst, der göttlich und rein!
Ihr anderen auch, ruf Euch allesamt,
die Ihr aus edlem Geblüte stammt,
der Gewinn wird herrlich für Euch sein!
Vom Dienste, den Ihr an mir tut,
wird der Name groß, die Seele gut.

So fleh ich denn heute ernst und schwer:
Geliebter Sohn ergreif Du das Schwert
Zum Ruhme Gottes und Deiner Ehr'!
Ich bitte Euch Herren rings umher,
dass keiner die Hilfe mir verwehrt!

Anton, Le Grand Bâtard, der in der letzten Strophe Geehrte, unternahm auf Geheiß seines altersschwachen Vaters im Mai 1464 den herbeigebeteten Kreuzfahrtversuch. Er rief alle Edlen auf, ihm zu folgen. Nicht alle Ritter bekannten sich vorbehaltslos zu seinem Aufruf. Einige ließen sich sofort durch Stellvertreter entschuldigen. Kanzler Rolin verwies zum Beispiel auf sein hohes Alter und versprach, dass sein Sohn und dreizehn Edelleute an seiner statt der Strafexpedition folgten. Viele Recken versprachen aber, Anton zu folgen, und gelobten sogar spezielle Ruhmestaten. Sie erklärten sich in blumigen Worten zu Einzelkämpfen bereit und wollten sogar den schlimmen Sultan selbst zu fassen bekommen. Andere legten sich körperliche Torturen auf. Der Fantasie, sich zu bekennen, waren keine Grenzen gesetzt.

Es kam wirklich ein kleines Heer zusammen. Die Truppen waren bei weitem zweckmäßiger ausgerüstet als seinerzeit während des missglückten Zuges nach Nikopolis. Damals hatte nur Prunk- und Ruhmsucht die Ausrüstung bestimmt. In schimmernden Prachtharnischen hatte man sich auf einen vermeintlichen Spazierritt begeben, der in einer grausamen, blutigen Niederlage endete und vielen Rittern das Leben gekostet hatte.

Von Sluis aus machte sich Antons Vorhut mit zwölf Kriegsschiffen und über zweitausend Mann auf den Weg. Brügges Kaufmannschaft hatte gut daran zu tun, diese kleine Armee für ihren langen Weg auszurüsten. Die großen neuen Lagerhallen in Damme taten ihren ersten wichtigen Dienst. Zum Leidwesen der Bevölkerung wurde für die »christliche« Heldentat einmal mehr eine Sonderabgabe erhoben, die auch bei den Kaufleuten einen Großteil des erhofften Ertrages abschöpfte.

Cornelis murrte wie seine Kollegen über das Vorgehen des Herzogs und seiner Söhne. Letztere handelten inzwischen in Philipps Namen, da der Greis in seinem bedauerlichen Zustand dazu selbst nicht mehr körperlich und geistig in der Lage war. Nicolas Rolin, der sich gerade noch verweigert hatte, wurde nun als Kanzler und Chef der herzoglichen Kanzlei wegen der neuen Abgaben für viele Murrende zum Sündenbock.

Trotz allen Ärgers begingen Brügges Bürger die Abfahrt der Schiffe mit einem Jubelfest, das allerdings auch von höchster Stelle angeordnet war.

Wie immer bei solcher Gelegenheit, wurden die Häuser bis spät in die Nacht hell erleuchtet und festlich geschmückt. Auch das Haus van der Weyden strahlte prächtig von außen, doch drinnen blieb alles dunkel und traurig. Jan war, wie meist, in einer Spelunke bei Spiel und Wein. Sein Vater arbeitete bis spät in die Nacht verbissen an neuen Geschäften. Die kleine Begine saß bei spärlichem Kerzenlicht in ihrer Stube und las in der Bibel. Das Gesinde war längst zu Bett gegangen und erholte sich im Schlaf für den nächsten Arbeitstag.

Antons Kreuzzug stand unter keinem guten Stern. Bei einer Zwischenlandung in Centa musste er dem König von Portugal gegen marokkanische Belagerer zu Hilfe eilen. Ein Großteil seiner Vorräte wurde aufgezehrt und viele Soldaten und Waffen gingen in harten Gefechten verloren. Mehrere von Jans Zech- und Spielkumpanen waren unter den Toten. Einen der Männer ertränkten die Gegner ehrlos in einem Fass Malvasierwein. Ihr Tod hinderte den spielsüchtigen Jan nicht, zuhause für seine Laster andere Gefährten zu finden. Ihn freuten die Todesnachrichten sogar, fielen durch sie doch einige lästige Schuldner weg. Bei der Weiterfahrt von Antons Schiffen kam die kleine Flotte in schweres Wetter. Ein Sturm trieb sie nach Marseille ab. Dort musste der Große Bastard das begonnene Wagnis zerzaust und entkräftet abbrechen. Das Versprechen seinem Vater gegenüber konnte er nicht einlösen. Er kehrte unverrichteter Dinge nach Brügge zurück und stürzte sich bald wieder auf seine Lieblingsbeschäftigungen: die Jagd und ritterliche Turniere.

14

Der kühne Karl kümmerte sich inzwischen ganz um die Regierungsge-schäfte. Herzog Philipp hatte sie ihm am 12. April 1465 endlich komplett überlassen. Bald wurde der junge Herzog zum Anführer der Ligue du Bien public. Dieser Fürstenbund französischer Feudalherren lehnte sich zunächst erfolgreich gegen ihren Souverän auf und trotzte ihm man-ches Zugeständnis ab. Seine große Tapferkeit bewies Karl während der Schlacht bei Montlhéry am 16. Juli 1465, in der er zum ersten Male ver-wundet wurde, aber Herr des Schlachtfeldes blieb.

Der ritterliche Kampf, den er so liebte, wurde jedoch immer mehr zu-rückgedrängt. Schießen mit Bombarden, die von dreißig Pferden gezogen werden mussten, Feldschlangen, Armbrust, Büchsen und Orgelstuben mit mehreren Läufen entschieden den Kampf und ersetzten den ehrlichen Streit von Mann gegen Mann.

Karl konnte, trotz seiner Erfolge, den französischen König nicht an der Rückeroberung von Paris hindern und keinen entscheidenden Sieg errin-gen. Aber er drängte Ludwig 1466 zum Vertrag von Conflans, in dem ihm der König die Städte an der Somme zurückgab und die Hand seiner noch sehr jungen Tochter Katharina versprach, mit der Champagne als Mitgift.

In der Zwischenzeit erreichte Karl die Kapitulation von Ponthieu. Die Revolte von Lüttich und Dinant, die er letztlich auch den Intrigen Ludwigs zu verdanken hatte, lenkte seine Aufmerksamkeit erst einmal von den französischen Angelegenheiten ab.

Am 25. August 1466 nahm er Dinant ein, das er plünderte und nie-derbrannte. Sein schon geistig umnachteter Vater durfte in einer Sänfte dabei zusehen.

Zur gleichen Zeit verhandelte der Herzog erfolgreich mit Lüttich. Nach dem Tod seines Vaters am 15. Juni 1467 flammten die Feindlichkeiten mit den Bürgern von Lüttich jedoch erneut auf. Karl reagierte mit harter Hand und konnte die Lütticher bei Saint-Trond besiegen. Er zog in die Stadt ein, der er viele Privilegien entzog. Die Freitreppe, das Wahrzeichen Lüttichs, ließ er demontieren und im Triumphzug nach Brügge bringen.

Pieter van der Weyden war mit Sir William seit fast zwei Jahren in herzoglichem Auftrag auf der britischen Insel. Das fremde Land faszinierte ihn sehr. Die ersten drei Monate hatte er sich gar nichts von London angeschaut. Er hatte sein ganzes Augenmerk auf die Verbesserung seines Englisch gelegt. Er versteckte sich dazu jedoch nicht hinter seinen Lehrbüchern, sondern lernte sehr viel, indem er Sir William zu seinen Gesprächen begleitete und einfach zuhörte. Manchmal kam er dabei sogar in die Lage, eine an ihn gerichtete Frage zu beantworten, und er fühlte, wie er dabei immer sicherer wurde. Sir William wurde mit seinen offensichtlichen Sympathiebekundungen und seinen vielen guten Ratschlägen so etwas wie ein Ersatzvater für ihn. Pieter genoss das, hatte er doch bisher nie die Zuneigung seines leiblichen Vaters zu spüren bekommen. Die Fremde mit der familiären Einsamkeit machte ihm erst recht deutlich, wie wenig er in Brügge ein echtes Zuhause gehabt hatte. Mit wehem Herzen entschloss er sich, noch einmal einen Versuch zu wagen, das harte Herz seines Vaters zu rühren und die bestehenden Blutsbande mit Leben zu füllen. Er schrieb seinem Vater einen Brief:

Herr Vater,
*nun bin ich dank Sir Williams Hilfe schon des L*ängeren auf der englischen Insel.
Ich genieße Sir Williams Vertrauen und glaube, ich lege für unsere Familie Ehre ein.
Ich profitiere von seiner sachlichen, gegen Überraschungen und Quertreibereien gewappneten Zielstrebigkeit.
Immer wieder gelingt es ihm, in Verhandlungen mit seiner Natürlichkeit und Gradlinigkeit Misstrauen und sogar Verweigerungshaltung abzubauen.

Während einer Sitzung registriert er alle mitschwingenden Untertöne wie von selbst und sucht und findet stets positive Antworten auf sie.

Am Ende einer solchen Verhandlung hat ein jeder stets das Gefühl, aus der Einigung Nutzen zu ziehen.

Sir William vertritt dabei im Übrigen mit ganzem Herzen die Interessen seiner zweiten Heimat Flandern.

Seine Arbeit für ein neues Verständnis zwischen England und unserer Heimat ist immens.

Behutsam macht er deutlich, wie schwer den flandrischen Städten der aufgezwungene Beistand zum Lehnsherrn Frankreich gefallen ist.

Wir können als Brügger Bürger von Glück reden, dass er unsere Sache so überzeugend vertritt.

Menschen, die sich zu klug fühlen, sich in der Politik zu engagieren, werden letztlich dadurch bestraft, dass sie von denen, die dümmer sind als sie selbst, regiert werden.

Sir William engagiert sich für uns, ist sich für die Politik nicht zu schade!

Ihr könnt Euch auf bessere Handelsbeziehungen zu England einrichten.

Dieses Land hat übrigens viele merkwürdige Eigenarten.

Hier sind die Menschen in Tiere so vernarrt, dass sie die oft besser behandeln als ihr Gesinde.

Pferdeställe und Hundezwinger sind gegenüber den Unterkünften der Dienstboten wahre Paläste.

Manche der Edelleute schlafen auf der gleichen Streu wie ihre Lieblingspferde.

Lass mich noch einige wichtige Erkenntnisse an den Schluss meines Schreibens setzen:

Für die langwierige Handelskontroverse zwischen unseren Ländern wird es bald eine Lösung geben. Für Brügge wird es hilfreich sein, dass Sir William seit 1463 zum Leiter der Organisation der englischen Kaufleute, der Merchant Adventures, gewählt wurde. Er ist hier am Hof als »Acting Governor of the English Nation beyond the Sea« ein wirklich einflussreicher diplomatischer Vermittler.

Ihr könnt in Euren Plänen auf ihn setzen.

Die Krönung dieser Entwicklung wird im nächsten Jahr die Vermählung der englischen Prinzessin Margarete von York mit unserem Herzog sein. An den Vorbereitungen dazu arbeitet Sir William zäh und im Stillen.

Ich strebe eine Stellung im Gefolge der Prinzessin an und werde hoffentlich in ihrem Hofstaat mit nach Brügge zurückkehren. Ich wünsche mir nichts mehr, als dort Eure Gnade zu finden.

Ich hoffe, Euch geht es wohl, genau wie Jan und Marguérite.

Euer wohlgeneigter Sohn Pieter.

Cornelis empfing die Zeilen nach wenigen Wochen. Ihr Inhalt gab manche Denkanstöße für seine kaufmännischen Pläne. Auch das Private berührte ihn, wenn auch nur kurz. Schnell setzten sich wieder seine Stacheln zur Wehr und der harte Panzer um sein Herz ließ keine Nachsicht zu.

Seine Geschäfte prosperierten und standen auf immer festerem Fundament. Doch auf gute Jahre folgen immer wieder schlechte, und so brachte das Jahr 1467 für den Kaufmann einen empfindlichen Rückschlag. Im Frühjahr warteten die Fischer ungeduldig auf die nächste Heringssaison. Das Licht der Sonne ließ Algen und Kleinlebewesen im Wasser wieder wachsen und bereitete den Heringsschwärmen einen gedeckten Tisch. Die silbernen Räuber konnten Fett ansetzen und der Fang wurde wieder lohnenswert. Ende Mai, Anfang Juni war es endlich so weit! Am Pier von Sluis lagen drei große Heringsfänger vor Anker, die Mareike, Cornelis' Schiff, und zwei weitere, an denen er Parten hielt. Die Mareike war ein Flieboot, ein großes holländisches Schiff mit flachem Boden und 600 t Lastigkeit. Es hatte ein besonders hohes Hinterschiff und ein breites Heck. Es war das Führungsboot. Die beiden anderen Schiffe waren vom gleichen Typ, doch ihre Lastigkeit war mit etwa 400 t etwas geringer. Die Mannschaften waren schon an Bord. Die Männer hatten sich von ihren Familien für mehrere Wochen verabschiedet und wollten erst wieder zurückkehren, wenn die vielen Fässer im Rumpf der Schiffe mit silbriger Beute voll waren. Ausreichend Salz für die Lake war vorhanden. Proviant und Trinkwasser waren an Bord geschafft. Teer und Werg, um die Fugen zu dichten, Leinwand für Ersatzsegel und Holz, um Schäden auszubessern, waren ebenfalls geladen.

Eine letzte Musterung gab Kapitän van Damme die gewünschte Sicherheit. Jedes Tau hatte er überprüfen lassen, jeden Nagel, jede Planke. Es bedurfte nur noch des Befehls, endlich auszulaufen.

»Seeklar, fertig zum Auslaufen«, hieß es am nächsten Morgen. An einem Dienstag im Mai wurden die Anker gelichtet. Es war Flut, die richtige Zeit, um in See zu stechen. Die drei Schiffe setzten sich in eine Linie und fuhren in kleiner Beseglung aus dem Hafenbecken hinaus. Morgendunst lag in der Luft, und am Himmel trieb ein leichter Wind einige Federwolken. Das Meer war flach. Die Wellen rollten nur träge. Es gab kein Anzeichen für schweres Wetter oder Anlass zur Sorge. Das dachte auch van Damme, aber schnell hieß er sich schweigen. »Lobe niemals den Tag vor dem Abend«, murmelte er sich in den Bart.

Als die Schiffe das Hafenbecken hinter sich gelassen hatten, segelten sie hoch am Wind. Bald waren sie nur noch als vage Silhouetten in der Ferne zu sehen. Alle zusätzlichen Segel waren beigesetzt. Sie segelten auf Backbordbug, denn der Wind kam von Steuerbord. Nach zwei Stunden voller Fahrt ließ der Kapitän den Ausguck besetzen.

Heringe waren Schwarm- und Wanderfische. Immer wieder kamen sie an die Wasseroberfläche. Dann blitzte ihr Schwarm wie ein silberner Keil in der Sonne. Wenn der Mann im Ausguck sie entdeckte war schon viel getan. Die Jagd konnte beginnen. Am frühen Nachmittag hatten sie endlich Glück. »Schwarm voraus«, schrie der Wächter im Korb durch die Flüstertüte.

Sie gaben das Kielwassersegeln auf. Wie ein offener Fächer fuhren sie nebeneinander her, hinter sich die Treibnetze. Die hingen an Schwimmkörpern und wurden von Bleigewichten nach unten gezogen. Bald standen die Netze senkrecht im Wasser. Als ein Heringsschwarm hineingeschwommen war, blieben die größeren Heringe mit den Kiemen in den Maschen der Netze hängen. Die kleinen Heringe schlüpften hindurch, zurück in die Freiheit. Bald zappelte es so gewaltig in den Netzen, dass sie hochgezogen werden mussten. Stück für Stück wurde jeder Hering aus den Maschen herausgezogen und unter dem Maul zwischen den Kiemenbögen aufgeschnitten. Die Tiere wurden gekehlt.

Die Eingeweide wurden herausgerissen, dann flog der gesäuberte Fisch in die Pökellake. So ging es zwei Tage fort. Das Wetter blieb gut und der Fischfang erfolgreich. Keinen Gedanken verschwendeten die Fischer an den »Blanken Hans«, die drohende Nordsee bei Sturmflut. Zwischen den Fängen befahl der Kapitän Brassfahrt, um möglichst schnell in ein neues Fanggebiet zu kommen. Der nächste Morgen, sie hatten noch immer nicht den Ärmelkanal verlassen, ließ erste Unruhe aufkommen. Nebel brodelte auf. Die drei Schiffe verloren sich gegenseitig aus dem Blick. Dann kam wie aus dem Nichts das schlechte Wetter. Die Winde schwollen mächtig an und warfen sich mit Gebrüll auf die drei Segler. Als der Sturm aus so vielen Mäulern zu fauchen begann, wusste van Damme, es würde einen Kampf um Leben und Tod.

Die plumpen Schiffe litten stärker unter den Turbulenzen als schlanke Boote. Van Dammes Schiff Mareike glitt nicht über das Wasser, es fiel mit seinem schweren Leib wie ein Stein krachend in jedes Wellental. Davon taten sich zwischen den tosenden Kämmen unendlich viele auf. Das Takelwerk knarrte bedenklich. Mast und Planken krachten und barsten. Unter Deck waren bald viele Hände bemüht, die Heringsfässer und andere Ladung festzuzurren. Turmhohe Brecher donnerten über Deck, weiße Gischt explodierte. Die Fischer hingen in den Tauen und krallten sich an den hölzernen Aufbauten fest, um ja nicht über Bord zu gehen. Doch immer wieder verlor eine Hand in dem eiskalten Wasser ihre Kraft, öffnete sich, und dann ging es auf ewig in das graue Wassergrab. Ein Griff ins Leere, ein verzweifelter Schrei, und die Seele wurde von den schäumenden Wellen in die letzte Ruhestatt hinweggefegt.

Van Damme hatte die Segel fast ganz einholen lassen. Die Sturmböen rasierten ihm wie ein Messer die Wangen. Seine Augen waren von Salzwasser getränkte, gerötete Schlitze. Er versuchte mit Hilfe der nächsten Bö anzuluven und höher an den Wind zu kommen. So wollte er die Wirkung des Windstoßes von den Restsegeln nehmen. Doch der Sturm fegte mit Wirbelstößen über das Schiff und zerspellte sogar die eingeholten Segel. Eine Riesenwelle fuhr zwischen die Duchten, zertrümmerte fast alle und richtete erhebliche Schaden an.

Unter den Fischern brach Panik aus. Die Verwüstung an Deck und darunter war zu groß. Ein Mann klammerte sich mit aller Kraft an den Fockmast. Nach der nächsten Bö war er nicht mehr zu sehen. Das Schiff krängte weit nach Lee. Van Damme versuchte den Tiefgang des Seglers durch Ladungsentsorgung zu mindern.

Die meisten Fischer hatten inzwischen nur noch mit sich selbst zu tun. Mancher Befehl des Kapitäns blieb deshalb ungehört, und so zeigten seine Maßnahmen keine Wirkung. Das Schiff nahm mehr und mehr Wasser und stürzte in ein nächstes, noch tieferes Tal.

»Nun muss ich wohl die Segel streichen«, waren die letzten Worte des Kapitäns, dann versank er mit einem Teil des Vorderschiffs in den gurgelnden Fluten. Nur noch die Mastspitze ragte aus dem schäumenden Meer heraus. Eine gigantische Woge rollte über und begrub das ganze Schiff unter sich. Zerborstene Bretter, Fässer und Spieren tänzelten kurz auf den Kronen, bevor auch sie der Sog in die Tiefe riss. Den beiden anderen Schiffen erging es genauso. Auch sie versanken mit Mann und Maus und ließen keine Spuren zurück.

Erst nach mehr als sechs Wochen begann man sich an Land Sorgen zu machen. Die Rückkehr der Schiffe war überfällig. Frauen und Mütter gingen in die Kirchen und zündeten für ihre Männer und Söhne Kerzen an. Doch der Allmächtige hatte kein Erbarmen. Die Mannschaften blieben verschollen, und nach eineinhalb Monaten wurden die Schiffe verloren gegeben.

Kein aufgedunsener Leib, kein Mast, keine Planke fand den Weg an den heimatlichen Strand. Alles blieb für immer im gierigen Magen der schäumenden See.

Nun lief in Cornelis' Kontor die Schadensbegrenzung auf vollen Touren. Dem Genueser Marineversicherer wurde der Schaden gemeldet. Jan übernahm das, und er wusste, warum. Nach zwei Tagen überbrachte er dem Vater die Hiobsbotschaft. Den Versicherer hatten die Stürme angeblich so stark getroffen, dass er Bankrott anmelden musste. Jan legte Cornelis eine Urkunde vor, die den Umstand belegte. Es hatte ihn einiges gekostet, diese Fälschung in die Hände zu bekommen. Doch er hatte schon Erfahrung mit gefälschten Prämienrechnungen gesammelt. Ihm kam zupass, dass zu dieser Zeit wirklich einige Versicherer ins Trudeln gerieten.

Cornelis nahm deshalb die Bestätigung ohne Arg für echt. Er fluchte laut über die Italiener. Im Kopf rechnete er schnell die Prämie zusammen, die er in den letzten Jahren eingezahlt hatte. Dann fluchte er ein zweites Mal darüber, dass er beim Abschluss auf den vorsichtigen Pieter de Bruyne gehört hatte.

Sein Lügengeflecht schien Bestand zu haben, erkannte Jan erleichtert. Nur er wusste, wo das Geld wirklich geblieben war!

Cornelis war nicht gewillt, diesen Schicksalsschlag einfach hinzunehmen. Er war schließlich ein Kämpfer. Mit der ihm eigenen Beharrlichkeit begann er die Verluste durch neue, lukrative Geschäfte auszugleichen. Seiner Fantasie setzte er dabei keine Grenzen.

Mit kleinen Geldbeträgen entledigte er sich fürs Erste seiner Christenpflicht gegenüber den Hinterbliebenen der Fischer. Sie hatten noch mehr aus der Zunftkasse zu erwarten. Dann fühlte er sich frei für neue Taten.

15

Zu Beginn des Jahres 1468 nahm die geplante Vermählung zwischen Herzog Karl und Margarete von York feste Konturen an. König Edward IV. von England begab sich für mehrere Wochen selbst nach Brügge, um die Hochzeit seiner Schwester in allen Einzelheiten zu verhandeln. Herzog Karl empfing ihn als pompöser Gastgeber mit allen Ehren. Edwards Ankunft wurde mit einem prächtigen Feuerwerk auf der Burg gefeiert. Viele Bankette wurden durchgeführt. Kein berühmter Künstler war Karl für die gebotenen Aufführungen zu teuer.

Bei einer Zusammenkunft der Ritter des Goldenen Vlieses wurde König Edward Mitglied dieses illustren Kreises. Er zeigte sich sehr geschmeichelt. Herzog Karl hatte ihn bewusst berufen. Das Netz der Verbündeten gegen seinen Erzfeind Ludwig wurde damit enger. Dass Herzog Karl überhaupt daran dachte, sich mit dem Hause York durch Ehe zu verbinden, war einzig und allein eine Frage der Staatsraison. Eigentlich hatte er sich stets schlecht mit diesem Geschlecht gestanden. Heinrich von Lancaster war schließlich von Edward gestürzt worden und wurde nun im Tower gefangen gehalten. Karl als Abkömmling Johanns von Gent, des ersten Plantagenet-Herzogs aus dem Haus Lancaster, stand von der Abkunft her dem Verlierer Heinrich also viel näher. Er versprach sich aber aus der Verbrüderung mit Edward eine gestärkte Allianz gegen den Franzosenkönig.

Auch wenn König Ludwig Herzog Karl immer wieder scheinheilig »Bruder« nannte – er tat das in Anspielung auf Karls verstorbene Frau Katharina, die Ludwigs Schwester gewesen war –, empfand ihn Karl nur als Feind.

In Wahrheit intrigierte Ludwig gegen Karl, wo immer er konnte. Es gab kein brüderliches Verhalten, auch wenn er es noch so beteuerte!

Karl war bekannt für seine geschliffene Rede und seinen beachtlichen Schreibstil, so bekräftigte er die mit Edward getroffenen Absprachen in einem gekonnten Brief:

An den allervortrefflichsten und allmächtigen Fürsten, König Edward von England, meinen lieben Bruder.

Zuvor empfehle ich mich Ihnen!

Wohltuend war und meiner Seele gut tat Eure Beurteilung unseres gemeinsamen Feindes, des Königs von Frankreich, teurer Bruder.

Unsere verabredeten Blutsbande werden uns zu mächtigen Alliierten und Bundesgenossen machen. Die Sache Eurer Majestät und meine stimmen in diesem Punkt miteinander überein. Wir haben miteinander gemeinsame politische Interessen, und keiner kann einen von uns angreifen, ohne dass der andere sich dazwischenwirft.

Ich würde dem Franzosenkönig im Ernstfalle keine Ruhe lassen und vertraue darauf, dass auch Ihr im gegebenen Falle Eurer Pflicht nachkommen werdet.

Jedes für Eure Majestät glückliche oder unglückliche Ereignis ist es für mich ebenso. Ich kann der Gefahr, die Eurer Krone droht, nicht aufmerksamer begegnen als einer Gefahr, die mich selber bedroht.

Wenige Tage nach der Abreise des englischen Regenten saßen Herzog Karl und sein Halbbruder Anton umgeben von dienstbaren Geistern unter einem mit wertvollem Tuch umfangenen Baldachin und planten voll Freude die Hochzeit, die nun durch die getroffenen Absprachen mit Edward gesichert war.

Neben Karl standen sein Page Simon de Quingey sowie sein Standartenträger Dubois mit dem Banner aus schwarzvioletter Seide. Die Brüder hatten das Andreaskreuz auf der Brust. Der Herzog trug eine Rüstung aus wundervoller Mailänder Arbeit und sah wie der Kriegsgott selbst aus. Er war voll Tatendrang. Mit seinem Eisenhandschuh klopfte er ungeduldig auf die stählernen Maschen seines Ärmels. Es war sein Wille, dass die Schwester König Edwards IV. ein Fest erleben sollte, das in aller Munde blieb. Ihm ging es dabei natürlich auch darum, durch zur Schau gestellten Reichtum, sein eigenes Prestige und Ansehen zu erhöhen. Ein großes Turnier wurde geplant. Anzahl und Herkunft der Wettkämpfer sollten alles bisher in Flandern Dagewesene übertreffen. Wann immer sein Stiefbruder und ernannter Turnierleiter ihm auf der Wappenrolle ein weiteres Wappen eines Recken zeigte, nickte der Herzog genüsslich. Er wollte hauptsächlich burgundische, englische, flämische und deutsche Ritter beteiligt sehen und freute sich besonders, wenn Anton auf deren Wappen zeigte.

Anton führte ein ähnliches Wappen wie sein herzoglicher Bruder, es war allerdings, anders als bei Karl, von einem Schrägbalken geteilt, was ihn als Philipps illegitimen Spross auswies.

»Pas d'Armes de l'Arbre d'or« wurde das Turnier genannt. Der Vorschlag hatte sofort Karls Geschmack getroffen.

Ihm war daran gelegen, dass der Klerus in seinem Herrschaftsgebiet Tjoste und Turniere nicht nur duldete, sondern bejahte. In anderen Regionen war das nicht immer der Fall. Dort wurde sogar im Zweikampf getöteten Rittern ein christliches Begräbnis verweigert.

Auch Karls Ritter suchten stets die Nähe der Kirche. Der verehrte Ritter Lalaing hörte, bis zu seinem Tod bei der Schlacht um Gent, vor jedem Pas drei Messen und machte vor jedem Waffengang mit seiner Banderole das Zeichen des Kreuzes. So nahm es nicht wunder, dass zum Turnier Pas de l'Arbre d'or auch hohe kirchliche Repräsentanten ihr Kommen ankündigten.

Dem Turnierverlauf wurde nach alter Sitte der Ablauf einer Fabel zugrunde gelegt. Beim Pas de l'Arbre d'or verlangte die gefangene Herrscherin der Insel Cellé von Anton, der ihr Erretter sein sollte, dreierlei:

- Er musste hundert Lanzen selbst brechen oder gegen sich brechen lassen.
- Er sollte hundert Schwerthiebe selbst austeilen oder empfangen.
- Er sollte aus ihrer Schatzkammer einen goldenen Baum nehmen und ihn mit den Wappenschilden edler Recken schmücken.

Die Herrin stellte Anton dazu ihren Zwerg und ihren Riesen als Hilfe zur Seite.

Nachdem der Herzog Antons Pläne für gut befunden hatte, ritten die Herolde in die Länder aus, um den Wettkampf anzukündigen und Einladungen an die Ritterschaft zu überbringen. Dann begann die harte Arbeit der Brügger Handwerker. Auch die Kaufmannschaft war für die geforderten Dienste gerüstet, Cornelis tat sich wieder hervor.

Jacques du Clercq, einer von Karls Hofschreibern, hielt zum Ruhme des Herzogs zu den Feierlichkeiten fest:

Sollte Gott vom Himmel herabsteigen, weiß ich nicht, wie man ihm größere Verehrung entgegenbringen könnte als dem Grand Duc durch dieses Fest.

Die diplomatischen Vereinbarungen zur Vermählung von Margarete und Karl wurden strikt eingehalten. Am 25. Juni 1468 landete die Prinzessin im Hafen von Sluis. Die zwei englischen Kriegsschiffe, die bei der Überfahrt für ihren Schutz gesorgt hatten, grüßten mit Flaggenspiel und drehten bald wieder Richtung Heimat ab.

Sir William und Pieter gehörten zum Gefolge der Braut und Pieter beobachtete die Einfahrt des Schiffes in den Hafen mit pochendem Herz von der Reling aus. Pieter sah sich neugierig um. Am Kai zwischen Schuppen, Lagerhäusern, Speichern und Pollern waren überall neugierige Augen auf die Ankömmlinge gerichtet. Dort standen meist einfache Menschen. In den Häfen von Brügge fand man selten noble Damen mit hohen Kegelhauben, dem Hennin, oder gar mit ausrasiertem Stirnhaar.

Doch ganz hinten am Ende der Anlegestelle standen einige Herren von höherer Bedeutung als Empfangskomitee. Ihre Diener trugen Wappenschilde. Ihre schräg sitzenden Tellermützen aus blauer Taftseide und ihre drapierten Umhänge glänzten in der Sonne. Ihm bekannte Gesichter waren nicht darunter, registrierte Pieter enttäuscht. Er freute sich auf seine Heimatstadt, aber ihm war auch bang ums Herz, wie der Empfang wohl ausfallen würde. Sein Brief an den Vater war ohne Antwort geblieben. Die liebevollen Zeilen Marguérites, die ihn sporadisch erreicht hatten, beklagten neben eigenem körperlichem Verfall die Unrast und Ungnädigkeit des

Vaters und zeigten tiefe Besorgnis um Jans Entwicklung. Er versteht sich besser auf das Becherstürzen im Wirtshaus und mit den Würfeln als auf die Kalkulation neuer Aufträge, hatte sie ihm geschrieben. War wirklich keine Besserung in der familiären Situation möglich? Pieter wünschte sie sich so sehr.

In Sluis sah das Protokoll einen Aufenthalt von einer Woche vor. Pieters Ungewissheit würde also noch einige Zeit bestehen bleiben. Prinzessin Margarete logierte zunächst im Haus eines begüterten Kaufmanns direkt am Marktplatz. Die Einwohner der Stadt empfingen sie mit großer Herzlichkeit und ließen es sich nicht nehmen, ihr eigens eine Theateraufführung zu widmen. Dem Haus gegenüber war eine Bühne aufgebaut worden, und in drei lebenden Bildern führte man für sie die Geschichte von Jason und dem Goldenen Vlies auf, die für die burgundischen Herrn und ihren Orden von so großer Bedeutung war.

Herzog Karl gab Margarete schon in Sluis mehrfach die Ehre seines Besuches. Doch alles blieb sehr formell.

Erst am Sonntag, dem 3. Juli zog der Hofstaat in den frühen Morgenstunden weiter nach Damme, wo der Bischof von Salisbury in der Kathedrale die kirchliche Trauung vollzog. Herzog Karl kehrte von dort heimlich und allein nach Brügge zurück. Die ganze Ehre des festlichen Einzugs in die erwartungsfrohe Stadt sollte seiner frisch Angetrauten allein zustehen.

Der erste Teil des Weges nach Brügge verlief auf der Reie, die den Brügger Hafen mit dem Zwin verband. Die beiden Ufer des Flusses waren von vielen Schaulustigen gesäumt. Das Leichterschiff steuerte die erste Schleuse an. Es musste sie für die Weiterfahrt passieren.

Der Schleusenwärter sah aufgeregt, wie das Schiff sich näherte. Er winkte ihm zu und hangelte sich ans Ende der Schleusenkammer. Bald gingen die Verholtrossen quietschend herab, und das Schleusentor öffnete sich langsam.

Der Kahn fuhr mit seiner wertvollen Fracht vorsichtig in die Kammer. Ein- und Ausfahrt verliefen reibungslos. Kurz vor den Mauern der Stadt ging die Gesellschaft an Land. Als Erstes sah Margaret das große Zeltlager der edlen Ritter, die das Turnier bestreiten wollten.

Die Zelte standen dicht bei dicht vor der Stadtmauer. Sie prunkten mit Samt und Seide in allen Farben und waren ein Schauspiel für sich. Vor den Zelten wehten Standarten und Fahnen lustig im Wind. Auf den Wappenschilden zeigten die Recken ihre Herkunft und ihren Rang. Besonders stolz waren sie, wenn sie auf lange Ahnenreihen verweisen konnten. Vom Zelt eines Edlen wehten sage und schreibe zweiunddreißig Wimpel mit den Wappen seiner Vorderen. Wie viele mächtige Geschlechter gab es da zu bewundern!

Die größere Pracht entfaltete sich jedoch erst, als die Hochzeitsgesellschaft durch das Stadttor zog. Die Straßen waren mit Teppichen, edlen Stoffen, Zweigen und Blumen geschmückt. Über das Zentrum der Stadt waren dreiundvierzig Triumphbögen verteilt.

Bald hatte der Zug eine Vorhut von mehreren hundert Menschen. Vorweg grüßten Herolde, Trompeter und Spielleute mit donnerndem Schall. Es folgten Wappenoffiziere, burgundische und englische Bogenschützen. Der Klerus, der Adel, die Bürgerschaft und die fremden Kaufleute schlossen sich an.

Venezianer, Florentiner, Spanier und Hansekaufleute wetteiferten in ihrer Selbstdarstellung. An der Spitze der Florentiner ritt Arnolfini. Der Vertreter der Medici zeigte sich stolz in der Tracht eines herzoglichen Rates.

Am Heiligkreuztor und an den Gebäuden daneben waren auf Gerüsten Bilder nachgestellt, die auf die Vermählung des Paares Bezug nahmen. Man sah Adam im Paradies, wie Gott ihm Eva zuführte, die Vermählung von Alexander mit Kleopatra, Joseph und Maria und ein Bild der Hochzeit von Kana, wo Jesu Wasser in Wein verwandelte.

Erst in der Mittagsstunde erreichte die Gesellschaft den Prinsenhof. Das kurze Mittagsmahl nahmen die Vermählten strikt nach dem Zeremoniell getrennt ein.

Für den Nachmittag war das erste Tjostieren angesetzt.

Die prächtigen Einzugsfeierlichkeiten in die Stadt hatten den geplanten Ablauf aber etwas verzögert. Karls Bruder Anton trug eine besorgte Miene zur Schau. Die Damen hatten zudem nach den Anstrengungen des Morgens eine Ruhepause nötig. Natürlich wollten sie sich auch noch erfrischen und die Kleider wechseln. Sie wollten zeigen, was sie besaßen!

Hoffentlich zahlen sich die gründlichen Vorbereitungen aus und das Turnier wird nicht Opfer der Dämmerung, dachte Anton bekümmert.

Die Vorbereitungsarbeiten waren immens gewesen. Der gesamte Marktplatz war zum Turnierfeld umgestaltet worden. Er war zunächst rundherum durch hohe Schranken eingezäunt worden. Nur zwei Tore unterbrachen die Umzäunung, das eine bei der Kapelle des heiligen Christoph, das andere nahe dem Stadthaus. Auf dem ersten Tor prangte der goldene Baum.
Das zweite Tor zierten zwei Türmchen. Ein goldener Hammer hing daran. Um den ganzen Platz zogen sich Tribünen für die Zuschauer. Auf der Seite der Hallen war eine besonders prächtige für die Damen des Hofes aufgebaut. Neben ihr hatte man nochmals einen goldenen Baum aufgepflanzt, eine gülden eingefärbte mächtige Fichte. Neben ihr war von den Zimmerleuten eine Kanzel errichtet, von der der Zwerg Arbre d'or Aufsicht über den regelgerechten Verlauf der Kämpfe und den reibungslosen Ablauf der sonstigen Darbietungen nehmen konnte.
Dieser Estrade folgten spezielle Holzsitze für die Richter, Wappenkönige und Herolde. Die benötigten einen besonders guten Blick, denn alle Waffen der Turnierteilnehmer mussten vor den Waffengängen begutachtet und gemessen werden.
Viele dienstbare Geister hatten seit Tagen auf ebenem Feld den Schauplatz hergerichtet. Sie hatten das Kampffeld planiert und alles mit Sand und Stroh ausgelegt. Nun wartete der Platz wohl bereitet auf die Recken.
Der Zugang zum Turnierfeld war schon seit dem Vortag für das Volk gesperrt. Heute wieselten überall Ordnungskräfte herum, um die Sicherheit der Teilnehmer und Zuschauer zu gewährleisten.
Diebstähle, Schlägereien und andere unangenehme Begleiterscheinungen einer solchen Großveranstaltung galt es zu verhindern.
Die Reichen hatten es sich inzwischen auf den Tribünen gemütlich gemacht und harrten der Dinge, die da kommen sollten. Sie waren natürlich geladene Gäste. Die Staatskasse kam für ihre Plätze auf. Der kleine Mann hingegen musste für seinen Stehplatz bezahlen. Ihm wurde nichts geschenkt.

Endlich ging es vom Palast aus zu Pferd, im Wagen und in der Sänfte in langem Zug zum Turnierplatz hin.

Der Herzog ritt an der Spitze. Seine Ausrüstung überstrahlte alle anderen an Prunk. Ein faltenreicher Seidenkoller bedeckte seinen Oberkörper. Auf seiner breiten Brust prangte das Familienwappen. Unter der Grafenkrone leuchteten drei goldene Lilien auf blauem Grund und zeigten an, dass der Fürst von königlichem Geblüt war. Um den Hals trug Karl die schwere goldene Kette mit dem Orden des Goldenen Vlieses. Das Ordenszeichen trug das Bildnis eines Widderfells mit blau emailliertem Feuerstein geschmückt. Die Worte »Pretium laborum non vile« umrahmten das Ganze. Kein geringer Preis der Arbeit, bedeutete der Satz übersetzt. Karls blankes Panzerhemd und der Helm mit den wippenden Federn warfen die Sonnenstrahlen in die Menge der Zuschauer zurück. Der Herzog ritt auf einem Falben mit blauer Decke und purpurrotem Rand. Goldene Schellen läuteten ein fröhliches Lied. An seinem Sattel hing ein mächtiges Schwert. Hinter ihm schritt einer seiner Schildknappen und trug ihm den großen Schild nach. Ein weiterer Knappe folgte und reckte die lange Lanze seines Herrn hoch in den Himmel. Adolf van Nieuwland, Sohn eines der edelsten Brügger Geschlechter, ritt an Karls Seite. Das Wappen auf seiner Brust wies drei Jungfrauen mit goldenem Haar auf rotem Grund aus. »Schön ist es für das Vaterland zu sterben«, stand in Lateinisch als Wahlspruch auf seinem Schild. Auch der getreue Wilhelm van Maldeghen ritt auf seinem Rappen mit Karl und tat sich schwer, in Reih und Glied zu bleiben. Überall, wo der Herzog vorbeikam, brach Jubel aus. Er trug nun als Überwurf ein mit Marderpelzen gefüttertes langes Gewand mit viel goldbesticktem Zierrat, denn es war kühl geworden. Sein Pferd glänzte unter der Schabracke mit den großen goldenen Schellen.

Karls frisch angetraute Herzogin war wieder nicht an seiner Seite. Sie residierte schon in einem Palais am Markt und ließ sich nur wenige Male am reich geschmückten Fenster sehen und winkte zur Freude der Untertanen huldvoll hinab. Ihr karmesinrotes Kleid aus schwerem Goldbrokat öffnete sich dabei leicht und ließ das helle Futter aus weichem Hermelin hervorblitzen.

16

Es war schon später Nachmittag, als Herzog Adolf von Kleve, Herr von Ravenstein, ein Vetter Herzog Karls, vor dem Platz eintraf. Er sollte des großen Bastards erster Herausforderer sein. Sein Herold nahm den goldenen Hammer aus der Befestigung am Tor und klopfte dreimal dagegen. Der Zwerg auf seiner Kanzel richtete sich auf, sein weißer Wappenrock mit dem goldenen Baum leuchtete grell in der Abendsonne. »Arbre d'or«, befahl er mit heller Stimme das Tor zu öffnen. Ein Hauptmann der herzoglichen Wache empfing des Ritters Herold mit einer Eskorte von sechs seiner Bogenschützen und geleitete ihn bis zum goldenen Baum. Der Herold reichte dem ehrfürchtig knienden Zwerg das klevesche Wappenschild. Der gab es den Richtern zur Prüfung und ließ es mit ihrer Zustimmung an die vergoldete Fichte hängen. Adolf von Kleve war für den Tjost als würdig befunden. Ihm und seinem Gefolge wurde der Einlass gestattet. Zuerst zogen Trompeter und Trommler ein.

Es folgte ein Wappenoffizier in blauem Samt gehüllt, sein Pferd gleichermaßen ausstaffiert.

Adolf von Kleve wurde in einer Sänfte hereingetragen. Sie war in den Ravensteinschen Farben Blau-Weiß gehalten. Zwei Rappen in blauem Harnisch, mit Stickerei und Silbernägeln verziert, trugen sie mit zierlichen Schritten. Hinter der Sänfte führte ein Page das Turnierross an der Longe. Es war im Gegensatz zu Pferden, die man bei Kriegszügen benutzte, klein und schnell. Nicht Ausdauer und Kraft, sondern Geschwindigkeit und Beschleunigung waren für die Tjoste von Bedeutung. Auf einer schweren blauen Goldbrokatdecke leuchtete der Wahlspruch des Kämpen.

Am Schluss des Zuges folgte ein Maulesel mit Rüstung und Waffen beladen. Auch die Rüstung war von besonderer Art. Es war eine spezielle

Gestechrüstung mit viel höherem Gewicht und größerer Schutzwirkung als sie eine Gefechtsrüstung hatte. Die musste für den Kampf viel mehr Bewegungsfreiheit bieten.

Ein kleiner Narr hüpfte in buntem Gewand hinter dem Maulesel her und trieb ihn mit einer silbernen Gerte an.

Erst vor der Tribüne der Damen hielt die Sänfte an, und Adolf von Kleve stieg aus. Oliver de La Marche bat für ihn um Erlaubnis trotz seines hohen Alters noch einmal tjostieren zu dürfen. Die Damen hießen ihn willkommen und winkten ihm mit ihren Spitzentüchlein aufmunternd zu. Seine Helfer legten Adolf die Harnischteile an und stolz machte er eine Runde um die Schranken und verneigte sich dabei vor dem goldenen Baum und seinem eigenen Wappenschild. Dann ging er mitten auf den Kampfplatz. Fanfaren erklangen und nun erschien auch Anton, der Herausforderer. Er wurde in einem Zelt aus weiß-gelbem Damast hereingeschoben. Zahlreiche goldene Bäume waren darauf gestickt. In einem dicken goldenen Apfel, der das Zeltdach krönte, stak sein Banner.

Herolde, Trompeter, Ritter und Pagen sorgten für gleich prächtiges Geleit wie bei Adolf von Kleve. Erst vor der Balustrade der Hofdamen öffnete sich das Zelt und der Bastard sprengte hoch zu Ross in vollem Harnisch hervor. Grün waren sein Schild und die Rossdecke. Die Farbe hatte er in Anspielung mit Bedacht auf die frisch Vermählten gewählt. »Il te faudra de vert vêtir. C'est la livrée aux amoureux«, wurde in einem Volkslied gesungen! Grün galt als die Kleidungsfarbe der Liebenden.

Der Zwerg drehte die Sanduhr um, und die Zeit für das Kräftemessen lief.

Die Kontrahenten legten ihre Lanzen ein und das Stechen begann. Die erste Schwierigkeit bestand darin, die schnellen Pferde bei eingeschränktem Sichtfeld hinter den Visieren überhaupt so nah an der Schranke entlangzureiten, dass der Gegner mit der Lanze getroffen werden konnte. Schon wer zweimal ohne den Gegner zu treffen vorbeiritt, wurde disqualifiziert und gab sich damit vor aller Augen eine große Blöße. Ziel des Kampfes war es, den Gegner mit der Lanze zu treffen und dabei mindestens zwei Spann vom vorderen Ende der eigenen Lanze abzubrechen.

Anton mit seiner Wucht brach mehr Lanzen als sein Gegner. Als der Sand in der Uhr verronnen war, ging beim letzten Zusammenprall von Ravensteins Pferd in die Knie und versagte seinem Reiter endgültig den Dienst.

Mit einem goldenen Reif, dem ausgesetzten zweiten Preis, wurde Ritter Adolf stürmisch verabschiedet.

Zu Ehren der Damen trennten sich die beiden Recken mit einem Scheingefecht, ohne sich nochmals mit den Lanzen zu treffen.

Die Menge strömte zufrieden in die Stadt zurück, wo viele Angebote an Speise und Getränken auf sie warteten. Der Duft des brutzelnden Fleisches stieg zum Himmel empor wie der Weihrauch in der Kirche. Überall roch es nach köstlichen Gerichten, wie Erbsen mit Speck, Rübenragout mit flämischem Ochsenfleisch. Hähnchen drehten am Spieß, genauso wie Hammel- und Kalbsbraten. An einem anderen Stand brutzelten »Koebakken« mit Butter in einer schweren Eisenpfanne.

Die Speisen waren scharf gewürzt, sie sollten Lust nach vollen Krügen erzeugen!

Jan van der Weyden, der sich mitten im Volk durch die Gassen treiben ließ, wählte eine große Portion Hammelfüße mit Zwiebeln, Gewürznelken und Muskat. Die hatten ihm in der Nase gestochen und waren außerdem preiswert. Der Koch fischte sie aus der Brühe. »Da sind drei Pinten Weißwein drin«, sagte er stolz.

Zur Feier des Tages flossen an der Außenfassade des Prinsenhof aus einem Hirschmaul Würzwein und aus einem Einhornrachen Rosenwasser. Jan bediente sich großzügig am sprudelnden Wein. Die freigebige Spende des Herzogs kam ihm zurecht, hatte er doch wieder fast alles Geld, das er besaß, beim Spiel gelassen. An seine Schulden mochte er heute nicht denken.

Der Hofstaat feierte im Prinsenhof. Auch dort war alles bestens vorbereitet. Das Schloss hatte für die vielen geladenen Gäste nicht ausgereicht. Maurermeister Goetghebeur und der Schreinermeister Grossins mussten sich selbst übertreffen und draußen auf dem Ballspielplatz einen hölzernen Festsaal errichten. Er war in Brüssel gezimmert worden. In Teile zerlegt, hatte man ihn mit dem Schiff herantransportiert. Hundertvierzig Fuß lang, siebzig Fuß breit und zweiundsechzig Fuß hoch, bot er nun, fachgerecht zusammengebaut, den nötigen pompösen Rahmen für das Fest. Glasfenster mit Holzladen sorgten für Lüftung und Licht von außen.

Auch die Wohn- und Wirtschaftsräume waren erheblich ausgebaut worden. Die Gemächer der Burg hatte man vom Boden bis zur Decke mit wertvollsten Tuchen ausgekleidet. Beim Brüsseler Wirker Jehan Le Haze orderten die Beamten des Herzogs eine Vielzahl von Wandteppichen. Szenen mit antiken Helden schmückten die Wände, daneben Tapisserien mit christlichen Motiven. Cornelis hatte an den Bestellungen kräftig mitverdient. Einen besonders schönen Teppich mit dem Bildnis Alexander des Großen hatte er beschafft. Karl liebte die Geschichte dieses mächtigen Herrschers. Der war ebenfalls Sohn eines Philipps und schon immer sein Vorbild gewesen. Benachbarte Häuser und Keller nahe der Burg waren für das Fest requiriert und belegt worden.

Auf dem großen Innenhof des herzoglichen Palastes hatte man Baracken für die Küche und eine Empfangshalle aufgebaut.

Die Saaldecke des Festsaales war, wie der flandrische Himmel, in blau-weißem Stoff dekoriert. An den Wänden des Saales hingen Bildteppiche, die Gideon und das Goldene Vlies verherrlichten. Hölzerne Kandelaber und ausladende Kronleuchter sorgten mit tausenden Kerzen für sanftes Licht. Zwischen den Tischreihen erhoben sich als Schmuck auf Fels und Stein modellierte gewaltige Schlösser, in denen sich Artisten für allerlei geplante Spektakel trefflich verbergen konnten. Bäume, Sträucher, Büsche und Blumen zauberten diese Burgen in eine blühende Landschaft, in der sich Mensch und Kreatur friedlich tummelten. Große Spiegel vervielfältigten die Pracht um das Zehnfache und täuschten Weite vor. So wartete alles auf das abendliche Bankett.

Erlauchte Gäste waren angesagt: Der päpstliche Legat, zwei Brüder der englischen Königin, zahlreiche Bischöfe und die Herzogin von Norfolk waren darunter.

Kuriale, Edelleute, Stadthonoratioren und die besten Köpfe der schönen Künste waren geladen.

In der riesigen Küche herrschte emsige Betriebsamkeit.

Der Chefküchenmeister thronte in einem Sessel zwischen Herd und Anrichte, von wo aus er die gesamte Küche übersehen konnte. Er war in blütenweißes Leinen gekleidet und hielt in seiner Rechten einen großen hölzernen Löffel. Mit dem scheuchte er seine Gehilfen und Küchenjungs, schlug manchmal sogar zu und probierte damit auch die diversen Suppen und Saucen.

Auch hielt er Obacht über die vielen wertvollen Zutaten. Allein hundertneunzig Kilo Pfeffer standen für die Speisen bereit. Die Hofmeister, Junker der Küche und Küchenjungen an den riesigen Herdstellen hatten noch alle Hände voll zu tun und waren bemüht, wahre Wunder zu vollbringen.

Das Diner begann mit viel Pracht und Sehenswertem.

Der erste Fleischgang wurde in großen Schiffen aufgetragen, dreißig an der Zahl, blau und gold gehalten. Jedes von ihnen trug den Namen eines der Länder, über die Karl gebot. Auf den höchsten Masten waren die Wappen der Länder neben den Farben des Herzogs zu sehen. Die Taue der Schiffe schimmerten in reinem Gold. Kleine Ritter und Matrosen an Bord waren mit Obst und Gewürzen umgeben. Der Chefkoch stand stolz neben den Kunstwerken. Bei diesem superben Bankett wollte er, wenn der Hauptgang serviert wurde, eine Fackel in der linken Hand, mitmarschieren und sich zusammen mit den kulinarischen Überraschungen, die von ihm ausgedacht worden waren, selbst präsentieren und ein wenig feiern lassen.

Herzog Karl bohrte sich genüsslich mit einem goldenen Zahnstocher in den Zähnen. Alles um ihn herum starrte vor Gold und Silber. Die Hände des Fürsten durften nichts Gemeines berühren. Die Serviette wurde sogar demütig geküsst, wenn sie der Sommelier dem Panetier übergab, damit Karl sich damit seine Hände abtrocknen konnte.

Der Valet servantan führte auch seine Lippen an die Hefte der zwei großen goldenen Messer, die dem Herzog für die nächsten Gänge zugedacht waren, und legte sie erst dann mit tiefer Verbeugung aus.

Vorkoster schützten Karl vor einem Mordversuch mit Gift. Alle für ihn bestimmten Speisen und Getränke wurden vor dem Genuss untersucht und vorgekostet. Vor seinem Gedeck stand ein Schiffchen aus massivem Silber, das neben einem Salzfass für diese Prüfungen ein besonderes silbernes Stäbchen sowie ein Stück eines Einhorns enthielt. Wachsame Augen beobachteten ununterbrochen den herzoglichen Teller, damit auch ja nichts Böses zu den Köstlichkeiten hinzugefügt wurde.

Der Sitz des Herzogs stand unter einem hohen Baldachin aus Goldstoff mit einem breiten Besatz aus Samt.

Neben Karls Sitzplatz war ein Schautisch mit sechs Borden aufgebaut. Gold- und Silbergeschirr, Glas, Kristall und Porzellan, teils mit Juwelen und Perlen verziert, leuchteten und glänzten um die Wette. Nur Karls Mundschenk durfte an einer hölzernen Schranke vorbei an diese Kredenz herantreten, um den Herzog zu bedienen.

An diesem Festtage sollten sich, auf Befehl des Herzogs, auch noch andere erfreuen. Alle Fleischstücke, die nach dem Festmahl übrig blieben, fielen dem Geistlichen zu, der am Morgen gepredigt hatte, dem Hufschmied, der die Pferde des Herzogs beschlug, und dem Armoyeur, der Helm und Harnisch geputzt hatte. Leben und leben lassen war die Devise am burgundischen Hofe!

Nach dem ersten Gang folgte ein Zwischenspiel, um den Mägen der Gäste bei der üppigen Völlerei eine kleine Ruhepause zu vergönnen. Auf einem ungesattelten Pferd, das reich in silberne Seide gehüllt war, ritten Rücken an Rücken zwei kleine Trompeter herein und schmetterten ein Lied, das zurzeit besonders en vogue war.

Danach nahm das Festmahl neu beschwingt seinen Fortgang. In einer Pastete stand ein lebender Schafsbock, blau eingefärbt mit goldenen Hörnern. Ein niedlicher Zwerg in kirschrotem Röckchen hielt ihn an einer Leine.

Mit dem Öffnen der Pastete durch die Gehilfen des Kochs sprangen Bock und Zwerg heraus und balgten sich zur Freude der Gäste. Ein Wirbel weißer Pfauentauben erhob sich aus einer Silberkugel in die Lüfte. Die Kugel öffnete sich langsam wie ein Blütenkelch. Das Silber blitzte und spiegelte im Lichte der vielen Kerzen.

Die Luft in dem mit Gobelins behangenen Saal drohte bereits stickig zu werden. Da ließ der Haushofmeister die Fenster in der Dachspitze öffnen und sorgte für etwas frische Luft. Die Flammen der vielen Kerzen wiegten sich im Durchzug und tanzten zu Ehren des Brautpaares einen lustigen Reigen. Auch silberne Duftkugeln wurden verteilt. Sie waren mit frischen Kräutern gefüllt und verbesserten die Atemluft.

Der nächste Gang würdigte die besondere Bedeutung, die der königliche Vogel Pfau in allen Zeiten spielte. In vielen Romanen, auch in denen der herzoglichen Bibliothek, leisteten edle Recken besondere Schwüre auf den königlichen Vogel, so auch Alexander der Große, Karls Vorbild. Er wurde als Symbol für das gegebene Eheversprechen der beiden Jungvermählten serviert. Hundert gebratene Vögel wurden im Schmuck ihrer prächtigen Federn hereingetragen. Ritter in schimmernden Rüstungen zerlegten sie mit ihren Schwertern in Stücke. Besonderes Lob wurde ihnen gezollt, wenn sie die königlichen Tiere so zerteilten, dass jeder der Gäste eine Portion in intaktem Federkleid erhielt.

Ein vergoldeter Löwe wurde als Intermezzo hereingeritten. Auf einer seidenen Decke mit dem herzoglichen Wappen saß eine Zwergin in der Tracht einer Schäferin.

Vor dem letzten Gang wurde sehr aufwendig auf Karls Jagdleidenschaft angespielt. Auf einem weißen Hirsch mit goldfarbenem Zwölfendergeweih ritt ein wunderschöner, engelsgleicher Knabe zwischen die Tische. Des Herzogs Hofnarr und seine goldblonde Lieblingszwergin begleiteten den schönen Reiter. Für diese kleine Dame war dem Herzog kein Budget zu groß. Sie musste immer die schönsten Roben tragen und den prächtigsten Schmuck, so auch heute.

Auf das Souper folgten in dieser Nacht keine langen Tänze mehr. Es war schon drei Uhr morgens, und alle waren vom langen Tage erschöpft. Auch der nächste Tag versprach ein anstrengendes Programm. Schon am späten Vormittag war im großen gotischen Rathaussaal ein Defilee angesetzt. Deshalb hatten die Programmgestalter ein Einsehen und wollten die Gäste ein wenig schonen. Die Darbietungen des Festabends waren so gewählt, dass sie der edlen Corona keine großen geistigen Anspannungen abverlangt hatten und nun noch diese Rücksichtnahme! Zufrieden, satt und todmüde ging die Schar der Geladenen zu Bett.

17

Das Defilee begann am nächsten Morgen Punkt elf Uhr. Der große Saal barst vor Menschen. Alles, was Rang und Namen hatte, gab sich ein Stelldichein.

Auch Pieter war mit Sir William geladen. Sein Herz schlug ihm bis zum Hals. Er war sich sicher, an diesem Morgen mit seinem Vater zusammenzutreffen. Seine Augen gingen über die vielen Menschen und suchten nach ihm. Und dann sah er eine junge Frau. Er war wie vom Donner gerührt. Welche Anmut, welcher Liebreiz!

Sie stand alleine am Ende des Saales vor dem prächtigen Gobelin mit einem Jagdmotiv. Trotz der vielen Gäste wirkte sie abwesend und einsam. Nur ihre Gedanken schienen durch den Raum zu wehen und verbanden sie mit den anderen Leuten.

Pieter konnte seine Blicke nicht von ihr wenden. Ihr feines Gesicht wirkte fast durchsichtig und hatte eine marmorweiße Haut. Ihr Kopf war von einer weißen Leinenhaube umrahmt, die am Rande mit einer zarten Brügger Klöppelspitze verziert war. Ihr Haupthaar schimmerte goldblond. Zwei zierliche Knoten, die links und rechts über ihren kleinen Ohren aus der Haube hervorlugten, ließen das erahnen.

An ihrem langen weißen Schwanenhals glitzerte eine zarte Goldkette. An der hing ein prächtiger blutroter Rubintropfen. Mit klopfendem Herzen sah Pieter die junge Frau unverwandt an. Die merkwürdige Einsamkeit ihrer Person erhöhte dabei den sinnlichen Reiz und zog ihn magisch an. Die Fremde trug ein langes flaschengrünes Überkleid. Die weiten Ärmellöcher, der Halsausschnitt und der untere Saum waren mit weißem Hermelin gefasst. Das Kleid war direkt unter ihrem Busen mit einem Brokatband geschnürt, welches die kleinen, festen Brüste betonte und den Stoff nach unten in gefälligen Falten fließen ließ. Die langen Ärmel des Unterkleides waren aus auberginefarbener Seide und schlossen am Bündchen mit dem gleichen goldenen Brokatband ab wie das Oberkleid unter der Brust. Ihre zarten, weißen Hände schwebten graziös in der Luft. Pieter schämte sich auf einmal, wie begehrlich seine Blicke sie maßen, und war erleichtert, dass sie es nicht bemerkte.

Die Musik setzte ein und umrahmte die fremde Schöne, die er betrachtete, auf das vollkommenste. Er wusste mit einem Mal, das war Liebe auf den ersten Blick, was er bei ihrem Anblick verspürte! Er war im heiratsfähigen Alter. Dieses liebreizende Weib wollte er unbedingt zur Frau! Pieter schaute sich um. Er suchte jemanden, der ihm den Namen der Schönen verraten oder besser noch sie gleich miteinander bekannt machen konnte. Sie musste aus guter Brügger Familie sein, mutmaßte er. Da sah er den Kontorleiter seines Vaters vorübergehen und sprach ihn nach einer herzlichen Begrüßung auf die junge Frau an. Mijnheer Pieter reagierte überraschend bestürzt: »Da habt Ihr wirklich eine Schönheit im Visier, doch sie ist nichts für Euch«, sagte er. Pieter fiel nichts anderes ein, als »Warum sagt Ihr das?« zurückzufragen. »Das ist Anna, die Tochter von Johann de Worde, Eures Vaters schlimmstem Rivalen, wenn nicht gar Feind. Sein Name hat, wie der Eures Vaters, in Brügge den Klang eines Sackes voll Gold«, sagte er ehrfürchtig. »Die beiden sind sich noch immer spinnefeind, obwohl sie doch gar nicht mehr nach den Schätzen des jeweils anderen trachten müssten.«

Nun lag die Bestürzung ganz bei Pieter. Er nickte verstehend und trollte sich wie ein begossener Pudel von dannen. Er konnte sich jedoch nicht damit abfinden, dass die junge Frau für ihn wirklich tabu sein sollte. Er kreiste in langsamen Schritten erregt durch den Raum und suchte einen Ausweg. Seine Kreise wurden immer enger und führten ihn immer näher zu der Schönen hin. Dann stand er neben ihr. Er blieb nicht unbemerkt. Vielleicht war es sein bohrender Blick, der auch sie aufmerksam werden ließ. Sie lächelte und nickte ihm höflich zu. »Sind wir uns bekannt?«, fragte sie mit wohltönender Stimme und ließ ihn mit dieser Frage leicht erröten. »Leider nicht«, stammelte er vor Aufregung. »Doch das würde ich gerne nachholen. Ich bin Pieter van der Weyden, der Sohn des Kaufmanns Cornelis und Bürger dieser Stadt«, fügte er schon etwas gefasster hinzu. Und sogleich stieg Furcht in ihm auf, wie sie auf seinen Namen reagieren würde.

Anna blieb unverändert freundlich und zeigte keinerlei Abwehrhaltung. Anscheinend hatte sie mit dem Disput der Väter nichts zu schaffen. »Ich bin Anna de Worde, die einzige Tochter des Kaufmanns Johann von gleichem Namen. Auch ich lebe in dieser Stadt.« Es war für beide nicht schwer, ein Gespräch anzuknüpfen. Sie waren sich auf den ersten Blick sympathisch. Bald wusste Anna einiges über Pieters Anstellung bei Hof und kannte seine Leidenschaft für Bücher. Für die brachte sie viel Verständnis auf. Auch sie las gerne und viel. Mit Freuden tauschten die beiden jungen Menschen ihre Leseerfahrungen aus und waren so ins Gespräch vertieft, dass das ganze Drumherum völlig in Vergessenheit geriet.

Erst Annas Vater störte die traute Zweisamkeit. »Vater, das ist Pieter van der Weyden, ich habe ihn soeben kennengelernt«, stellte Anna ihn ihrem Vater vor. »Doch hoffentlich nicht ein Sohn von Cornelis? Ihr seht dem Taugenichts Jan verdammt ähnlich«, warf der Vater bei weitem unfreundlicher ein, als es seine Tochter gewesen war.

Pieter war zu stolz, um seine Herkunft zu verleugnen, und bekannte, Cornelis' Sohn zu sein. Als Mijnheer Johann seine Befürchtung bestätigt fand, griff er seine Tochter fest am Arm und zog sie unsanft fort. »Das ist kein Umgang für dich«, brummte er böse.

Anna ließ sich nicht einschüchtern. Sie schenkte Pieter zum Abschied ein strahlendes Lächeln und sprach laut vernehmlich über ihre Schulter hinweg zu ihm: »Es war schön, Euch kennenzulernen. Ihr unterscheidet Euch wohltuend von den sturen Pfeffersäcken, die ich im Hause meines Vaters so oft ertragen muss.«

Annas Vater war verblüfft über ihre ungewohnte Aufmüpfigkeit und zog sie noch schneller von Pieter fort. Pieter empfand Annas Abschiedsworte wie ein Geschenk und wusste gleich, dass er sie trotz des Widerwillens ihres Vaters wiedersehen würde. Noch völlig von der jungen Frau ergriffen, lief er seinem Vater in die Arme.

Das Wiedersehen mit ihm war unschöner, als er es sich in seinen schlimmsten Träumen vorgestellt hatte. Kein »Wie geht es dir?«, »Was machst du?«, »Wann kommst du zu Besuch?«. Nur ein frostiges Erkennen ging über das Gesicht des gealterten Kaufmanns. »Du bist also zurück. Ich habe es befürchtet. Dann geht wohl die unsägliche Geschichte wieder von vorne los«, brummte er und ließ Pieter einfach stehen. Pieter war wie versteinert. Alles, was eben noch in seinem Herzen so gelöst und beschwingt gewesen war, war nun verkrampft und starr. Er schluckte und schluckte, um zu vermeiden, dass ihm vor all den Menschen das Wasser in die Augen stieg. Er suchte Sir William und fand ihn. Er brauchte seine Gesellschaft als Stütze, um das Leid, das ihn verzehrte, zu ertragen.

Am frühen Nachmittag, nach einem kleinen Essen, wurde das Tjostieren fortgesetzt. Der Landesherr selbst führte den Zug zum Marktplatz. Herzog Karl trug sein langes Haar offen. Ihn schmückte dieses Mal das Wappen von Brügge auf seinem Brustpanzer. Der mächtige blaue Löwe prangte mit seiner roten Krone über den roten Querstreifen. Über dem Wappenschild schwebte die goldene Krone des Herzogtums. Besonders stolz war der Fürst auf sein edles Araberpferd. Der Schimmel trug eine prächtige rote Schürze und tänzelte nervös.

Die Prozession ging von der Abtei Eckhout, an der auch das Stadthaus von Mijnheer van Gruuthuuse stand, die Straßen entlang bis zum Turniergelände. Der gesamte Weg, den der prächtige Zug nahm, war von begeisterten Zuschauern gesäumt. Der Landesherr ritt dem Zug stolz voraus. Immer wieder winkte er huldvoll zu seinen Untertanen hinab.

Die Ehrenjungfrauen und ihre Anstandsdamen hatten schon auf der Tribüne Platz genommen. Den edlen Damen wurde nach den strengen Regeln der Minne von allen Recken große Hochachtung gezollt.

Pieter, der sich zwischen dem Gefolge der Herzogin aufhielt, sah auf einer entfernten Tribüne, die der reichen Kaufmannschaft vorbehalten war, Anna de Worde. Sie war schön wie am Morgen. Pieters Herz schlug gleich schneller, und wieder konnte er seine Blicke nicht mehr von ihr lassen. Die vielen Attraktionen, die um ihn herum abliefen, lenkten ihn nicht davon ab.

Endlich näherte sich der Festzug dem großen Platz.

Karls Ordonnanzkompanie folgte dem Herzog auf dem Fuß und war eine Augenweide. Der Kommandeur, der Herzog Karl erst kürzlich den jährlichen Treueid geleistet hatte, ritt mit seinem hocherhobenen Kommandostab vor seinem Trupp. Sein Rüstzeug glänzte im Sonnenlicht. Es reihten sich Fahnenschwenker, Fanfarenbläser und Chöre an.

Farbenprächtige Herolde und laute Musikanten schritten einem Zug lustiger Gaukler vorweg, der nicht ganz so geordnet einzog wie die Soldaten. Aber auch sie zeigten sich in großem Staat. Mit Fahnen, Trompeten, Flöten, Schellen und Handtrommeln machten sie Radau und allerlei Schabernack.

Eine kleine verhutzelte Zwergin in einem roten Samtkleid mit goldenen Applikationen ritt auf einer Löwin und lockte Rufe des Staunens und der Bewunderung hervor.

Der Löwin und ihrer Reiterin folgten zwei Riesen, die an einem mehrfach gedrehten, starken Tau einen Walfisch hinter sich herzogen.

Das Gigantenpaar rief genauso laute Begeisterungsstürme hervor wie die berittene kleine Missgeburt zuvor.

Ein mächtiger Elefant pflügte nach den Riesen mit seinen langen Stoßzähnen den Boden und trompetete vor Aufregung schrill mit seinem gen Himmel erhobenen Rüssel. Es wurde erzählt, dass er in Wut schon mehrere Menschen totgetreten habe. Den Zuschauern ging deshalb bei seinem Anblick schon ein Schaudern über die Rücken.

Dann tänzelten die Herolde der Ritter auf ihren Rössern heran. Sie trugen die Namen der Länder, die dem Burgunderherzog untertan waren: Charolais, Zélande … Ihre Trompeten schmetterten die Aufforderung an die Kämpen, sich zum Wettkampf bereitzuhalten.

Die Luft bebte von Trommelwirbeln. Alle Kämpen folgten der Aufforderung gerne, schon allzu lang währte ihr Warten. Die Ritter wirkten hoch angestrengt und nervös. Keiner wollte schließlich den Kürzeren ziehen.

In die Mähnen ihrer Pferde waren Federbüsche und bunte Quasten eingeflochten. Die Schabracken der Rösser waren kunstvoll bestickt. Die Sonnenstrahlen brachen sich im blank geputzten Metall der Helme und

Harnische. Lanzen und Schwerter übertrafen sich in der Feinheit der Ziselierung und dem Grad der Härtung. Sie waren zum Teil aus dem Orient, aus Spaniens Toledo oder Italien eingeführt. Anton, Le Grand Bâtard, zeigte in seiner schimmernden Rüstung seine wahrlich herkulische Gestalt. Er galt auch heute als einer der Favoriten des Wettkampfes.

Ritter Jean de Chassa trat zu Beginn als »Chevalier esclave« auf. Er schilderte in einem Traktat in Briefform all die Pein, die er erdulden musste, um ein bedrängtes Weib aus Not und Gefahr zu befreien. Die reine Liebe der Minne besang er:

> *»Liebe verleiht des Ruhmes wahre Krone,*
> *macht würdig und recht ehrenvoll den Mann.*
> *Nur die Liebe beschenkt mit Siegeslohne*
> *und treibt zu kühnen Taten jeden Recken an«* ...

Die Damenwelt befand ihn würdig für das Tjostieren. Zur Überraschung aller bezwang er des Herzogs Halbbruder.

Auch Anton von Luxemburg ließ sich etwas ganz Besonderes einfallen. Er wurde, in einer Burg eingesperrt, von einem Zwerg hereingezogen. Der Winzling verlas sodann eine Bittschrift an die Damen. Sie sollten ihre Zustimmung geben, dass der Ritter die Freiheit erhielte, am Turnier teilnehmen zu dürfen. Die Damen kamen dieser Bitte mit großer Bereitwilligkeit nach, konnten aber mit ihrer Sympathie für ihn nicht verhindern, dass Anton gegen Adolf von Kleve nur zweiter Sieger wurde.

Zwischenfälle und kleinere Probleme entstanden während der Kämpfe zuhauf. Mal passte einem Recken das Visier nicht, mal brach ein Befestigungshaken. Am schlimmsten traf es Bastard Anton. Bei einer Pause zwischen den Tjosten wurde er beim Zuschauen am Rande des Turnierplatzes von einem Pferdehuf so schwer am Knie verletzt, dass er sich an den nächsten beiden Tagen von einem Ritter vertreten lassen musste. Selbstverständlich kam Anton für alle Kosten und Preise weiterhin großzügig auf.

An diesem Montagabend wurde das Abenddiner einer aufwendigen Theateraufführung untergeordnet. Der Saal wurde für diese Vorführung anders eingerichtet. An seiner schmaleren Südseite bauten fleißige Hände eine große Bühne auf. Die lange Tafel rechter Hand wurde ganz entfernt und dafür die zur Linken verlängert und bis zur quer stehenden Ehrentafel weitergeführt.

Die Organisatoren des Abends vertrauten mit ihrem Programm auf größere geistige Frische der Gäste als am Vortage. Denn das Theaterstück erforderte Konzentration, Nachdenken und sogar gewisse Kenntnisse der Mythologie. Das Leben des Herkules lag ihm zugrunde.

Der Herzog und seine Braut kleideten sich für diesen Abend zum zweiten Mal um. Ihr ganzes Gefolge, Pagen und Bedienstete, wurden ebenfalls passend zum Brautpaar neu ausgestattet. Die enorme Prachtentfaltung des Herrscherpaares veranlasste viele Edelleute, ihnen bestmöglich nachzueifern. Die Farbenpracht im Saal war unbeschreiblich. Umhänge aus weißer Atlasseide wurden mit schwarzen Damasthosen kombiniert. Grüner Samt mit karmesinrotem Atlas, grüner Atlas über violettem Damast oder auch hellrote glänzende Taftseide mit schwarzem schwer gewirktem Atlas waren beliebte Farbzusammenstellungen bei diesem Verkleidungsspiel.

Die Vorderseiten der Gewänder waren oft farblich unterschiedlich zur Rückseite ausgeführt. Zur Hälfte lohfarben, zur Hälfe blau war sehr en vogue. Doch das verwirrende Farbenspiel genügte nicht allein. Die Kleidungsstücke waren zusätzlich prächtig bestickt. Silberne Akeleiblüten, goldene Sterne und bunte Vögelchen zierten die Stoffe.

Fast keines der edlen Häupter war unbehütet. Die erlesenen Stoffe der kleinen Hütchen und Kappen boten Halt für Perlen, Edelsteine und güldene Spangen. Zierfedern daran in allen Farben waren der letzte Schrei.

Der erste Akt des Dramas zeigte die Kindheit des Helden. Die Gäste konnten bei der Schilderung, wie sein Zwillingsbruder von einer Schlange getötet wurde, und Herkules sie unerschrocken mit Faustschlägen tötete, in die Gefahren eines Heldenlebens eintauchen.

Im zweiten Akt raubte der Held mit Theseus Schafe.

Er bestand dabei schreckliche Kämpfe mit einem Riesen und mit König Philotes, dem Herrscher des Landes.

Im dritten Akt tötete Herkules auf der Rückreise nach Griechenland ein Meeresungeheuer und befreite Hesione, die Tochter des Königs von Troja, die sich in der Gefangenschaft des Untieres befunden hatte.

Im letzten Akt dieses Abends bezwang Herkules mit Hilfe der Göttin Tugend die schrecklichen Löwen: Welt, Fleisch und Teufel.

Danach wurde das Schauspiel unterbrochen. Schwierige Szenenwechsel verlangten für die Fortsetzung des Stücks eine Pause bis Donnerstag.

Kaum war der Vorhang gefallen, flog unter Fanfarenstößen der Trompeter ein künstlicher Greif in den Saal. Auf seinem Gefieder trug er eine Seidendecke mit den Initialen der Neuvermählten. Als er seinen Schnabel öffnete, schwirrten winzige Vögelchen heraus.

Nach diesem Spektakel wurden Tische und Stühle fortgeräumt, und die Festgesellschaft überließ sich dem Tanzvergnügen.

Pieter hatte sich der Wirkung des Stückes ganz hingegeben. Nun, als er die herzoglichen Initialen auf der Decke sah, wünschte er sich, es wären Annas und seine. Sein Blick suchte die Tische ab, um den Blick seiner Liebsten, die ebenfalls zugegen war, einzufangen, doch die Lichtverhältnisse im Saal ließen dies nicht zu.

Anna zum Tanz zu bitten wagte er nicht, denn er wusste den grimmigen Vater in ihrer Nähe. Sir William konnte ihm allerdings berichten, dass er Pieters Vater gesehen habe. »War mein Bruder Jan bei ihm?«, fragte Pieter sofort. Sir William verneinte das. Dann bestätigt sich Marguérites Bericht, Jan nimmt am geordneten Leben seines Standes wenig teil, dachte Pieter besorgt und beschloss, die Begine bald einmal zu besuchen.

Am Dienstag, um die Mittagszeit, wurde das Tjostieren fortgesetzt. Als nächstes Paar standen sich Philipp de Poitier und Herr von Monnet gegenüber. Sie erregten bei ihrem Auftritt mit schönen Künsten Aufmerksamkeit.

Philipp wurde von einem bildhübschen Mädchen begleitet, das mit heller Stimme gereimte Willkommensverse verlas. Herr Monnet trat selbst mit einem Minnelied auf den Lippen in die Schranken. In dem

Musikstück wurde sein lebenslanger Dienst an den Damen gerühmt und beschworen.

Philipp siegte in diesem Wettstreit.

Herr von Ternant tjostierte sodann erfolgreich gegen Herrn von Carency. Er erschien auf dem Platz in eine Decke aus karmesinrotem Goldbrokat gehüllt. Über sie waren große silberne Glocken verstreut und klangen im Takt mit dem Schritt seines Pferdes. Nach dem dritten Gang warf er die Decke ab, angeblich weil sie ihn störte. In Wahrheit wurde dadurch der Blick auf den Harnisch des Pferdes frei, der in gleicher Weise prächtig geschmückt war.

Am Schlussstechen des Tages nahm Herzog Karl persönlich teil. Er zeigte seinen Reichtum in barer Münze. An seinem Schild klirrten unzählige rheinische Gulden. An seiner Samtdecke klingelten nicht weniger funkelnde Goldpfennige. Adolf von Kleve, sein edler Vetter, stand ihm gegenüber und entfaltete genauso viel Pracht wie Karl selbst. Zum letzten Mal drehte der Zwerg auf seinem Hochsitz die Sanduhr und der Tjost begann. Herzog Karl brach acht Lanzen, doch sein Vetter deren elf. So ging der goldene Ring für den Sieger an den Herrn von Kleve, was die Richter etwas in Verlegenheit brachte. Sie befürchteten in Ungnade zu fallen, wenn sie ihren hohen Herrn zurücksetzten.

Das Festmahl am Abend wurde durch kleine Spektakel zwischen den einzelnen Gängen bereichert.

Als die Gäste zur Soiree hereinströmten, glich der ganze Saal einem Zeltlager. Platten und Schüsseln waren unter schimmernden Seidenzelten kaschiert. Von ihnen wehten burgundische Banner. In der Mitte des Raumes erstrahlte ein Turm in Gold, Blau und Silber, wie ihn Karl in Gorkum hatte errichten lassen. Ein Wächter auf dem Turm spielte große Bestürzung, als er die vielen Zelte sah. Die Burg war belagert, verkündete er. Er blies Alarm. Die Gäste amüsierten sich königlich.

Ein Gaukler führte sodann eine Pantomime als Ratespiel auf. An einem Baum war ein Löwe angebunden. Davor prügelte der Mann einen Hund, der jämmerlich jaulte.

Pieter erkannte das gesuchte Sprichwort sofort und nannte es Sir William nicht ohne Stolz: »Om den leeuw te dwinghen, slaet man dat hondeken cleyn!« Um den Löwen zu zwingen, schlägt man das Hündchen.

Sir William bedankte sich mit einem kurzen Lachen für Pieters Erklärung.

So reihte sich zwischen den Gängen Überraschung an Überraschung. Als der fünfte und letzte Gang aufgetragen war, sprangen sieben bunt kostümierte Affen herein und tanzten und musizierten mit Trommeln und Flöten wie echte Musikanten. Das war eine gelungene Überleitung zum Tanz der Gäste. Orchestermusik setzte ein und die Reichen und Mächtigen schlossen sich den Tieren an.

18

Der Mittwoch wurde zum allgemeinen Ruhetag deklariert. Das war gut so. Ein allzu großer Strom von Darbietungen war über die Gäste bereits hinweggefegt. Dazu gehörten natürlich auch die Stunden auf dem Turnierplatz. Gestärkt und erholt sollte man sich wieder auf einen ausgefüllten Donnerstag freuen.

Pieter nutzte den freien Tag, um an einer Messe in der Liebfrauenkirche, Brügges schönster Kathedrale, teilzunehmen.

Die Uhr schlug Glock zwölf. Er trat in das Halbdunkel des Gotteshauses. Ein leichter Duft von Weihrauch lag in der Luft. Die bunten Glasfenster und die vielen Kerzen spendeten diffuses Licht, das nicht einmal bis zur Holzdecke des Gewölbes reichte. Im Halbdunkel sah er die Umrisse vieler Gläubigen. Zu seiner großen Freude und Überraschung traf er auch Anna de Worde im Gotteshaus an. Sie war allein, ohne Begleitung ihres Vaters!

Als sie Pieter erkannte, ging ein Strahlen über ihr Gesicht, das Pieters Seele erwärmte. Sie hatte also ebenfalls Empfindungen für ihn! Er kniete sich an ihre Seite und bald wechselten sie leise, zarte Worte.

Schnell fasste Pieter einen Entschluss: Das Gotteshaus gehörte jedermann. Zu jeder Tages- und Nachtzeit war die Kirche offen, was lag näher, als sich dort auch fürderhin mit Anna zu treffen!

Die beiden waren sich schnell einig darüber. Und so wurde für Pieter der tägliche Kirchgang zum meist herbeigesehnten Moment. Wenn Anna einmal nicht kommen konnte, stand er einsam im Kirchendunkel und fühlte sich einfach nur elend.

Das Tjostieren am Donnerstag verlief ohne größere Aufregungen. Einige Gäste waren des Zuschauens müde und zogen stattdessen weitere Stunden der Ruhe vor, denn zu viel Speise und Trank hatten sie erschöpft. Am Abend beim Festbankett wollten sie auf jeden Fall wieder frisch sein und sich ansehnlich präsentieren. Außerdem sollte ja das große Schauspiel seinen Fortgang nehmen.

An diesem Abend hatten die Bediensteten den Tafelschmuck durch neue Variationen ersetzt. Vergoldete Pfauen und versilberte Schwäne schmückten nun die Tische. Die trugen die Kette des Goldenen Vlieses und die Wappenschilde der Ordensmänner um ihre schönen, langen Hälse.

Weitere Tiere standen, bepackt mit Köstlichkeiten, neben ihnen: Dromedare, Hirsche und Einhörner mit den Wappen burgundischer Lehnsleute.

Der fünfte Akt des Dramas ließ unter den Zuschauern große Spannung aufkommen. An der Höllenpforte besiegte Herkules Cerberus den Höllenhund und legte ihn an die Kette. Aus dem Reich Plutos befreite er danach Proserpina. Sodann bezwang der Jüngling eine Bestie, halb Mensch, halb Tier. Er trennte ihr den Kopf ab, doch der wuchs zu seinem Entsetzen immer wieder nach. Erst in hoch entfachten Flammen konnte Herkules das Untier töten. Noch mehrere Heldentaten reihten sich aneinander. Im letzten Akt setzte Herkules zwei mächtige Marmorsäulen als Grenzpfähle seines Herrschaftsgebietes ins Meer und dankte den Göttern für ihre Hilfe bei seinen Taten.

Das Publikum applaudierte dankbar und begeistert.

Nach dem Abschluss des Tjostierens am Freitag begann endlich das Turnier. In seinem Verlauf erschien Herzogin Margarete etliche Male auf der Tribüne der adeligen Damen. Sie trug, als Verbeugung vor England, eine Kopfbedeckung in den Farben ihres Heimatlandes. Sie sparte nicht mit Zeichen ihrer Huld und teilte sie freizügig an die Kämpen aus. Welches Glücksgefühl war es für die Ritter, ein Stück ihres Schleiers, ein Band oder gar einen Handschuh an Helm oder Harnisch zu tragen. Solche Gunstbeweise stachelten sie zu Höchstleistungen an.

Pieter flanierte unter den Tribünen vorbei, bis sein Auge endlich Anna fand. Beim Vorbeigehen neigte er fast unmerklich sein Haupt. Ein strahlendes Lächeln war sein Dank. Bald winkte sie, wie die anderen Damen mit ihrem Spitzentüchlein, und Pieter wusste, wem ihr Winken galt!

Dieses Mal legten alle Recken ihren Rössern die gleichen violetten Samtdecken auf. Selbst Herzog Karl machte keine Ausnahme. Auch die Waffen wurden einheitlich verteilt. Jeder Teilnehmer erhielt ein Schwert und eine Lanze, beide mit stumpfer Spitze. Die Waffenrichter hatten mit der Überprüfung reichlich zu tun und zeigten während der Untersuchung durchaus ihre Wichtigkeit. Endlich standen sich fünfzig Edle in schimmerndem Harnisch für einen Gruppenkampf gegenüber. Der kühne Karl war mitten unter ihnen.

Der Schwertkampf wurde so erbittert und blutig geführt, dass sich Herzogin Margarete große Sorgen um das Wohl ihres frisch Angetrauten machte.

Anton gehörte wieder als einer der Ersten zu den Gebeutelten. Ein stumpfes Schwert traf mit solcher Wucht seinen Helm, dass ihm Blitze vor den Augen standen, und er einer Ohnmacht nahe war. Ein heißer Schmerz durchströmte die Nerven in seinem Rücken, und zur gleichen Zeit spürte er, wie ihm Blut über seine Hinterbacken in die straffen Beinlinge lief.

Aufgeregt hieß die Herzogin den Zwerg, mit der Trompete den Kampf abzublasen, und erbat gemeinsam mit ihren Hofdamen das Ende des Kampfes. Aber die Helden ließen sich nicht bremsen. Erst als der Herzog selbst seine mächtige Stimme erhob, brachen die Heißsporne ab und gaben sich mit ihren Heldentaten zufrieden.

Zum Sieger wurde der jüngere Bruder der englischen Königin, John Wydeville erklärt. Die Richter wollten durch diesen Entscheid die neu bekräftigte Freundschaft mit der Insel dokumentieren.

Anna de Worde saß mit ihren Eltern auf der Tribüne der Stadthonoratioren. Atemlos hatte sie den Wettstreit verfolgt. Aber sie hatte auch mit ihren Blicken jemand bestimmten gesucht. Immer wieder waren ihre Augen die Tribünen entlanggeschweift und hatten nach Pieter van der Weyden Ausschau gehalten. Ihr Bemühen war vergebens. Pieter war in den Prinsenhof zurückgekehrt, wo die Vorbereitungen für das letzte abendliche Bankett abliefen.

Die zum Abend geladenen Ritter und Edelleute wurden nochmals zu Lasten der Staatskasse neu eingekleidet. Weiß, Grau und Schwarz waren als Farben des Abends zugelassen. Selbst die Stoffe, Stickereien, Fransen und der Schmuck wurden gestellt. Auch Pieter bekam als Höfling ein neues Gewand und hatte es schon zur Probe getragen. Es saß wie angegossen!

Zufrieden mit dem Urteil der Kampfrichter zogen derweilen die Edlen ebenfalls in den Palast zurück und freuten sich auf das letzte große Festmahl der Hochzeitsfeierlichkeiten.

Dieses Bankett brachte natürlich den Höhepunkt an Luxus. Der kurze karmesinrote Samtrock, den Karl an diesem Abend trug, war über und über mit Perlen und Edelsteinen besetzt. Der Harnisch seines Pferdes war in gleicher Weise verziert. Obwohl das Ross auf dem kurzen Weg zum Bankett gar nicht zum Einsatz kommen musste, wurde es mit dem Herzog zusammen in den Festsaal geführt. Man ließ keine Möglichkeit aus, allen Reichtum zur Schau zu stellen!

Die Fleischspeisen waren in dreißig im Raum künstlich aufgebauten Gärten angerichtet. Goldene Hecken friedeten sie ein und trennten sie voneinander. Zwischen dem Fleisch standen Rosenstöcke und wuchsen echte Bäume. Schöne Frauen in flämischer Landestracht bevölkerten die Gärten als kleine Figürchen.

Auf den Deckeln der großen Schüsseln lag allerlei Nippes, wie Trauben und Blätter aus buntem Wachs. Johannes der Täufer, als Brunnenfigur modelliert, ließ aus dem erhobenen Finger in dickem Strahl Rosenwasser springen. Aus einem Kronleuchter spie ein Drache Flammen und spuckte Rosenblätter.

Die Zwischenspiele waren wieder vom Feinsten. Riesen führten einen künstlichen Wal herein, der Flossen und Schwanz bewegen konnte. Zwei Sirenen entstiegen seinem Rachen, sangen merkwürdige Weisen und tanzten dazu. Ritter sprangen danach aus dem Körper des Untiers hervor und kämpften um die schönen Sängerinnen.

Sir William war von den Darbietungen so gerührt, dass er zu Pieter nur noch sagen konnte: »Nur am Hofe König Artus hätte man Vergleichbares bieten können!«

Die Gäste blieben bis in die frühen Morgenstunden bei Tanz und Spiel beieinander. Ein gewaltiges Feuerwerk kündigte dann das baldige Ende der Feierlichkeiten an. Die Flammenregen der Böller waren, wie sollte es anders sein, in den herzoglichen Farben gehalten. Beim letzten Stern des Feuerwerks wünschte sich Pieter die Ehe mit Anna. Auch er unterlag dem Aberglauben, dass sich ein Wunsch erfüllte, der beim Untergang eines Sternes heimlich ausgesprochen wurde.

Am folgenden Tag schloss sich dem feierlichen Kirchgang ein letztes opulentes Mittagsmahl an. Der päpstliche Legat hatte dabei die Ehre, zur Rechten des Herzogs zu sitzen. Gegen Ende des Schmauses wurden die Wappenkönige und Herolde der Sitte entsprechend reich beschenkt. Sechshundert Franken wurden unter ihnen verteilt. Der englische Herold Chester erhielt zu dem Geld ein mit Hermelin gefüttertes langes Gewand aus Goldbrokat. Einige Wappenkönige wurden von Herzog Karl höchstpersönlich befördert.

Dem Landesherrn blieb danach keine Verschnaufpause vergönnt. Wichtige Regierungsgeschäfte riefen ihn nach Holland fort.

Im geschäftigen Brügge ging das normale Leben weiter. Sir William und Pieter widmeten sich in Herzog Karls Diensten neuen, interessanten Aufgaben bei der Beaufsichtigung der Hofbibliothek. Unter dem Herzog setzte sich das goldene Zeitalter der burgundischen Literatur nicht nur fort, sondern gewann ungeahnte Blüte. Schreiber, Kalligraphen, Buchbinder und Miniaturisten standen in großer Zahl am Hof in Lohn und Brot. Es gab sogar berufsmäßige Buchhändler, die Karls Wunschliste abarbeiteten. Der Herzog war an allen Bucharten interessiert. Chroniken, Memoiren, Balladen, Reisebeschreibungen, pädagogische Schriften waren ihm genauso wichtig wie theologische Traktate, geographische und militärische Veröffentlichungen oder auch Gedichtbände, Romane und Novellen. Seine persönlichen Geschichtsschreiber sorgten dafür, dass er selbst nachdrücklich unter die großen Helden der Geschichte aufgenommen wurde. Karl erwarb Folianten in allen Sprachen. Er beherrschte Französisch wie auch Flämisch und Englisch. Besonders wertvolle Pergamentexemplare, geschmückt mit Miniaturen und Rankenwerk, wurden auf sein Geheiß hin für den Studiengebrauch auf normales Papier übertragen, damit die echten kleinen Kunstwerke vom Gebrauch geschont blieben. Jede Neuanschaffung musste von den Bibliothekaren auf das Genaueste inventarisiert werden.

Für Sir William und Pieter ergab sich ein fast unüberschaubares Verantwortungsfeld. Da sie jedoch selbst Bibliophile waren, fanden sie eine große Befriedigung darin, dem Herzog mit ihrem Sachverstand zu Diensten zu sein. Bald entstanden für sie dadurch auch nützliche Freundschaften, so zur Genueser Familie Adornes, die Mitte des Jahrzehnts in der von ihr gestifteten Jerusalemkirche ebenfalls, wenn auch in bescheideneren Rahmen, eine Bibliothek errichtet hatte.

Für den liebeskranken Pieter ergab sich dort manch unverhoffte Gelegenheit, Anna zu sehen. Bald entwickelten die beiden Liebenden neben dem gemeinsamen Kirchgang auch über die Bücher ein großes Geschick darin, dem Zufall nachzuhelfen, sich zu sehen.

Der Miniaturist Willem Vrelant, der in Brügge arbeitete, gehörte genauso zu den Freunden wie Jean Dreux, der dem Herzog als Valet de Chambre diente und ebenso Herr van der Gruuthuuse, ein besonderer Freund Englands. Sir William drückte so manches Mal ein Auge zu, wenn diese liebenswerten Menschen für das verliebte Paar Amors Botendienste übernahmen und ein Rendezvous in die Wege leiteten. Auch Marguérite half ihnen, wo immer es ging. Die Gute hatte beim Wiedersehen Pieter mit Tränen der Rührung in die Arme geschlossen. Anna fand bei ihr sofort ein offenes Herz und vollste Anerkennung.

Sir William Caxton erledigte derweilen für Herzogin Margarete mit großer Leidenschaft einen Herzenswunsch. Er übersetzte das Werk des Raoul Lefèvre in die englische Sprache. Er lieferte damit Shakespeare die Inspiration für Troilus und Cressida und machte sich am Hof noch unentbehrlicher. Pieter erfüllte seine Aufgaben mit Pflichtgefühl, Freude und Geschick. Aber immer wieder schweiften seine Gedanken zu Anna ab. Er suchte krampfhaft nach einer Möglichkeit, ihr näherzukommen und sie trotz aller Widerstände des Vaters endgültig für sich zu gewinnen.

Das Jahr 1469 begann kühl und feucht. Wer immer konnte, vermied es draußen zu sein. So wurden auch die kleinen lieb gewordenen Treffen von Pieter und Anna seltener. Nun setzte Pieter auf die kommenden Karnevalstage im Februar. Da konnte selbst Mijnheer de Worde ein Zusammentreffen der beiden nicht verhindern. In diesen Tagen mischten sich Reich und Arm auf Brügges Straßen. Versteckt hinter den Masken konnten sich auch Verliebte unerkannt treffen. Deshalb fieberte Pieter dieser willkommenen Möglichkeit entgegen. Ihm gelang es dann auch, Anna beim Flanieren durch die Straßen zu begegnen und ihr sogar unbemerkt eine Nachricht zuzustecken. Er bat sie um ein Treffen am Abend vor den Tribünen am großen Markt.

Anna verdeckte das kleine Papier damenhaft mit den Händen. Sie drehte sich etwas zur Seite, las die Botschaft und nickte Pieter kaum sichtbar für andere zu. Wie glücklich der darüber war!

Nun galt es für Anna ein Geschenk zu finden. Schon zum zweiten Mal ging er an einem der Lotterieständen vorbei. Nun, wo das Treffen sicher war, beschloss er, Anna ein Los zu kaufen. Das erschien ihm für den heutigen Anlass die beste Gabe. Er wünschte sich für sie natürlich den größten Gewinn.

Der Herzog hatte ein Heiligenbild gestiftet, das wäre schon das Richtige für Anna, befand er. Der Schatzmeister Bladelin stellte zwei Jagdhunde zur Verfügung. Auch die waren nicht zu verachten, aber für Anna wohl nicht ganz so geeignet. Überhaupt lockten viele attraktive Preise zum Loskauf.

Die Gemeindediener gingen eifrig die Straßen auf und ab und hielten die begehrenswerten Sachen in die Höhe, um die Kauflust der Promenierenden zu erhöhen. Pieter griff zu. Die Lotterie würde zwar zuvorderst der Stadt eine schöne Summe einbringen, aber auch die Gewinner reichlich belohnen. Am Karnevalsdienstag würden die Gewinner feststehen, und man musste nur dazugehören! Hoffentlich war Anna darunter!

Es war kalt in dieser Februarnacht. Die beiden jungen Menschenkinder hatten sich trotz ihrer Masken sofort erkannt. Pieter nahm Anna fest in den Arm. Er begründete sein Tun mit der nächtlichen Kälte. »Du sollst nicht frieren«, flüsterte er.

Anna fror nicht, sie fühlte sich wohl in seinen Armen. Er spürte keinerlei Gegenwehr.

Sie platzierten sich vor einigen Kohlepfannen, die nahe bei den Tribünen standen. Die wohlige Wärme tat ihnen gut. So ließ sich auf die Musiker mit ihren Pauken und Fideln, Trompeten und Flöten, Trommeln und Schellen trefflich warten. Über den Marktplatz hatten Artisten ein Seil gespannt und tanzten ausgelassen über ihren Köpfen. Viele Ohs und Ahs gellten zu den Gauklern empor und ermunterten sie zu immer schwierigeren Schaustücken. Endlich zogen die Musiker auf und begannen ihr lustiges Spiel.

Als die Aufführungen auf dem großen Platz schließlich dem Ende zugingen, drängte es Pieter, mit Anna allein zu sein. »Wir haben noch so viel Zeit, mein Liebster, lass uns erst noch das Feuerwerk sehen«, vertröstete ihn sein Schatz und gab ihm flink einen Kuss auf die Wange. Pieter wurde es kalt und warm zugleich. Sie mussten sich sputen, denn das Karnevalsfeuer und das Feuerwerk begannen schon bald. Es fand, wie alljährlich am Minnewater statt.

Pieter hatte sich an diesem Abend als Hofnarr verkleidet. An seiner Filzkappe läuteten die goldenen Schellen kräftig, als die beiden zu laufen begannen.

Anna trug für den Abend ein langes Kleid aus weißem Seidenbrokat. Vor ihrem feinen Gesichtchen hatte sie eine pelzverbrämte, perlenbestickte Maske, die ihre Züge fast vollständig verdeckte. Das Laufen wurde ihr in der langen Robe äußerst mühsam. Ihr wurde von der Anstrengung richtig warm.

Mit großem Gejohle sprang ein Ziegenbock vor ihnen her und neben ihm ein goldener Vogel mit Zuckerwerk in der Hand. Auch diese beiden Narren waren auf dem Weg zum Feuerwerk. Die beiden Liebenden folgten ihnen in Eile.

Ihre lustige Vorhut tauschte trotz des Gerennes frei und offen Zärtlichkeiten aus und knabberte gemeinsam an süßem Zeug. Dabei begegneten sich immer wieder ihre Münder zu langen Küssen. Auch den Händen ließ der Ziegenbock freien Lauf und traf bei seiner Gespielin auf Ermunterung!

»Sieh nur, der hat sein Vögelein aber wohl viel lieber als du mich«, schmollte Anna und knuffte Pieter zärtlich in die Seite. Da konnte Pieter den Gegenbeweis einfach nicht schuldig bleiben. Bald machten auch sie vor den Leuten von ihren Gefühlen keinen Hehl mehr. Kein Blatt passte zwischen sie, als sie eng umschlungen das schillernde Spektakel der geräuschvoll explodierenden Feuerwerkskörper auf sich wirken ließen. Pieters Stimme wurde vor Aufregung rau, als er Anna ins Ohr flüsterte: »Nie darf etwas zwischen uns kommen. Ich will dir immer gehören, so wie du immer mir gehören sollst. Du musst meine Frau werden!« Da schob Anna ihre Maske hoch auf die Stirn, im spärlichen Licht blickten ihn ihre schönen Augen ganz zärtlich an und sie erwiderte ihm leise, aber fest: »So und nicht anders soll es sein. Auch ich will nur dich und nehme keinen anderen!« So fest hatten sie sich noch nie einander versprochen und sie waren glücklich und gelöst über ihren Mut. Wer sollte so viel Liebe auf Dauer verhindern?

19

Es war noch früh am Morgen, als es an Pieter de Bruynes Haustür pochte. Mijnheer Pieter war Frühaufsteher und öffnete die Tür selbst. Ein Bote stand davor und überreichte ihm ehrerbietig einen versiegelten Brief, nachdem er sich versichert hatte, wirklich mit dem Hausherrn selbst zu sprechen. Pieter erkannte das Siegel der Medici. Es war das Schreiben, auf das er schon lange gewartet hatte! Er ging in den Wohnraum und öffnete den versiegelten Umschlag. Der Text des Briefes enthielt scheinbar wichtige geschäftliche Informationen. Doch Pieter wusste, dass nur das Postskriptum die von ihm dringlich herbeigewünschte Nachricht beinhaltete, und zwar verschlüsselt. Das Postskriptum lautete:

Aocwxjeaaejalkgeyae

Pieter kannte den Verschlüsselungscode auswendig. Der letzte Buchstabe »e« in der Reihe sagte ihm, wo er zum Entziffern das verschobene ABC an das normale Alphabet anlegen musste:

A b c d e f g h i j k l m n o p q r s t u v w x y z
E f g h i j k l m n o p q r s t u v w x y z a b c d

Nun konnte er in der unteren Reihe problemlos ablesen, was der jeweilige Buchstabe im verschlüsselten Text wirklich bedeutete. Entschlüsselt hieß die Nachricht:

»Es gab nie eine Police«

Pieter sah dort klar und deutlich niedergeschrieben, was er schon lange befürchtet hatte. Jan hatte seinen Vater in der Versicherungsangelegenheit schändlich betrogen. Er hatte niemals eine Versicherung für die Heringsschiffe abgeschlossen. Wahrscheinlich hatte er das Geld, welches für die Versicherungsprämie bestimmt war, für Spielen und Saufen verschwendet. Nicht der Assekurant war wegen Bankrotts die Leistung schuldig geblieben, wie Jan vor dem Vater so frech behauptet hatte. Nein, er selbst hatte das Geld schlichtweg unterschlagen! Dieses Mal würde der schlimme Kerl wirklich in Teufels Küche kommen, schwor sich Pieter. So schwer es de Bruyne auch fiel, seinem Dienstherrn Kummer zu bereiten, er musste Cornelis umgehend informieren und ihm diese Hiobsbotschaft überbringen. Was würde das für den Kaufmann eine Enttäuschung sein. Der Sohn, der sein Nachfolger werden sollte, war also nicht nur ein Lotterjan, sondern auch noch ein Betrüger! Der Kontorleiter nahm den Brief und versteckte ihn in einem schweren Folianten, in dem alle Abrechnungen der letzten Monate sorgfältig gebunden waren.

Als Pieter de Bruyne bei ihm eintraf, war Cornelis schwer beschäftigt. Er richtete nämlich am Abend eine große Soiree aus. Viele wichtige Geschäftsfreunde waren geladen. Es war noch viel zu tun, um den Abend zum Erfolg werden zu lassen. So reagierte der Patron recht ungnädig darauf, dass de Bruyne ihn jetzt unbedingt stören wollte, schlug ihm das rüde ab und vertröstete ihn auf den nächsten Tag. »Nichts kann so wichtig sein wie ein Erfolg des heutigen Abends«, sagte er zur Erklärung seines Verhaltens.

Mijnheer Pieter kränkte die Vertröstung auf den nächsten Tag überhaupt nicht. Er war sogar ein bisschen erleichtert, Cornelis die Wahrheit für den Moment ersparen zu können. Er krächzte leise mit seiner kaputten Stimme: »Dann bis zum Abend«, und machte sich auf den Weg zurück ins Kontor. Dort wartete auch auf ihn noch genügend Arbeit.

Draußen im Flur traf er auf Jan, der ihn nur von oben herab angrinste. Erbost darüber konnte es sich de Bruyne nicht verkneifen, zu ihm zu sagen: »Euch wird das Grinsen bald vergehen. Morgen werden wir beide ein ernstes Gespräch bei Eurem Vater haben. Es geht um die Versicherung der Heringsschiffe.« Er sagte nicht mehr für den Moment, sondern hatte sich schon wieder gefasst. Er ließ den jungen Mann grußlos stehen und ging. »Ich kann mir nicht helfen, aber schon der Anblick des Kerls macht mich immer sofort wütend. Er hat so etwas an sich, ich kann es mir gar nicht erklären«, murmelte er erbost vor sich hin.

Jan war trotz der wenigen Worte des Kontorleiters zutiefst beunruhigt. De Bruyne war ihm anscheinend auf die Schliche gekommen! Hinter seinen Schläfen begann es mächtig zu pochen. Er musste schnell handeln. Es galt, die eigene Haut zu retten.

Die Gedanken in seinem Kopf überschlugen sich. Er musste diesen Kerl unschädlich machen und alle Spuren, die zu sich selbst hinführten, verwischen. Ein Gespräch bei seinem Vater durfte es nicht geben.

Bald stand die Lösung seines Problems vor seinem inneren Auge. Vom Würfelspiel her kannte er unter den Soldaten einen Italiener. Antonio hieß er. Der Kerl prahlte immer damit, ein tödliches florentinisches Gift zu besitzen. Den musste er aufsuchen. Das war das richtige Mittel für Mijnheer de Bruyne!

Die Sterne standen gut. Jan hatte zurzeit genügend Geld, um das Gift bezahlen zu können. Er hatte die Tage davor beim Spiel endlich einmal wieder gewonnen. Außerdem hatte er eine Partie Heringe an einen deutschen Hanseschiffer durchgehandelt. Seine Kommission dafür musste nicht unbedingt über die Bücher laufen. Das ergab noch mehr Geld als Reserve und sollte für seinen Plan genügen.

Jan fand Antonio am frühen Mittag in einer Spelunke beim Würfelspiel. Er trat hinter den Soldaten, und als der Jans Schatten auf den Tisch fallen sah, schaute er sich um. »Komm mit mir an die Seite«, flüsterte Jan leise. »Ich habe ein gutes Geschäft für dich.« Antonio spielte das Spiel zu Ende und erhob sich maulend. Er unterbrach nur ungern, denn er hatte gerade eine Glückssträhne. »Du musst mir von deinem Gift verkaufen, von dem du so oft sprichst«, drängte ihn Jan. Der Italiener war plötzlich hellwach. Hier gab es etwas zu verdienen, sicherer und mehr als beim Spiel.

»Was willst du damit?«, fragte er lauernd. »Das soll dich nicht scheren, ich zahle dir gutes Geld«, gab der unwirsch zurück. »Nun gut, es ist wohl besser so. Was ich nicht weiß, macht mich nicht heiß. Aber eine Phiole davon kostet dich drei Golddukaten.«

Jan fand das viel zu viel, aber er hatte keine Zeit, zu feilschen. Er willigte ein und drängte auf schnelle Lieferung. »Du kannst das Gift sofort haben, wenn ich sofort das Gold bekomme«, sagte der Italiener mit gierigem Blick.

Da nestelte Jan selbstgefällig an seinem Geldsack und zeigte Antonio die Münzen. Der Italiener griff bereitwillig in die Innentasche seiner Joppe und zog ein Glasröhrchen hervor, das mit einer durchsichtigen Flüssigkeit gefüllt war. Es kam zwischen den beiden zu einem flinken Austausch: Geld gegen Gift. Keiner im Raum bemerkte, was da Böses geschah. Antonio erklärte Jan noch leise einiges zu dem Gift und zu seinem Gebrauch: »Man nennt es Cantarella. Es ist ein Kalium arsenicosum. Ich habe es in Wasser gelöst. Schon zwanzig Tropfen davon sind absolut tödlich, ein ideales Mordmittel! Es ist geschmacklos und geruchlos. Man kann es Wein oder anderen Getränken zusetzen, ohne dass diese sich verfärben, anders schmecken oder riechen. Der größte Vorteil des Giftes ist jedoch, dass seine Wirkung erst nach einigen Stunden eintritt. Dann kann dein Opfer bereits weit von dir entfernt sein und keiner wird Verdacht schöpfen, dass du etwas mit seinem Tod zu tun haben könntest. Es ist ein probates Hausmittel der Borgia«, lachte der Soldat. »Das ist genau, was ich brauche«, erwiderte Jan und nickte zufrieden, um dann noch eine Frage anzuschließen: »Kennst du vielleicht auch noch jemanden, der für mich ein Feuer legen würde?«

Sein Spielgefährte sah ihn neugierig an. »Wenn es eine sichere Sache ist, wäre ich bereit dazu. Ich hätte auch einen Kumpan, der mir dabei helfen könnte. Doch das kostet natürlich mehr Geld als das Gift, mindestens das Doppelte. Schließlich verlangst du in diesem Fall von uns, selbst eine Straftat zu begehen!«

»Ich habe mit dir bisher schon nicht gehandelt, aber nun finde ich, du kannst den Hals wirklich nicht voll kriegen. Für mich ist Eile geboten, deshalb trotzdem, einverstanden, sechs Golddukaten für beide zusammen, aber kein Stück mehr!« Antonio dachte gierig an den großen Batzen Gold, der ihm da winkte und willigte sofort ein. Er hatte eigentlich vorgehabt, für irgendwelche Extradienste noch etwas mehr zu fordern, wollte aber die Chose nicht gefährden. Jan sah sich um und prüfte, ob ihnen niemand zu nahe war. Dann erklärte er dem Italiener ausführlich, was es zu erledigen galt: »Es muss heute Nacht geschehen. Der Himmel ist voller Wolken und der Mond nur halb. Wenn ihr es richtig anstellt, wird es eine sichere Sache sein«, schloss er. Er griff nochmals in die Geldkatze und holte drei Münzen heraus. »Drei bekommst du sofort und drei, wenn der Auftrag erledigt ist. Deinen Helfer will ich gar nicht erst sehen. Je weniger ich von ihm weiß und umgekehrt er von mir, umso besser.«

Als die beiden handelseinig waren, trennten sich ihre Wege. Jan ging in das Haus seines Vaters zurück, um sich für den festlichen Abend umzukleiden. Er war wieder ganz ruhig. Ich habe alles im Griff, dachte er zufrieden.

Antonio ging zu seinem Freund an den Tisch zurück, und bald saßen die beiden in einer Ecke zusammen und schmiedeten einen Plan für die Brandstiftung.

Es wurde ein glänzender Abend im Hause van der Weyden. Kaufleute aus mehreren Herren Ländern waren zu Gast. Ein Gemisch vieler Sprachen schwirrte durch die Luft. Jan gab sich besonders umgänglich, was sein Vater wohlgefällig bemerkte.

Mijnheer de Bruyne sprach gegenüber Jan keine weitere Drohung aus. Er beachtete ihn vielmehr gar nicht. Er beschäftigt sich stattdessen sehr aufmerksam und unentwegt mit den Gästen.

Das machte es Jan leicht, sich in de Bruynes Nähe zu begeben, um einen günstigen Moment für das Verabreichen des Gifts zu finden, und zwar ohne dass dies bei Mijnheer Pieter auf Mistrauen stieß.

Kurz vor Mitternacht kam der günstige Augenblick.

Der Kontorleiter hatte sich mit einem Geschäftsfreund an einen Tisch in der Ecke verzogen und erklärte ihm gestenreich ein Ölbild an der Wand. Die beiden Männer hatten sich für einen Moment vom Tisch weggedreht, um das Bild zu beschauen, da war es Jan ein Leichtes, sich unbemerkt zu nähern und das Gift in Mijnheer Pieters Weinglas zu schütten.

Sein Tun blieb völlig unbemerkt, schon weil er die Tat mit dem eigenen Körper abdeckte. Bevor sich die beiden Männer wieder umdrehten, war Jan in den Nebenraum entschwunden. Aus sicherer Entfernung beobachtete er die beiden verstohlen. Heftig schlug sein Herz, als Mijnheer de Bruyne endlich sein Glas anhob und daraus trank.

Würde er etwas bemerken? Nein, sein Gesicht verzog sich kein bisschen. Das Gift ist wirklich geschmacklos, registrierte Jan zufrieden. Der skrupellose junge Mann verlor sofort das Interesse an Pieter de Bruyne, als der sein Glas geleert hatte. Es war alles getan, was es zu tun galt! Nun konnte er sich befreit anderen Dingen zuwenden und hoffen, dass de Bruyne früh genug ging, um wirklich erst bei sich zuhause zu sterben. Dafür sprach alle Wahrscheinlichkeit, denn es war inzwischen weit nach Mitternacht und das Gift würde ja erst nach mehreren Stunden wirken. So lange würde die Abendeinladung nicht andauern.

De Bruyne verabschiedete sich bald. An ihm war nichts Auffälliges zu bemerken. Als schließlich der letzte Gast gegangen war, hörte Jan seinem Vater noch immer geduldig zu und ließ kein Anzeichen von Müdigkeit erkennen. Er wollte ein todsicheres Alibi vorweisen können und nach de Bruynes Tod ohne jeglichen Verdacht dastehen. Sein Vater war durch den Erfolg des Abends aufgeputscht und durch reichlich getrunkenen Wein äußerst redselig gestimmt. Er fand einfach nicht ins Bett. Als endlich auch ihn die Müdigkeit ereilte, waren die beiden die Letzten und mussten das Licht löschen.

Pieter de Bruyne schaffte es noch problemlos bis nach Hause. Um seine schlafende Frau nicht aufzuwecken, legte er sich sehr vorsichtig neben sie ins Ehebett. Noch in derselben Stunde setzte die Wirkung des Giftes ein.

Das Mittel entfaltete nach und nach seine ganze Kraft. Pieter bemerkte plötzlich schmerzhafte Schwellungen an seinem gesamten Körper. Seine Glieder begannen zu zittern und wurden in immer schnelleren Intervallen abwechselnd von Hitze und Frostwellen geschüttelt. Krämpfe durchfuhren ihn. Diese Tortur zog sich über zwei Stunden hin. Pieter versuchte Hilfe heischend zu seinem Weib zu sprechen, doch seine Worte blieben für sie unhörbar und klangen nur leise und teigig aus seinem Mund, als hätte er Watte darin. Zu seinen üblichen Stimmproblemen kam nun noch eine Art Lähmungsgefühl hinzu und hinderte ihn, sich bemerkbar zu machen. Erheben konnte er sich auch nicht. Krämpfe und Kraftlosigkeit ließen das nicht zu. Seine Herztätigkeit wurde zusehends schwächer und unregelmäßig. Ein letztes Aufbäumen ging durch seinen Körper, dann war es geschehen. Ohne dass seine Frau neben ihm etwas bemerkt hatte, ohne jeglichen Abschied und ohne mit Cornelis über Jan gesprochen zu haben, ging er aus der Welt. So ruhig und unauffällig, wie er auch sein Leben gelebt hatte, verstarb der getreue Eckehart seines Herrn ohne Beistand und Anteilnahme.

Derweilen waren Antonio und sein Freund Tomaso nicht untätig gewesen. Sie hatten Cornelis' Kontorhaus noch im Hellen begutachtet. Es war wie die meisten Häuser Brügges aus Fachwerk und sein Dach mit Stroh gedeckt. Es hatte länger nicht geregnet und alles war trocken. Es würde ein Leichtes sein, das Haus zu entflammen. Als die Nacht endlich hereinbrach, hüllten sich die beiden in dunkle Kapuzenumhänge. So waren sie fast unsichtbar. Die Straßen waren menschenleer. Gedämpftes Hundegebell klang aus der Ferne herüber. An ihre Gürtel hatten sie jeder ein kleines Fässchen mit Öl gebunden. Unter den Kitteln trugen sie Fackeln aus Stroh. Als sie das Kontorhaus erreichten, war niemand in der Nähe. Antonio tränkte die unteren Holzstreben des Hauses mit dem Öl. Tomaso benutzte sein Öl, um die Fackeln brennbar zu machen. Als sie mit ihrer Teufelsarbeit fertig waren, zündete Antonio die erste Fackel vorsichtig an. Er ließ ihre Flamme über die geölten Holzbalken gleiten. Die fingen sofort Feuer. Daran entzündeten die Männer die anderen Fackeln und warfen sie nacheinander auf das Dach des Hauses. Das Dachstroh brannte bald lichterloh. Erst als das Feuer schon seinen Höhepunkt erreichte, wurde es in den Nachbarhäusern unruhig.

Antonio und Tomaso drückten sich ins Dunkel einer Toreinfahrt, als jemand aus dem Fenster guckte und das Feuer entdeckte. Da rief der Kerl schon Feuer und Mordio. Kurz darauf ertönten die Feuerglocken im Viertel. Selbst die große Glocke auf dem nahen Kirchturm läutete nun Sturm. Es wurde für die beiden Brandstifter höchste Zeit, zu verschwinden. Sie hatten ihre Schuldigkeit getan und ihr Geld verdient. Schwarze Rauchwolken und Gestank nach verbrannter Ware lagen in der Luft. Eines war klar, aus dem lichterloh brennenden Haus konnte man nichts mehr retten! So bemühten sich die rußgeschwärzten Feuerwehrmänner auch nur, mit ihren Wassereimern die brennende Gefahr von den Nebenhäusern fernzuhalten. Das gelang ihnen mit viel Mühe.

Als der Morgen graute, stiegen immer noch kleine Rauchwolken aus dem nassen Gemäuer. Völlig entkräftete Männer mit einer klebrigen Schicht aus Ruß und Schweiß im Gesicht sprachen müde miteinander. Ihre weißen Zähne blinkten dabei fast bedrohlich aus dem Schwarz. Endlich konnten sie es etwas langsamer angehen lassen.

Cornelis hatte man erst recht spät alarmiert und herbeigerufen. Die Feuerwehrmänner konnten ihn, als er endlich eintraf, nicht daran hindern, in die Feuerwand zu springen. Der Kaufmann wollte wenigstens einen kleinen Teile seiner Habe retten. Jan war an seiner Seite und tat sehr erschüttert. In Wirklichkeit aber war er mit dem Werk des Italieners und seines Helfers mehr als zufrieden. Alle Spuren hin zu den Versicherungsunterlagen sind für immer ausgelöscht, dachte er. Doch sein Vater wollte die Hoffnung nicht aufgeben, im Haus noch etwas Brauchbares zu finden. Ein Teil seines Warenlagers war unterirdisch angelegt. Der Eingang dazu lag in den Arkaden der Börse. Flugs machte er sich auf den Weg dahin und stellte erleichtert fest, dass das Feuer hier nicht gewütet hatte. So war wenigstens ein Teil seiner Güter unversehrt geblieben. Jan war das gleich, denn er wusste genau, dass dort unten keine Kontorakten aufbewahrt wurden. Dort unten konnte ihm nichts gefährlich werden, auch wenn es nicht verbrannt war.

20

Als Mevrouw Machteld de Bruyne neben ihrem toten Gatten erwachte, wollte sie einfach nicht glauben, was sie sah. Ihr Mann lag da mit verzerrtem Gesicht. Er war unzweifelhaft tot. Sie sprang auf und zitterte am ganzen Körper wie Espenlaub. Ihre Hände flatterten wie aufgeschreckte Vögel. Was soll ich ohne Pieter machen?, dachte sie verzweifelt. Er war ihr Ein und Alles gewesen. Er hatte für sie gesorgt, sie beschützt, ihren Lebensweg bestimmt und sie geliebt. Ohne ihn wollte sie nicht weiterexistieren. Ohne ihn hatte sie Angst zu leben! Sie weinte bitterlich. Dann entschloss sie sich, nach Berte zu rufen.

Die Alte war schon seit vielen Jahren der dienstbare Geist des Hauses und eine treue Seele. Ihren Beistand brauchte sie nun und ihren besonnenen Rat.

Berte war ebenfalls erschüttert, aber sie war von handfesterem Gemüt als ihre Dienstherrin. Sie wusste sofort, was zu tun war. Das war ein ganzes Bündel von Maßnahmen: »Lasst uns zunächst den Doktor rufen, damit er den Tod Eures Gatten zweifelsfrei feststellt. Und schickt einen Boten nach Gent zu Eurem Sohn. Er muss kommen und Euch in dieser schweren Stunde zur Seite stehen. Auch mit unserem Priester müsst Ihr sprechen und ihn bitten, Euren Gemahl im kühlen Kirchenkeller aufzubahren, bis Euer Sohn angekommen ist. So lange müsst Ihr auf alle Fälle mit dem Begräbnis warten. Es gibt inzwischen genügend Dinge vorzubereiten.«

Tröstend legte sie ihre Hand auf Machtelds Arm, und die machte alle ihre Vorschläge dankbar und ohne Widerrede zu den ihren.

Nachdem sie nun eine Linie vorgezeichnet sah, für alles, was es zu tun gab, wurde sie gefasster. Bald hatte sie sogar wieder eigenständig Gedanken: Ihr Pieter war nicht krank gewesen. Er hatte voll im Saft besten Mannesalters gestanden. Wie konnte er da so plötzlich versterben? Ob ihm wohl jemand ein Leid angetan hatte? Vielleicht hatte er aber auch gestern auf dem Fest etwas Schlechtes gegessen oder getrunken? Das musste der Arzt überprüfen! Außerdem muss ich Mijnheer Cornelis informieren, das bin ich Pieters Dienstherr schuldig, entschied sie pflichtbewusst.

Berte hatte sich mittlerweile in der Schlafkammer umgeschaut und auf der Kommode ein dickes gebundenes Buch entdeckt. Ein genauer Blick bestätigte ihr, dass sich Mijnheer Pieter am Tage seines Todes Arbeit mit nach Hause genommen hatte. »Dort liegt ein Kontorbuch, Mevrouw Machteld. Ihr könnt es mitnehmen und Mijnheer Cornelis zurückgeben.«

Gesagt, getan, bald machte sich Machteld mit dem Kutschwagen auf den Weg zu dem Kaufmann. Cornelis war erschüttert, als er von Pieter de Bruynes Tod erfuhr. Das war ein wirklich herber Verlust für ihn, geschäftlich, aber auch menschlich. Der Kaufmann dachte seit langem wieder einmal nicht nur an sich selbst. Mit ganzem Herzen versuchte er die Witwe zu trösten. »Seid unbesorgt, Machteld, Pieter hat für Euch gesorgt. Ihr seid nicht arm. Euer Sohn Rogaert ist zudem ein tüchtiger junger Mann. Er wird alles ordnen, Ihr könnt Euch darauf verlassen, und auch ich bin an Eurer Seite.«

Seit vielen Jahren zeigte der Tuchhändler zum ersten Mal wieder menschliche Gefühle und menschliche Wärme. Nachdem sich die unglückliche Frau von ihm verabschiedet hatte, nahm er gedankenverloren das ihm übergebene Kontorbuch in seine Hände, um es wegzustellen. Da fiel ein einzelnes Blatt aus dem Buch heraus. Cornelis war überrascht. Pieter arbeitete immer sehr akkurat und die Folianten wurden von ihm stets gut geheftet. Cornelis bückte sich und hob das Blatt auf. Es war ein Brief. Neugierig geworden, überflog er den Text.

Er kam aus dem Hause Medici und hatte ein verschlüsseltes Postskriptum. Den Schlüssel kannte Cornelis nur allzu gut.

Er machte sich sofort an die Arbeit und schon bald las er die Worte: »**Es gab nie eine Police!**«

Für einen Moment war er verwirrt und wusste mit dem dechiffrierten

Satz nichts anzufangen. Dann fiel es ihm wie Schuppen von den Augen. Sein Mund wurde verkniffen und hart. Er wurde sich über die Tragweite dessen bewusst, was er gerade gelesen hatte. Jan hatte für ihre Heringsschiffe nie eine Versicherung abgeschlossen. Er hatte das Geld für die Versicherungsprämie veruntreut! Er hatte seinen eigenen Vater bestohlen! Düstere Gedanken kamen in Cornelis auf. War sein Kontorleiter Pieter dem Sohn vielleicht auf die Schliche gekommen? Hatte sein eigen Fleisch und Blut Mijnheer Pieter beseitigt, um sich selbst zu schützen? Hatte Jan vielleicht auch etwas mit dem Brand im Kontorhaus zu tun? Wollte er auch da Spuren verwischen? Jan musste auf der Stelle her, Cornelis wollte ihn eindringlich befragen!

Es dauerte nicht lang, da stand Jan vor ihm. Cornelis sagte seinem Sohn auf den Kopf zu, was er an Schlimmen mutmaßte. Hinter Jans Stirn rasten die Gedanken. Zu deutlich führten alle Indizien zu ihm. Er kam zu dem Schluss, dass Angriff die beste Verteidigung war.

»Warum hast du dich so, Vater? Ich habe mir doch nur von dem genommen, was mir sowieso einmal gehören soll. Du selbst hast mich immer deinen Nachfolger genannt. Du hast mit deinen Mutmaßungen ins Schwarze getroffen. Aber ich bin mir sicher, du wirst mich wieder decken, wie damals bei unserer Magd Barbara.« Er lachte den Vater herausfordernd und spöttisch an. Cornelis wurde schneeweiß vor Wut. Er presste vor Aufregung die Lippen ganz schmal zusammen. Seine Nasenflügel bebten. Dann lief er so rot an wie das rohe Fleisch eines Deichochsen. »Ich habe also damals wirklich einem Mörder ein Alibi geliefert?«, fragte er ungläubig. »Das wollte ich nicht und werde es bestimmt nicht noch einmal tun. Da hast du die Rechnung ohne den Wirt gemacht, mein Sohn«, antwortete er bitter.

Jans Blick wurde unsicher. War er zu weit gegangen? »Du wirst doch Schaden von mir abwenden, Vater, Schaden von deinem Erben, deinem Sohn und Nachfolger?« Seine Stimme war flehentlich geworden.

»Nichts dergleichen werde ich tun. Dem Büttel sollst du gehören. Spätestens unter der Folter wirst du gestehen, was du eben vor mir so frech zugegeben hast. Jetzt erkenne ich dich erst richtig, und mir graut vor dir.

Was dich betrifft, so ist mein Herz ab nun gefühllos wie ein Stein. Du selbst hast es dazu gemacht.« Cornelis ging auf Jans Bitten und Flehen nicht ein. Er ließ einen Gendarm holen und beschuldigte seinen eigenen Sohn, ein Mörder zu sein. In seinen Augen lag dabei kein Mitleid. Alle Pein, die er fühlte, hielt er in seinem Inneren versteckt.

Erst als er am Abend allein war, ertränkte er, ganz gegen seine Art, seinen Kummer in viel rotem Wein aus Burgund. Müdigkeit senkte sich über den verzweifelten Mann und eine Taubheit, die alles, was war, und alles, was noch kommen sollte, unter gnädiger Gleichgültigkeit verhüllte.

Marguérite hatte stets Vorbehalte gegenüber Jan gehabt. Sie war aber immer bemüht gewesen, ihn nicht gegenüber Pieter, der ihr immer lieber gewesen war, zurückzusetzen. Als sie nun von Jans furchtbaren Untaten hörte, wollte sie die nicht glauben. Völlig erschüttert war sie. Ihr kleines Gesicht wurde fast so weiß wie ihre Haube. In ihrem schwarzen Gewand, ein Tuch mit zarter Brügger Spitze vor den Mund gepresst, ging sie in ihrem Zimmer auf und ab und versuchte vergeblich, ihrer Tränen Herr zu werden. Schließlich verfiel auch sie in tiefe Schwermut und verließ für Tage ihre Kammer nicht mehr. An der mutigen Frau zehrte inzwischen die Zeit und das Alter wurde zunehmend sichtbar. Dicke Adern hatten sich an den eingefallenen Schläfen herausgedrückt. Das Haar war weiß geworden, und ihre tüchtigen Hände waren inzwischen knotige Greisinnenhände. Die Begine plagte entsetzliches Mitleid mit Vater und Sohn, und sie warf sich persönlich vor, bei der Erziehung von Jan versagt zu haben.

Die Gendarmen brachten Jan in das Steen, Brügges Gefängnis. In den Kellerräumen des Gebäudes befanden sich die schlechtesten Zellen. Hier war alles nass und verschimmelt. Im stickigen Dunkel dämmerten dort die schlimmsten Verbrecher vor sich hin. Bei Tortur und Folter drangen ihre Schreie durch das dicke Mauerwerk kaum nach draußen und verhallten ungehört. Um in den Zellen über der Erde eingekerkert zu werden, bedurfte es Bestechungsgelder. Auch bessere Nahrung und eine ordentliche Lagerstatt gab es nur dort gegen bare Münze. Weil Cornelis nichts für seinen Sohn unternahm, kam der nach ganz unten in die Katakomben, in eines der schmutzigsten Verließe.

Erst als Pieter vom Schicksal seines Bruders erfuhr, verbesserte sich Jans Lage. Pieters weiches Herz ließ es nicht zu, dass sein Bruder so jämmerlich vor die Hunde ging. Pieter gab, so viel er von seinem Ersparten entbehren konnte, für eine bessere Zelle und für bessere Nahrung. Als er mit dem Gefängniswärter zu Jan in den Kerker stieg hatte der harte Mann nur Häme für ihn: »Ihr wollt wohl mit Jan gemeinsam Himmelfahrt halten«, meinte er grinsend. Auch von seinem Bruder erntete Pieter nur Undank und Spott. Blanker Hass schlug ihm entgegen. »Du musst wohl mit einer guten Tat deine Seele beruhigen, du Heuchler«, giftete Jan ihn an.

Die Untersuchungen von Jans Missetaten nahmen ihren Lauf. Der Medikus kam nach der Untersuchung von Pieter de Bruynes Leiche zu einer für Jan vernichtenden Diagnose. Der Arzt stellte aufgrund der Verdachtsmomente Herzlähmung durch Gifteinwirkung fest. Pieters Tod war wirklich durch einen Mord verursacht worden! »Das Gift wurde vermutlich mit einem Nahrungsmittel zugeführt, wahrscheinlich mit einem Getränk«, legte sich der Arzt fest. Den letzten Wein, den der Kontorleiter getrunken hatte, hatte er im Hause Cornelis zu sich genommen. Jan war dort gewesen und kam also für die Tat in Frage. Gründe für den Mord hatte er genug! Cornelis' Beschuldigung wurde bestätigt. Es lagen alle Voraussetzungen vor, den Häftling scharf zu verhören.

Drei Tage danach kam es zur ersten peinlichen Befragung. Jan sollte nun auch vor der Obrigkeit den Mord eingestehen. Schon am Morgen wurde er in die Folterkammer geführt. Henkersknechte setzten mit viel Pedanterie vor seinen Augen die Marterwerkzeuge in Stand, schärften und erhitzten sie. »Mit anderer Leute Arsch ist gut durchs Feuer fahren«, lachte der Henker schallend, als er Jan die Folterwerkzeuge zeigte. Dann begannen die gestrengen Herren Richter mit der Befragung. Die Stimme des Obersten klang ganz sanft, fast einschläfernd. Sein blutrotes Gewand war furchteinflößend.

»Facta loquuntur«, lasst Fakten sprechen, sagte er. »Fecit huic, prodest.« Der hat es getan, dem es nützt. »Das seid eindeutig ihr, Jan van der Weyden. Um dessen sicher zu sein, bedarf ich der Folter nicht. Aber es muss alles seinen vorgeschriebenen Weg gehen.«

Schon bei dem Wort Folter fühlte sich Jan in kaltem Angstschweiß gebadet. »Fegefeuer und Hölle wird über Euch kommen. Man steckt eben nicht die Hand in die Hölle, ohne sich zu verbrennen«, fuhr der Richter in gemessener Kälte fort. Jan stritt zunächst jegliche Untat ab. Aber ihm war im Angesicht der Marterwerkzeuge sehr unwohl dabei.

»Die Lüge ist wie ein Schneeball: Je länger man ihn wälzt, desto größer wird er«, sprach einer der Büttel und grinste ihn an. Der Richter wies den Spötter scharf zurecht. Als ein Knecht auf sein Geheiß Jan Daumenschrauben anlegte, begann der am ganzen Leib zu zittern, Schweiß trat ihm auf die Stirn und seine Mundhöhle wurde trocken und klebrig. Der Henkersknecht zog die Schrauben langsam, Umdrehung für Umdrehung an.

Schon als die ersten Gelenke unter ihrem Druck knackten, wusste Jan, er würde gestehen. Ein grässlicher Schrei entfuhr seiner Kehle und Tränen traten ihm in die Augen. Als die Schmerzen unerträglich wurden, schrie er sein Geständnis heraus, den Folterknechten mitten ins Gesicht. Die hielten sofort mit der Marter inne. Nun war es am Schreiber, das Geständnis zu protokollieren. Der Urteilsspruch lag auf der Hand: Tod durch den Strang! Das ehrenvolle Richtschwert stand dem schändlichen Mörder nicht zu.

Der Richter sprach in bewegenden Worten und mit gedämpfter Stimme Recht: »Wir haben alles in ernsten Beratungen erkannt und bedacht. Das Gericht erklärt Euch, Jan van der Weyden schuldig des grausamen Mordes an Pieter de Bruyne. Es entkleidet Euch Eurer Ehre, Eurer Würde und Eures Standes. Zur Vergeltung dieses abscheulichen Verbrechens verurteilt es Euch zum Tod durch den Strang. Eure beweglichen und unbeweglichen Güter sind hiermit konfisziert und fallen der Staatskasse zu.«

Außer Schulden war da allerdings für den Staatssäckel nichts zu holen!

Pieter legte trotz allem, was sein Bruder getan hatte, bei Herzogin Margarete ein Gnadengesuch für Jan ein. Das Zwillingsblut verband ihn stärker mit dem Missetäter, als es geboten war. Pieters Herrin verwies ihn auf das letzte Entscheidungsrecht ihres Gemahls. Pieter wiederholte deshalb die Bitte für Jan erneut, dieses Mal gegenüber dem Herzog. Schließlich waren Jan und er zwei gleiche Teile einer Geburt, Jan war eine Hälfte von ihm, rechtfertigte er seine Petition. Irgendwie erinnerten ihn seine Gefühle für Jan an ein Gleichnis von Plato, welches er unlängst in der Bibliothek gelesen hatte: Am Anfang hatte der Mensch zwei Köpfe, vier Beine und vier Hände. Als Strafe für seine menschlichen Sünden haben die Götter diesen einst glücklichen Urmenschen in zwei Teile gespalten. Von da ab musste jeder Mensch erst seine zweite Hälfte suchen und finden, um wieder glücklich und vollkommen zu sein.

Pieter hat seine Hälfte von Anfang an zugegen gehabt, doch er war nie glücklich mit ihr geworden! Er selbst war überhaupt nicht mit sich im Reinen. Dabei war er doch so hoffnungsvoll nach Brügge zurückgekehrt. Er hatte eine hervorragende Position inne. Seine Stellung als Hofbibliothekar erlaubte ihm, die wertvolle Bibliothek des burgundischen Herzogs zu verwalten und bot ihm Gelegenheit, seiner Leidenschaft für Bücher und Literatur nachzugehen. Der Herzog liebte das Sammeln von Büchern, und immer mehr Folianten kamen in die Regale der Bibliothek. Das allein bedeutete Pieter jedoch kein Glück. Er war von Brügge geflohen, weil er seinen Bruder für einen Mörder hielt, und das war nun bewiesen. Sein Vater war ihm immer noch gram und strikt dagegen, dass er Anna zur Frau nahm. Auch die Zustimmung deren Vaters konnte er nicht gewinnen. Ihm blieb nur die Sicherheit, dass Anna ihn liebte. Das war Grund genug, um sie zu kämpfen!

Cornelis rührte für seinen verurteilten Sohn keinen Finger. Er zeigte keine Gefühle und wartete auf das, was nun kommen musste. Herzog Karl ließ sich mit einer Entscheidung über den Antrag auf Begnadigung viel Zeit.

Mehrere Wochen gingen ins Land. Keiner drängte den Souverän, das Verdikt zu bescheiden oder gar Milde walten zu lassen. Je länger das Warten dauerte, je mehr keimte in Pieter die Hoffnung, der Herzog erwöge die Begnadigung.

Karl entschied, als nichts Wichtigeres mehr seine Zeit beanspruchte. Ich muss Strenge zeigen, war ihm klar. Es gehörte ein Exempel statuiert! Er verwarf die Begnadigung und unterschrieb das Verdikt. Er ordnete an, die Exekution binnen Tagesfrist auszuführen.

21

Ein Franziskanermönch sprach zu Jan in der Zelle die letzten tröstenden Worte. Er rezitierte einen Vers aus dem Brief des Johannes: »Wenn wir bekennen unsere Sünden, ist Gott treu und gerecht, dass er uns nachlässt unsere Sünden und uns reinigt von jedem Unrecht.« Seine Worte blieben ungehört, denn das Blut der Angst rauschte in Jans Ohren.

Im Tagesgrauen ging der Mönch mit dem Delinquenten den Weg zur Richtstätte. Jan schlotterten alle Glieder vor Todesangst. Er wurde mehr geschleppt, als dass er sich selbst fortbewegte. Er starb so unwürdig, wie er gelebt hatte. Er schrie und lamentierte bis zum Schluss. Seine Schmerzen waren kurz. Die Schlinge war gut gesetzt. Sein Genick brach mit dem Fall. Jan war sofort tot. Der Henker bewachte den Leichnam des Strangulierten hernach äußerst sorgsam. Er wollte an ihm noch verdienen. Der sollte beim Heranwachsen eines Alraunemännchens helfen. Mit dessen Zauber konnte man Schmerzen lindern, selbst die stärksten! Das Männchen war schwer zu erlangen und deshalb sehr teuer. Es konnte nur einmal im Jahr, in der Johannisnacht gefunden werden, und zwar unter dem Galgen, wo es im Urin und Samen der Gehängten übers Jahr heranwuchs.

Das Männchen stieß beim Ausgraben einen so fürchterlichen Schmerzensschrei aus, dass es hernach völlig schmerzensfrei wurde und danach anderer Leute Schmerzen in sich bergen konnte. Der Henker wusste um die Gefahr des Ausgrabens. Der Schmerzensschrei war so grässlich, dass der umkam, der ihn vernahm. Man musste sich Wachs und Werg in die Ohren stopfen, damit dies nicht geschah. Neben dem kargen Henkerslohn versprach der Verkauf des Alraunmännchens jedoch ein gutes Zubrot. Sich in diese Gefahr zu begeben lohnte sich also. Beim Henker lagen schon jetzt mehrere Bestellungen vor, die er zur gegebenen Zeit gegeneinander ausspielen konnte.

Die kleine, zusammengefallene Begine saß im Pavillon hinter Cornelis' Haus, das über die Jahre auch ihr Heim geworden war. Durch das offene Fenster dufteten die Gewürzkräuter, die sie liebevoll angepflanzt hatte. An den feuchten Rändern des Kanals blühten Wasserlilien in gelb und blau. Das Wasser floss geruhsam und dunkel vorbei. Eigentlich hatte dieser sonnige Frühlingstag die Welt mit Freude gestreichelt, aber Marguérite teilte sie nicht.

Sie wusste um Jans heutiges Los. Sie war traurig im Geiste und benommen von dem, was geschehen sollte. Es tröstete sie nicht, wie die Tauben draußen gurrten und eine Amsel fröhlich sang. Selbst die goldenen Flecken der Butterblumen und das Weiß der Obstblüten erhellten ihr Gemüt nicht. Sie war über das Klöppelkissen auf ihrem Schoß gebeugt. Bei der geliebten Handarbeit konnte sie ihre Gedanken am besten schweifen lassen. Sie beherrschte dieses Handwerk meisterlich und hatte schon so manches Stück aus feinster Spitze gefertigt. Toveressesteek wurde diese Qualität genannt, und man benötigte dafür bis zu siebenhundert Klöppel.

Zweimal in der Woche, wenn es ihre Zeit erlaubte, gab sie sogar ihr Können weiter. Im Kloster des Ordens der Madonna der sieben Schmerzen in der Jerusalemstraat befand sich eine Spitzenklöppelschule, wo der Nachwuchs die nötige Fingerfertigkeit erlangte. Dort lehrte Marguérite mit viel Freude die schwierige Kunst. Heute allerdings hatte sie sich nur einer einfacheren Aufgabe zugewandt. Sie war zu zerstreut für mehr gewesen. Zu viele schwarze Wolken liegen mir auf der Seele und machen mein Herz schwer, dachte sie traurig. Sie hielt mit ihrer Arbeit inne, und ihre Hände spielten erregt mit dem weißen Garn. Ihre Unterlippe fing zu zittern an. Nur schwer konnte sie die Tränen unterdrücken.

Warum legte mir der Herr so viele Prüfungen auf? Alles hatte mit Mareikes Tod begonnen. Der allmächtige Gott war kein gnädiger Gott gewesen. Er hatte ihre aufopfernde Fürsorge an Mareike nicht belohnt. Dann war es ihr, trotz aller Mühe, nicht gelungen, Cornelis mit seinen neugeborenen Kindern zu versöhnen und ihm zu neuer Lebensfreude zu verhelfen. Er war ein Griesgram geblieben und ein Menschenverächter geworden. Die Erziehung der beiden Knaben blieb ganz in ihrer Verantwortung. Auch dabei war ihr nichts Gutes gelungen. Jan war trotz allen Bemühens ein böser Mensch geworden. Nun wurde er als Mörder gerichtet. Sie hatte versagt! Pieter, von Herzen gut, blieb seinem Vater ein Dorn im Auge. Die schändlichen Taten des Bruders hatten ihn aus dem Haus getrieben. Er hatte sich ihrer Fürsorge entzogen.

Nun war er wieder nach Hause zurückgekehrt, erfolgreich und geachtet. Marguérite hatte nie an ihm gezweifelt. Doch dem Vater blieb er fremd. Pieter sorgte sogar für neuen, unüberbrückbaren Ärger, indem er sich in Anna, die Tochter von Johann de Worde, seines Vaters größten Feind, verliebte. Dabei war Anna eine so wunderschöne, liebe Frau, genauso wie Marguérite sie für Pieter ausgesucht hätte. Ich werde alles daransetzen, dass er sie bekommt, beschloss sie. Aber was konnte sie als schwache Frau schon tun? Letztlich blieb ihr nur die Hoffnung, dass Gott wenigstens einmal Güte und Milde walten ließ über dieser unglücklichen Familie. Sie wollte in die Liebfrauenkirche gehen und für das schöne Paar beten. Ich werde auch für Jan beten, dachte sie. Möge der Herr ihm verzeihen. Bei diesen Gedanken wurde ihr Herz leichter. Sie stand von ihrem Stuhl auf. In ihrem Kopf wirbelte es von den vielen Überlegungen und Gedanken. Da stand sie nun in ihrem schwarzen Kleid mit der weißen Haube. Die Jahre und der Kummer hatten die resolute Begine in den Boden wachsen lassen. Sie war klein und zerbrechlich geworden. Aber ihren Kampfgeist für alles Gute wollte sie nicht aufgeben! Sie holte aus ihrer Kammer das Gebetbuch und machte sich auf den Weg in das Gotteshaus. Der Himmel war immer noch blau, als sie hinaustrat. Sie registrierte es nur mit abwesendem Blick und genoss es nicht bis in ihr Innerstes. Erst in der Kirche, als sie den leichten Duft von Weihrauch verspürte, fand sie zu sich selbst zurück und etwas Ruhe. Sie kniete sich in eine der harten Holzbänke und betete voll Inbrunst für das, was ihr so wichtig war.

Cornelis' Lebenswille ließ nach Jans Tod rapide nach. Was hielt ihn noch im Leben? Sein Sohn und Nachfolger hatte den Namen der Familie besudelt. Die schändliche Neuigkeit seiner Untaten ging unter Cornelis' Geschäftspartnern wie ein Lauffeuer um und nahm ihm das letzte bisschen guten Ruf, das ihm verblieben war. Pieter, sein ungeliebter Sohn, buhlte mit der Tochter seines Erzfeindes!

Der Kaufmann saß zusammengesunken und starr in seinem angestammten Stuhl. Seinem Körper fehlte die frühere Straffheit. Sein Leib war schwer geworden. Seine Haut war grau und schlaff. Der Kummer hatte in seinen Zügen nicht mit Runzeln und tiefen Furchen gespart. Geschwollene Tränensäcke lagen unter seinen toten Augen. Cornelis' Gedanken kreisten und begutachteten zum wiederholten Male die Etappen seines Lebens. Sein Kopf folgte ihnen dabei mit sanften Drehungen. Der plötzliche Tod Mareikes hatte seinerzeit wilden Hass gegen sich selbst und seine Umgebung entstehen lassen, der nie wieder erlosch. Sein Zweitgeborener wurde zur Zielscheibe seiner Wut und Bitterkeit. Viel zu spät erkannte Cornelis, dass Pieter das gute Wesen seiner Mutter geerbt hatte und ihm eigentlich der Vorzug vor Jan gebührt hätte.

Der Kaufmann presste die Lippen verbittert zusammen und vergaß fast zu atmen. Dann sah er stumpf zu Boden, als sähe er auf den wertvollen Teppich aus Isfahan, der unter seinen Füßen in prächtigen Naturfarben leuchtete. Blüten, Knospen und Blätter waren auf dem wertvollen Stück mit grünen Ranken spielerisch verbunden, doch der Kaufmann sah sie nicht wirklich. Mit erschöpftem Gesicht strich sich der verbitterte Mann langsam über Stirn und Schläfen. Seine Qualen hatten ihn in tiefe Einsamkeit gestürzt und zum Menschenfeind gemacht. Sein Glaube an Gott war mit der Schuld geschwunden, die er Gott an Mareikes Tod zumaß. Seiner körperlichen Isoliertheit war die seelische gefolgt. Cornelis war wortkarg und müde geworden. Nicht nur die schändlichen Taten Jans beendeten seinen geschäftlichen Erfolg, es waren auch seine eigene abnehmende Kraft und sein fehlender Lebenswille mit dafür verantwortlich. Nun am Ende der Tage sah er klar: Er hatte versagt!

Als man Jan richtete, hatte Cornelis keine Tränen für ihn, und auf Pieters Vergebung wagte er nicht zu hoffen. Verzweifelt ging der alte Kaufmann zu Bett, und noch in derselben Nacht brach sein wundes Herz für immer. Sein Glaube kam ihm in einem letzten Traum zurück, der feste Glaube, im Himmel mit Mareike vereint zu sein. Cornelis hörte im Sterben ihr Lachen, das ihn so oft verzaubert hatte. Mareike galten seine letzten Gedanken, als er noch einmal kurz die Augen aufschlug. Zu einem letzten Gebet hatte er sich nicht durchringen können, da fiel ihm Sterben leichter. Am nächsten Morgen lag er mit weißem, durchsichtigem Gesicht in den Kissen. Um seinen Mund spielte seit langem wieder ein Lächeln.

Wie die Natur es oft mit sich brachte, führte Cornelis' Ableben zu einem hoffnungsvollen Neubeginn. Sein Tod erweckte Johann de Wordes Milde. Die Liebe zu seiner einzigen Tochter Anna triumphierte über seinen Eigensinn. Zudem hatte mit Cornelis' Tod der Wettstreit der beiden Kaufmannsgeschlechter van der Weyden und de Worde ein Ende gefunden. Der Kaufmann ließ seine Tochter gewähren und gab sie Pieter van der Weyden zur Frau. Eine rauschende Hochzeitsfeier besiegelte den Willen zu einer neuen Einigkeit. In Johann de Wordes Welt schien wieder die Sonne, und seine verhärtete Seele konnte durch das Glück der Kinder genesen, so sehr, dass er es schließlich als sein eigenes empfand. Für den Fortbestand seines Stammes bestand Hoffnung. Flandern war und blieb fruchtbar und mehrte sich!